非虚构文学　　－想象一个真实的世界－

The Wild Silence
A Memoir

RAYNOR WINN

［英］雷诺·温恩

著

寂静的旷野

关于爱、疾病与自然的回忆录

姜思成

席 坤

译/校

中国社会科学出版社

图字：01-2021-2513 号
图书在版编目（CIP）数据

寂静的旷野：关于爱、疾病与自然的回忆录/（英）雷诺·温恩著；姜思成，席坤译.—北京：中国社会科学出版社，2023.6
（鼓楼新悦）
书名原文：The Wild Silence：A Memoir
ISBN 978-7-5227-1842-2

Ⅰ.①寂… Ⅱ.①雷… ②姜… ③席… Ⅲ.①回忆录—英国—现代 Ⅳ.①I561.55

中国国家版本馆 CIP 数据核字（2023）第 074453 号

出 版 人	赵剑英	
项目统筹	侯苗苗	
责任编辑	夏文钊	
责任校对	赵雪姣	
责任印制	王 超	

出 版	中国社会科学出版社	
社 址	北京鼓楼西大街甲 158 号	
邮 编	100720	
网 址	http://www.csspw.cn	
发 行 部	010-84083685	
门 市 部	010-84029450	
经 销	新华书店及其他书店	

印刷装订	北京君升印刷有限公司	
版 次	2023 年 6 月第 1 版	
印 次	2023 年 6 月第 1 次印刷	

开 本	880×1230 1/32	
印 张	10.375	
字 数	223 千字	
定 价	59.00 元	

凡购买中国社会科学出版社图书，如有质量问题请与本社营销中心联系调换
电话：010-84083683
版权所有 侵权必究

献给我的家人

目　录

第一部分

永恒的归宿

若想展翅飞翔，必先破壳而出。

————《五月的承诺》，阿尔弗雷德·丁尼生我听到那个声音，但并不知道它有何意味。

在我的脑海深处，

那血液涌动或电荷碰撞的

是一种声音，还是

一种感觉？

嗡嗡的低语

像从一百个喉咙里冒出来，

或是坚硬的大地上的阵阵脚步声，

又或是一声鸟鸣，

黄昏时分，它变得低沉而悠长，

当夕阳下沉到山脊线下，

那片土地

变成蓝色。

重返大地

今晚是跨年夜，我原本可以像所有人一样，躺在松软的小床上迎接新年的到来，而不是像此刻这样蜷缩在冰冷的悬崖上瑟瑟发抖。这里的冬天寒冷而漫长，当我缓缓睁开双眼，看到周围漆黑一片时，持续数月的不安感又像往常那样使我从半梦半醒间惊醒，脑海中响起熟悉的低语声，我必须得出发了……

我穿过波鲁安（Polruan）拥挤狭窄的街道，那里灯火阑珊，万籁俱寂。前一天晚上所有的狂欢者以及各种噪音都消失得无影无踪。在这片漆黑的寂静之中，只有星星点点的街灯点缀其中，仔细听还能听到河流涌动的水声。河口宽阔，水深流急，海浪有节奏地拍打着沿岸河堤，水面上波光粼粼。湍急的水流中停着一只小船，绷直的锚链紧紧固定着船首，船尾像鱼尾一样有节奏地漂动着。我走过最后几幢房子，来到外面的旷野上。无须手电筒的帮助，这条路线我早已烂熟于心，即使是在黑暗中，我的脚也能自动探寻到那条一英尺宽的泥土路。它蜿蜒着穿越金雀花丛，绕开岩石，躲开向下的斜坡，避免带我走向崖底。这时狂风呼啸，山楂树被吹得快要弯折了腰。我摸黑走过这片崎岖不平、满是碎石的土地，来到了一片风力更为强劲的田野上。虽然我看不到，但我知道它就在那里。我能感觉到两侧海岸的双向拉力。当我张开双臂，试图融入那些崎岖但却熟悉的形状时，我呼出的气便化成了风，我，也随之变成了风。

在海岸小径后面的一块田地里，我发现了一块裸露的岩石，周围环绕着一圈金雀花丛。绵羊们为了躲避恶劣天气挤到那里，把草压倒了一片。我停下来想要休息一会，内心的焦虑渐渐开始消退，我放松下来。此时天色依然晦暗，看不到一丝光亮，但我听到海风吹打着我头顶的金雀花丛，发出了嘶嘶声，仔细闻还有一股酸涩的味道。悬崖下的大海稳定而有节奏地振动着大地，以海浪的形式拍打着峭壁。我蜷成一团，把外套的兜帽套到棒球帽上，双臂紧抱，将戴着手套的双手揣在腋下。我的思绪终于从脑袋里挤了出去，消散在野外的黑色空气中。这时我的脑海里没有一丝声音，我再也无力思考。终于，我支撑不住，睡了过去，完成了一次酣畅、短暂却又彻底的逃离计划。

一束微光打破了黑暗，将我带回了我那疼痛而僵硬的身体里。但我没有动弹，我还是紧紧地蜷缩着，试图留住衣物上那一丝余温。突然间，一个黑影从头顶的灰色天空划过，它那结实的尾巴和宽阔的羽翼迎风微微倾斜着。它乘着风飞下悬崖，消失在视野中。我注视着清澈的天际线，等待着它的归来。我不敢眨眼，生怕错过些什么。我看到远方有微弱的金光开始闪烁，短暂却辉煌夺目。但好景不长，海上突如其来的狂风骤雨掩盖了这一奇观。它悄悄地从下面又飞上来，不费吹灰之力就飞上了天空，盘旋在海岬的灌木丛之上。它乌黑的后背和带黑尖的翅膀几乎与低沉的天空融为一体，只有尾巴上方的一道白光出卖了它的身份——一只寻找早餐的鹬。

臀部隐隐作痛，我从金雀花丛下爬出来，看到一只獾蹒跳着离开海岸小径，爬上田野，朝远处篱笆旁的灌木丛跑去。它那粗短的小腿在斑驳的草丛中快速移动着。今年的阳光叫醒服务如期而至，但没想到它却赖了床。它从冬眠的迟缓状态中醒来，饥肠辘辘地走进了寒冷的夜晚，现在他需要回到獾穴中，回到那个安全而温暖的地下躲藏起来。它在宽阔的洞穴入口处停了下来，环顾四周，仔细嗅了嗅。然后它走了，溜进了它安全、隐形的世界。

在昏暗的光线中，我爬到崖边坐下，双脚悬空。在陆地的边缘和海洋的起点，在两个世界交接的空间里。这两年来，在两种截然不同的生活之间，我迷失过自我。但在这里，至少有那么一瞬间，我找到了答案。

回到村子里时，人们还没有出来活动，周围安静得能听到我的脚步声。河对岸的福伊倒有几盏灯亮着。人们昏昏沉沉地煮着咖啡，打开暖气，然后回到床上。我沿着小径般宽阔的街道，穿过铁门，沿着建筑物和悬崖之间的一条混凝土走廊，来到了若隐若现的教堂前。我穿过门，走到后面狭窄的公寓里，这时寒气已经侵入骨髓，我浑身酸痛。但我想我已经找到了那种感觉，自从我们来到教堂的那天起，自从我们第一次走进那扇门的那天起，我就一直在寻找的那种感觉。那一天，我们走完了 630 英里[1] 的路程，把背包放在光秃秃的地板上，解开沾满泥土的靴子，试图学习如何在屋顶下重新开始生活。终于，我想我知道了自己为什么始终无法安定下来，为什么总是忐忑不安，为什么总是难以入眠。我泡好茶，端上楼去拿给茂斯——我的丈夫、爱人，我三十多年的知心朋友。

他四肢摊开，躺在卧室的床垫上呼呼大睡，就连透过彩色玻璃窗愈加刺眼的阳光也没有把他叫醒。似乎什么也叫醒不了他。就算已经睡了 12 个小时，他依然可以睡得着。我摇了摇他，递上一杯茶，两块佐茶饼，像往常一样开启新的一天。

"茂斯，醒醒，我有些事要做。"

"做什么？你在干什么——为什么穿得这么整齐？"

"我睡不着。"

"又失眠了？"

"是啊，我很累，但有些事必须得做。"

我把泡沫床垫推到房间的角落，那旁边还堆着我们用纸箱做的衣柜，我在铺着油布的地板上腾出了很大一块空间。然后从放在对面角落的背包里拿出一个绿色袋子，拉开拉链，抖开这包熟悉的尼龙布。摊开帐篷，我被迎面而来的一股气息击中了，那潮湿的空气中有细沙、海风、雨水、清新的臭氧和漫天的海鸥。那一刻我仿佛置身野外，站在肥沃的田野上，跋涉在长满苔藓的树

---

[1] 英里，英制单位，用于测量长度。1 英里 = 1.609344 千米。——编者注

林里，漫步在幽深的山谷中。

"你做什么我都支持你，但我想我可能还是得睡在床垫上，我已经适应了这种舒适的生活了。"

"好吧，但我得试试这个办法。再失眠我可能就活不成了。"

我咔嚓咔嚓撕开用胶带捆起来的杆子，把它们一一组装好。满怀期待地在屋内搭起了一顶绿色的圆顶帐篷。我爬进它所创造的潮湿的、海盐味的狭小空间，一阵喜悦涌上心头。趁茂斯去泡茶的工夫，我把破旧的充气床垫、睡袋和枕头一股脑拖进帐篷。我回来了，这才是生活应有的样子。我把脸埋进枕头，睡意顿时像潮水般涌来，将我淹没在莫大的宽慰之中。终于，我又重新回到了大地上。

隐形

圣诞假期结束后，学生们不情愿地回到了学校。但50多岁的大龄学生可并不常见，他们每天忘掉的知识比学到的还要多。在茂斯去大学之前，我们曾站在小教堂的公共区域里，整日预演他将要迎来的生活。手机、钱包、眼镜、支票、车钥匙，检查是否带好。还有写着今日待办事项的笔记本，也都再检查一下。

"那么今晚见。"

"好的，待会儿见。"他走了，但我仍能听到他的脚步声。在冬天早晨昏暗的光线中，他歪歪扭扭地从小教堂侧面的楼梯缓缓走下去。关上门后，我回到了像狭长走廊一样的公寓里。我坐在桌前，端着一杯茶，脑海中计划着今天应该做些什么。就在等待面包从吐司机里跳出来的同时，我的眼睛漫无目的地扫视着书架，想要拖延一点时间。我还不想这么快就打开电脑进行自我摧残，毕竟哪个雇主会雇佣一个50多岁，没有任何资格认定，也没有任何从业经验的中年妇女呢。小书架上放的只是一些我们离家前急呼呼随手打包的书，每当我看到这些书的时候，它们就会把我瞬间带回到我们最后一次走出家门的那一刻。我们从梦想中的家被赶了出来，曾经，我们在那里经营着出租度假屋，接待来访的客人，我们在那里饲养牲畜，种植蔬菜，养育小孩。在长达二十年的时光里，那里是我们的全世界。

后来，我们和一位挚友因经济纠纷闹上法庭，官司的结果是我们收到了一份驱逐通知。在我们彻底关上门，抛下过去的生活，抱着一去不复返的心情打包那几本书之前，我们的生活总是充斥着法警粗暴的敲门声，不知道是否还能再找到栖身之所的恐惧，以及一种难以抵挡的伤感。但如果我早知道这些会是跟随我们迈入新生活的唯一一盒书，我可能会仔细挑选一些更好的。我的手指轻轻滑过书脊，想找到一些能把我带到这墙外、带离这座小教堂的东西。这本《野生真菌图鉴》能做到吗？也许吧，但一月份看可能不太合适。《局外人 II》，绝对不要。《五百英里步行》，这是本给我们带来意料之外的冒险的书。不，只有一本能达到目的——《西南沿海小径：从迈恩黑德到南海文角》——帕迪·迪利翁记录的 630 英里海边小径的美妙指南，这本指引我们一路来到波鲁安的书。多亏这位口袋里的朋友，我们才决定不向无家可归的混乱局面屈服，而是背上背包，走完帕迪描述的这条路，像他描述的那样，在悬崖和海滩上过着荒凉、无家可归、身无分文的生活。

那本棕色小书的塑料封面仍然完好无损，散落的书页被黑色橡皮筋绑在一起。我把它拆下来时，僵硬的书页发出了哗哗的响动，仿佛退潮时坚硬的沙滩发出的回声。有些书页因被雨水打湿而粘连在一起。轻轻翻动，还有不少明信片、羽毛、青草、干花和碎纸片夹杂其中。记忆中的这条小径跌宕起伏，从悬崖顶端骤降到海平面，又陡然上升，直到这列荒野过山车行驶过了英格兰西南部的整条海岸线，它的步行者几乎八次爬上了珠穆朗玛峰。

我在面包上涂上黄油，随时准备接电话，一个茂斯打给我说他已经到达学校的电话。他得告诉我他没有在特鲁罗（Truro）的咖啡馆里喝咖啡，也没在水门湾（Watergate Bay）的海滩上散步。他得告诉我虽然他暂时忘记了目的地，但还是顺利到达了学校。我翻着那本小书，几乎不愿细看里面的内容。它承载着我们被风吹雨淋、日光暴晒的痛苦回忆，记录着各种恶劣天气条件下我们在悬崖顶上求生的痕迹。除此之外，更有那夹杂着痛苦和悲伤的一个星期令人不堪回首，正是当时的窘迫迫使我们不得不做出徒步旅行的决定。那时的我们绝望、焦虑、害怕，试图在短短几天内把二十年的生活统统塞进打包纸箱。还能有什么比无家可归更绝望的事情呢。但随之而来的一次医院的常规检查改变了我们的想法。当我们生命的灯盏即将尽数熄灭时，一位医生坐在桌子的一角，残忍地关掉了最后一盏灯。

我合上了书。事实上，想要重新体味当时惊恐不安的感觉，就连让时间倒流都显得大费周章，我只需稍稍回忆，内心的恐惧便会像藤蔓一样滋长开来。我忘不了茂斯被诊断出患有神经退行性疾病时他紧握的拳头，忘不了医生在告知我们事态的严重性时我惊恐的内心。医生告诉我们茂斯肩膀的痛感，左侧身体的麻木以及仿佛黑雾般侵蚀着意识的精神瘫痪并不仅仅是年龄所致，而是因为皮质基底核退化症。这是一种无法根治的疾病，它将在很短的时间内结束人的生命。当医生描绘出茂斯的身体将会忘记如何吞咽、分泌的唾液会令他窒息的场景时，我们意识到我们前些日子的想法错得有多离谱——原来等待我们的是比无家可归要糟糕一万倍的事情。

我按下水壶的烧水键，心里想他现在应该到了，但为什么不打电话来？我翻动着书页，小心翼翼地把一层层干枯的纸剥开。帕迪对这条小径的描述跃然纸上，"它先往内陆延伸，然后又陡然上升"。当时我和茂斯站在小径起点处，看到那条曲折的小路沿着近乎垂直的悬崖向上攀升，我们吃惊地翻开帕迪的书寻找相关信息。想到这里，我不禁笑了出来。但随着书页纷纷脱落，各自独立时，我仿佛在页边看到了茂斯。当最后一缕光线消失在地平线上，我们被两张潮湿的尼龙布做成的绿色圆顶帐篷封闭在狭小空间里，我看到他在黑暗中，借着手电筒的光亮注视着我的脸。他一直都是我爱着的那个勇敢坚毅的男人，从未改变。他坐在他的睡袋上，我躺在我的睡袋里，硬撑着沉重的眼皮看着他写字。他就在那里，微笑着在旅行指南的空白处用细小如蜘蛛般的文字记录着我们在悬崖顶上、海滩上、海角和岩架上露营的日子。"安营在莱斯基岩架上，与其说是宿在海边，不如说像宿在海里。""我太饿了，所以我吃了雷的饼干，我猜她没发现。""打开帐篷发现我们离悬崖边缘只有一米了。""黑莓。""大海就像糖浆，我已经变成了海。""握着雷的手，游走在万物边缘。""今天我和乌龟一起散步了。"

　　我抚摸着褪色的铅笔字迹，想起我们曾一起行走在风雨中。追随着他的脚步，我们走进了一个新的世界。一个有大学和小教堂的世界，在那里海岸小径会经过前门，我在等他回家。但他还没打电话来——他究竟在哪儿？

　　回忆随着书页的翻动而慢慢清晰，第一百四十页：波西拉斯湾。"海豚和涨潮。""我顶着帐篷跑着离开。""这是真的吗？"这是那个神奇的时刻，那时我们意识到他是在挑战医生所说的皮质基底核退化症无法治愈，他的健康无法得到改善的说法。那晚我们在月光下逃离沙滩，远离涌来的潮水，把搭好的帐篷举过头顶，学会了如何再次充满期待。徒步旅行结束后，在他开始上大学之前，我们告诉医生茂斯的健康状况是如何改善的，他是如何做了一件件所有专家都认为不可能做到的事情。但医生却无动于衷。

　　"如果你愿意，可以开始读，但要做好半途而废的准备。"他在暗示我们，茂斯可能活不到取得学位的那一天。

　　我们不相信他，也不愿意相信。然而，随着时间的流逝，攻读学位带来的压力迫使茂斯久坐不动，他在悬崖顶上发现的健康和轻松的状态正在离他远去。寒冬一到，身体的僵硬感不期而至，本就不舒爽的身体连行动也变得愈加缓慢。现在，每天清晨当我看到茂斯挣扎着站起来，摇摇晃晃地迈出步子的时候，一股强烈的无助感便逐渐在我心里扎根。我开始勉强相信医生所说的话：他可能无法完成学业。但如果他一直像现在这样杳无音信，他肯定完不成。也许我应该每天负责接送他上下学？不行，只依靠他的学生贷款生活的话，我们两个人的生活都会变得很艰难。而且我们负担不起一天两次往返的油费。我需要的只是一套追踪装置。我合上书，一想到有一天茂斯会忘记我们曾经生活的点滴，就不由得悲从中来。我们一同经历的那些清晰的、神奇的、狂野的经历对他来说就会永远消失，只留我一人独守回忆。那一天来临后，这本旅行指南，将成为我们徒步旅行的唯一见证。

话说回来，他到底跑到哪里去了？

我把灯打开。公寓里的采光很差，才刚刚上午，屋里的光线就变得昏暗不已。我喝完茶，坐在桌旁，透过小教堂高高的窗户凝视着隔壁花园的围墙。它有 6 英尺高[1]，占据了我一半的视野，但在它上面是种着花园灌木和木兰树的上层平台。一只棕色的大老鼠从常春藤上掉下来，沿着墙头走过来，然后停下，用圆圆的眼睛盯着我，直到它转过身，沿着来时的路走回去。我打开门看它去了哪里。我能听见它的声音，但看不见它的身影，只看见一堵常春藤墙，离门有一米半远。在教堂墙壁和绿色围墙之间阴暗潮湿的绿色走廊里，我的目光顺着它的轨迹望去，它穿过了常春藤向上爬去，引得树叶沙沙作响。我向上看，在醉鱼草花丛和小教堂屋顶之间，有一条细细的蓝色天空，那里是一个阳光普照、微风吹拂的世界，我知道我必须要到那里去。一种黑暗的压迫感笼罩在我身上，我透不过气，我必须要走出去了。

---

[1] 英尺，英制单位，用于测量长度。1 英尺 = 0.3048 米。——编者注

　　我抓起外套和电话，急匆匆地跑到街上，打算沿着路一直走到开阔的悬崖边上。自从我们搬到小教堂以来，我便每天如此。这条街道狭窄无比，汽车几乎没法顺利通过，几个人并排行走便会觉得拥挤不堪。人们一边走路，一边交谈，有些人手舞足蹈，做着夸张的手势。我沿街走了一小段路，突然被一种不可抵挡的恐惧感攫住了，我紧紧地斜靠在一排房子的花园墙边，直到人们通通走掉。这是怎么了？我不明白为什么突然间头上的青筋突突跳动，脸颊也开始发红？肯定不是年龄的原因，因为我已经过了更年期。那我究竟是怎么了？难道我生病了吗？越来越多的人路过我身边，那些吵闹、匆忙的人们。

　　"你好，今天天气不错。"

　　我只能低声说一声"你好"作为回应。我不知道该怎么办，也不知道该往哪个方向走。最后鬼使神差地跑回了教堂，砰地关上身后的铁门，消失在水泥小巷里。我躺在公寓的地板上，试着让呼吸平静下来，思绪却飞快地转个不停。慢慢地，头上的血管不再砰砰跳动。我意识到，在我们来到教堂的一年里，除了茂斯和我们的偶尔来访的两个孩子之外，我几乎没跟任何人说过一句话。独自外出时，我会尽量避免讲话；如果是和茂斯一起，我就会让他去应付。

　　自从搬来这里，我好像也有过几次和别人交谈的机会。有一次在商店里购物，收银员一边帮我往袋子里塞东西，一边问我："你现在住在这里吗？我见过你几次。你从哪里搬来的？是从康沃尔（Cornwall）搬来的吗？"她这样问过我很多次，但每次我都避而不谈，只是小声地说声"谢谢你"，拎起购物袋便大步逃离了商店。曾经有过几次，街上有来往的人们在这座令人印象深刻的教堂前驻足，并向我询问它的历史，我说我不确定，但我会转向茂斯，他知道关于这里的一切。每当我离开公寓，我都处于一种高度戒备的状态。当初我们徒步旅行，居无定所，全部家当都扛在肩上，但那时的我却感觉良好。现在一切都在变好，怎么我却只想隐身在人群中呢？过去几个月辛苦建立的自信心仿佛烟消云散，消失在缓缓上升的海雾之中。我坐起来，恨自己不争气，花费大量时间和精力去逃避社交真是太荒谬了。不能再这样下去了。

我找到笔记本电脑，调出了我最近发现的冥想频道。盘着腿的导师用柔和的语调对我说：

"吸气，呼气。把注意力集中在呼吸上。放下所有思绪，呼吸。"

我很擅长冥想。我可以清空我的头脑，有节奏地控制呼吸，在这方面我仿佛天赋过人。但就在我专注呼吸的时候，一阵急促的声响打破了这片宁静，它好似来自我焦灼担忧的内心深处，让我无法忽视，那种深沉的共鸣感像是在寻找一个答案。

电话响了。没错，它终于响了。

"你在哪里？别告诉我你在圣艾夫斯（St. Ives）。"上次他忘记自己要去哪里时，在北海岸的一家咖啡馆给我打了电话，那里离大学有一个小时的路程。也许这次他又往西走了。

"今天没去。我刚才在停车场碰到了一个同学，她终于鼓起勇气来问我，我在康沃尔做什么，为什么会上这门课。"茂斯发现，要和一屋子二十多岁的年轻人一起上这门课相当困难，他们似乎完全不是一个世界的人。

"真不敢相信以前居然没人问过你。那你说了什么？"

"和我们徒步时的说法一样——我们卖掉了房子，来这里学习是为了今后教书铺路。"

"倒也不算撒谎，半真半假吧。只是这样一来，其他同学就都会知道了，你能一直编下去吗？"

"这要简单得多，起码我不用跟他们解释我们是怎么变得无家可归的了。但是现在他们可能会认为我是一个正面临着某种生存危机的超级富有的中年人。"

"没错，就是对我们稍微有点误会。"

知道茂斯顺利到达学校后，我一下瘫坐在椅子上，如释重负。要是我能像他那样应对我们生活中的巨变就好了。虽然会偶尔迷路，他却依然保有热情开朗、平易近人、爱讲故事的可贵品质。我们生活中粗糙、扭曲的脉络开始慢慢重新形成，好像有什么东西正在侵蚀着我内心的平静。不只是茂斯的健康状况，我想还另有他因。今天清晨我的脑中一片混沌，当我打开门，抬起头望向天空，除了由教堂和石墙圈起的一小条灰色矩形之外，别无他物。当我走到人满为患的街上，找不到一丝空间可以独处。在日复一日这样的日子里，我常常沿着小路走到悬崖边上，迎着海风，闭上眼睛，仰起头，感受天气的力量：这让我感到真实。我脑海里的声音总是越来越响，就像正缓缓逼近岸边的一场海上风暴，难道是母亲在对我说"我早就告诉过你了"的忠告吗？我不知道。

〰〰〰

　　新年开始，我支起帐篷，睡在里面，我以为我已经彻底解决了睡眠难题：我以为我只是怀念帐篷里那种熟悉的感觉，之后一切都会变好。我以为我会睡得更香，变得更强壮，从而能集中精力在村子里经营我们的新生活并且确保茂斯不会走丢。但现在，我躲在卧室角落的绿色圆顶里，远离人群和世界，殊不知几天后我又将面临生命中的另一场巨变，大海和帐篷再次变得遥不可及。

乡愁

死神在医院的病房里踱来踱去，但并没有在她床边停留。他瞥了她一眼，只见她坐得笔直，头发梳得整整齐齐，穿着新买的蓝色开襟羊毛衫，纽扣扣得整整齐齐。现在还不是时候，至少不是今天，也不能是礼拜天。今天，肺炎所引起的严重的深咳有所好转。我坐在她床边，翻看着一本服装杂志。茂斯刚开学没几天，我就接到了电话。你知道总有一天你会接到这种电话的，但永远不会觉得是今天。妈妈因为肺炎住院了，医生认为她会染上败血症，所以需要我陪在身边照顾她。但三天之后，她就变得不以为意，提出了出院回家的请求。

"也许明天你可以带点指甲油来，让我看起来像杂志照片上的女孩一样迷人。这样我们就有事可做了，我现在觉得好无聊。"

从医院里污浊的空气中逃出来后，一月份黑暗寒冷的深夜让人松了一口气。我关上车门，发动引擎，朝妈妈的小木屋开去，沿着英格兰中部的车道一路向前，这对我来说轻车熟路，即使没有车前灯我也能轻松地抵达她家温暖的厨房，找到那些熟悉的东西。然而，那终究是她的家，不是我的。我的家，那个塑造了我、培育了我的地方，在下面的山谷里，隐藏在漆黑寂静的乡村中。明天我要晚一点再去医院，也许下午吧。在那之前，我会重新走过这片土地，跟着小时候那些久远的小脚印，穿过这片熟悉的田野。

冬日清晨，我走进屋后温暖的门廊里，伸手把钥匙放在窗台上，小心翼翼地生怕弄坏了那个灰暗干涩的燕巢。位置选得不错，这里是每天早上阳光最先照到的地方，整夜的寒冷会被率先驱散。它们会在春天回来，把新鲜的泥巴塞进旧房子的裂缝里，每次门一打开，它们就会惊讶地冲出来。我走进花园，穿过沾满露珠的草地和光秃秃的玫瑰枝，来到山谷中薄雾笼罩的小路上。虽然我的视力有所下降，但我依然能听到加拿大雁在湖上嬉戏，这里的景色在我的脑海中早已留下深刻的烙印。春天的候鸟飞来了，这让那些选择在这里过冬的大雁兴奋不已。它们还不会筑巢，只会为空间和食物争吵。

我走到湖的另一边，它们的叫声透过雾气依依不舍地跟随着我。我放眼望去，目之所及，到处都是过去的影子：我的故乡、我的童年、那个幼小的我和我脚下的这片一切如故的热土。我现在还不想去农家院子，我想要先穿过田野，仔细看看农场。让时间稍稍停滞一会，好让我把一切都牢牢记住。

我路过锯木厂，世世代代的村民都在这里砍伐木材，用来建造房屋和围篱。小时候，巨大的橡树、榆树和山毛榉堆积如山，现在却踪迹难寻。伐木机也消失不见，双层玻璃窗如今积满灰尘、满布裂痕，门口杂草丛生，其间开着几朵玫瑰花。当我穿过寂静的山毛榉树林，向山上走去时，薄雾开始在晨曦的金光中渐渐消散。从高处，我可以俯瞰工人们住过的小屋。这位苏格兰木匠和他的家人住在一间更为宽敞的农舍里，农舍里有个大花园，花园里种满了蔬菜，足以养活他们的五个孩子。中间住着水管工和他那位没人见过的妻子。园丁住在最后那间农舍里。我刚刚爬上山的时候，一辆车开走了，从乡下的一座现代化的智能房屋通勤去城里上班。严格意义上讲，这个长满青草的地方只是一个小山坡罢了，并不是山，但我们习惯于这么叫它。在那里，当我从绿树成荫的山顶转身向山谷望去时，我就能看到它。它就在那里，在清晨的阳光下微微闪烁着粉红色的光芒。对其他人来说，它可能只是远处的一间农舍，但对我来说，它的意义远大于此。房屋正面的吊窗，摇摇晃晃的黏土砖和石板屋顶，以及视线之外，房屋后边突出的建筑主体形成了一个 T 字形结构。我几乎能在呼啸的风声中听到它的存在。

我继续往前走，穿过海伊韦斯田（High Ways field），那是农场里最大的一块田，一直被留作农作物种植用地。我在那里度过了几个夏天，跟着一台旋转式的马铃薯收获机，看着它在垄上来回转动，把皮薄色白的新鲜土豆从潮湿的土地里翻出来。我弯着腰，把土豆收集到桶里，然后把桶里的土豆倒进袋子里，装到拖车上，卸到工棚中，再把土豆从工棚搬到卡车上，最后运到商店和薯条店里。冬天，在寒冷潮湿甚至霜冻的天气里，我会用镰刀割下萝卜的顶部，把它们扔进一辆小木拖车里带回农场，然后倒进粉碎机里去喂围栏里的公牛。当其他孩子在学校里玩玩具，或在操场上玩耍的时候，我却一直待在这里。无论风霜雨雪，我也总是一个人，手上沾满泥巴，任凭脑海中思绪万千。当我偶尔有机会和其他人共处时，我会觉得自己与他们格格不入，像是个局外人。后来进入青春期，我想要变得和我的同龄人一样，把心思放在化妆和漂亮衣服上。但无论我怎么努力，我始终无法摆脱那种一只脚踩在舞厅地板上，一只脚却陷在泥里的感觉。

走出田野，穿过高大的落叶树林。春天的地上会铺满风铃草，夏天铺满剪秋罗和欧芹。我曾有好几天都整日待在树林里。当时我才十岁，正是应该和朋友们一起玩的年纪，可是我却一个人坐在这里，观察在草地上一蹦一跳的兔子。数以百计的野生棕兔在草地上吃草，冬天的时候像蝗虫一样在庄稼地里穿行。我喜欢藏在栅栏旁，等到一团棕色的云朵跑到山坡上大快朵颐时，我就猛地冲出来，拍手吓唬它们，看它们吃惊的反应。后来随着年龄的增长，我不再制造恐慌，而是花几个小时观察它们棕色世界的等级制度。年长的冒险进入广阔的区域，年幼的则待在洞穴口附近，还有一些在放哨。这些兔子保持警觉，直立远望，向四周看一看，听一听，便发出了撤退的警报。它们用强壮的后腿踩着地面，发出砰砰的声音，让其他伙伴接收到信号，进而停止进食。然后它们就会一起跑回山坡上的洞里，消失得无影无踪。

当我走到树林边猎场看守人的小屋时，我向田野望去，一片郁郁葱葱。我站起来，本能地拍了拍手，默默期待着也许能看到仓皇逃窜的兔子。但那里什么也没有。田野仍然笼罩在冬季寒冷、潮湿的空气中。猎场看守人把猎狐犬养在屋外铁栏围成的犬舍里。只要有路人经过，它们便警惕地发出长嗥，叫声响彻山谷。这是一群强壮有力、战斗力超群的猎犬。但看守人却可以在它们中间任意走动，它们会变得像等待犒赏的宠物一样，亲昵地舔着他的手，完全失去了刚才那副无情杀手的气势。我曾亲眼见到一只狐狸被它们活活撕成两半，见到这副情景后，无须别人提醒，我自己便会离得远远的，说什么也不会靠近半步。

猎场看守人的小屋建在公园最偏远的一个角落里，绵羊在产羔期间会将这一片区域当作自己的地盘。屋后的土地地势较低，在犬舍和树林之间形成了一个角落，羊群往往会将此地选作产子的场所。虽然有树林这一层天然屏障，但活动在林线以上的狐狸却能清清楚楚掌握羊群的动向，更不用说让它们唯恐避之不及的猎狗就住在旁边。然而，母羊最终还是选择在羊羔快要出生的时候来到这里，赌上一把，毕竟狐狸的捕食者就住在旁边。毕竟当母羊处于最脆弱的时期时，寻求庇护的心情大于一切。现如今，由栏杆围成的犬舍不见了，取而代之的是一间平房。一辆全新的四轮驱动汽车停在猎场看守人的小屋外。当我走在这片熟悉的土地上时，一切都变了。村民们都走了，现在住在这里的是上班族和退休人员，他们将工作重心转移到了庄园之外。不过这里早就已经物是人非了，不仅局限在肉眼可见的这些改变上，还有一些深层次的、根本性的变化，但我无法确切地描述出来。我耸耸肩，想着也许是因为我的原因，也许是我太久没有回来，以至于我对这里来说已经是局外人了。

沿着这条两旁种着橡树的碎石车道向前走，下一站我想去公园看看。当这所旧农舍还是庄园的主要建筑时，这条路就是它的正式入口。但到了 18 世纪，一座新的庄园府邸建成后，旧农舍便失去了往日的地位与光彩。只有两棵橡树依然挺立着，树皮因岁月的流逝而开裂，纷乱交错的树枝冲向天空，仍在寻找那最后一缕阳光。遒劲有力的树根在基部周围高高隆起，形成一个个小丘。我选中一块凹凸不平的老树根坐下，静静欣赏周围的景色。我仿佛能听到自己脚步声的回声，在某个夏末的日子里绕着树转上几个小时，像玩游戏一样在隆起的树根之间跳来跳去。不是因为无聊或是心情低落，更像是被催眠了。

它就在那里，在山谷的底部：我的人生旅程自此开始，一步一步向上走，直到彻底离开。这时太阳升得更高了，砖头也不再闪着粉红光芒，而是变成了它真正的橘红色。俯视脚下的房屋时，我总觉得还会看到房前那棵巨大的垂柳，它长长的秀发遮住了房屋的脸庞，隐藏着不为人知的秘密。闭上眼睛，我能听到它的枝干被风吹动得哗哗作响，在风中轻舞飞扬。我向绿帘般的柳树跑去，伸出小手，抓起一簇簇长鞭般细的柳枝，在空中摆荡。有时候我只是坐在枝桠上，藏在叶子里，四周观望着。不久，妈妈的声音便会响起："赶快下来！你还要我说多少次？"可是我没有下去，我惬意地穿梭在绿意盎然的丛林中，偶尔荡到坚硬的树枝旁。透过那些纤长的树叶，我也在细细观察着。他们在四处寻找我的踪迹，然后会猛地掀开遮挡视线的柳枝。

"这需要修剪一下，把它剪到她够不到的地方。"

因此每年春天，这棵树都要被大肆修剪一番，直到被剪成像留着短波波头的小女孩一样。但柳树的生长与其他树不同，到了仲夏，长长的柳枝又会轻拂地面，我就又可以到绿色圆顶里生活了。

我口袋里的手机铃声把我带回现实。我睁开眼睛，妈妈的声音渐渐消失了，门前的垂柳不见了，建筑物的全貌一览无余。五扇窗户的立面比例完美无比，格鲁吉亚风格的入口处台阶锃亮。现在的我再也不用躲藏了，绿叶面纱后再无秘密。

"你母亲中风了。我想你应该马上来医院一趟。"

"怎么会这样，她不是星期三就要出院了吗，她说她好些了。"

"快过来吧，等你来了我们再谈。"回到闷热无比的医院病房里，护士把我领到一间办公室，医生已经等候多时。

"你母亲是前循环卒中，情况很严重，而且还在不断恶化。"

"还在恶化？她现在就在医院，给她用药治疗啊。"

医生摇了摇头，脸上的表情介于同情和恼怒之间。

"广告上不都是这么说的吗？'迅速行动'去救人。她现在就住在医院，还有比这更快接受治疗的情况吗？还有你说的前循环卒中是什么意思？"

"它是一种影响大脑中动脉和前动脉供血区域的大型皮质卒中。扫描结果出来之前我们都不知道它有多严重，但我们可以判断出它的情况不容乐观，而且影响面积非常大。"

"非常大？"

她一动不动地躺在床上，被我们推回病房。同一房间的病友沉默地注视着这一切，纷纷露出困惑的神情。这里是呼吸病房，他们对氧气面罩和护士是司空见惯，但眼下的状况却使他们一头雾水。护士拉上蓝色的帘子，狭小的空间内只剩下我们母女二人。我拉住她毫无生气的手，没有收到一丝回应。医生拿着检查结果来了，他压低声音说：

"情况很严重，她的身体似乎失去了知觉，跟头部被锤子击打后的情况类似。她的部分器官还在工作，呼吸也正常。但我们不知道现在大脑是什么情况，但很可能已经救不回来了。我们尽力了。时间不多了，准备准备吧。"

我把她额前的碎发轻轻拨开，她总是很在意自己的发型。每周都要剪得干净清爽，用电卷棒烫好，再用卷发器固定。即使是在土豆地里，她也会用头巾裹住头发，用发胶定型。我十几岁的时候，我们没少因为我的头发吵架。

"妈妈，你能听见我说话吗？我就在这里。"我握着她虚弱的手，抚摩着她那依然宽大有力的手指。"我在这里。"她的眼睛慢慢地睁开了，嘴巴艰难地动了两下，但没有发出声音，我看到她蓝灰色的眼睛里充满了恐惧、困惑，犹如一只惊慌失措的小动物。"妈妈，你在病房里，你中风了，但没关系，我在这里陪着你。"然后我看到了她恐惧的表情，她听懂了我说的话，我突然感到一阵被扼住喉咙般的恶心。她明明就在那里，好好地活着，只不过是被躯壳困住了。"闭上眼睛试着睡一会吧，妈妈，醒来就会好一些的。"好一些？不会好的。

　　她睡觉的时候，我给她剪指甲，仔细地修好形状，然后涂上她最喜欢的珍珠粉色指甲油。结束后，我把她的手放回床上，粉红色的指尖在她宽大的手上有种强烈的违和感。晚上灯光暗了下来，我坐在蓝色的茧里，看着数字在显示屏上忽上忽下地跳动。

奔跑

"不要到树林里去。万一掉进猎场看守人为狐狸设下的陷阱，你的脚就会被咬掉，就像这样。"妈妈拍着手，然后十指交叉，模仿着捕兽夹把我的脚咬断的样子。"你也知道对吧？那还要我重复多少遍？先帮我拿个花瓶来。"

我小心翼翼地把一捧风铃草放在桌子上，然后到食品贮藏室拿了一个花瓶。我还没来得及出来，就听到了爸爸进门的声音。

"搞什么，她又到树林里去了吗？快把那些臭东西丢出去。"透过食品室的门缝，我看见他把桌上的风铃草扔到了花园里。"你赶紧从这里出去。不许再去树林里。如果你没别的事可做，那就穿上靴子出来跟我一块干活。"

两天过去了，虽然妈妈眼中那激动的、有意识的光芒正在消退，但她的身体并没有就此放弃。她被转移到中风病房，那里的护士更了解她的需求。她现在最需要的似乎是食物，但她无法吞咽——她的喉咙再也不听大脑使唤了。有一天早上，他们把一根食管插进了她的鼻腔和喉咙，这样流质食物就能顺利到达她的胃里。前一晚，一个身形娇小的黑发护士提前向我解释过它的工作原理。"亲爱的，你最好在插完管后再过来，因为那看着会很残忍。就给自己放半天假吧。"

所以我去了黑森林（Black Woods）。事先没有思考，也没有计划，只是出于本能，不由自主地就被带到了那里。我还是个孩子的时候就知道树林里的危险，我听到过各种版本的警告，但我还是照去不误。直到现在，将近50年过去了，对我来说这片树林的魅力依旧不减，它促使我故地重游，在树丛中一根腐烂的树枝上安稳地坐下。到了春天，这里会铺满蓝色的风铃草，成千上万的风铃草随风舞动。即使这里有大片的黑松种植林，数以万计的风铃草却暴露了这片古老落叶林的悠久的历史。这种年代感至今也依然未变，这里黑暗、与世隔绝、超凡脱世。在它的中心，在森林的中心区域，是猎场看守人的领地。许多年前，野鸡就被圈养在那里。

中间这一大片空地被高高的防狐围栏包围着，里面是一个较低的用木制围栏包围的区域。在这里，鸡苗一直被饲养到成年。我曾蹲在矮树丛里，躲藏着，花好几个小时看看守人照顾那些刚出生的绒毛球。随着它们一天天长大，看守人会把它们在众多的鸡圈中移来移去，直到它们变成脏兮兮的、但可以独立活动的小鸡。这时候它们就会被放出来，在木制围栏外活动，只要在防狐围栏内就是安全的。这些都是被驯服的少年，它们可以自由地四处游荡，但晚上还是要回家吃饭。晚上天黑前，看守猎场的人会肩扛麻袋，把谷粒撒在落叶上。然后吹响口哨。那是一声低沉单调的口哨声，但小鸡知道这意味着什么，它们从四面八方成群跑来，信任地向它们的看护者奔去。在它们短暂的一生中，看护者一直扮演着庇护所和食物来源的重要角色。每到这个时候，我都会悄悄地离开，在天黑前赶回农舍。

回到树林里，我习惯性地拿起一根长棍，一边向前走一边在落叶上有节奏地来回划动，就像小时候一样，避免踩到捕兽夹。但猎人们早就搬走了，没人会放置这种东西。扫着扫着，一个洞口赫然出现在眼前。这是一条通往地下的隧道，洞口比兔子大很多，但又比獾小一点——这里是狐狸巢穴的入口。但是那里没有狐狸。入口被枯叶覆盖得严严实实，旁边的泥地上也没有脚印。它们也走了，全都走得干干净净。

雉鸡的铁丝围栏已经破了很大的窟窿，卷曲的铁丝裸露在外，沉重的铁丝门挂在铰链上摇摆着。我不必再像小时候那样，从牢固的铁丝网下爬进去。坏掉的大门只需轻轻一推便可轻松进入，根本构不成什么阻碍。虽然在围栏内，蕨类植物和荆棘已经占地为王，但我好像仍能听到看守人的哨声。每群小鸡都面临着同样的宿命。等待飞羽长齐的那一天，猎场看守人就会打开大门，走到很远的地方吹响口哨。听到召唤的雉鸡就会毫无防备地跟着他跑到森林深处，以为那只是平常的一天。它们全然不知身后的大门已经关上，等待着它们的会是什么。自由自在的成年生活会是什么样子？是像野鸡一样自由生活，或者仍旧像以往那样，由哨声和玉米粒结束一天？猎场看守人完全赢得了这群小家伙的信任。直到有一天，他没准备玉米粒，而是带着猎狗赶着它们一直往前走，直到它们被赶到树林边上，害怕地扑扇着翅膀，嘎嘎地飞了起来。然后冷不丁地，响起一阵预谋已久的枪声。

似乎有什么东西发生了变化。围栏不见了，野鸡、狐狸和猎场看守人也不见了。但事实上，这里的变化比我所看到的要多得多，但我说不出来。我知道风铃草仍然在那儿，在寒冷的土壤里耐心等待着，等日照时间一长便会再次开满大地。就像许多年前的那天，我采了上百串盛放的风铃草，希望它们幽香的气味能让家里严肃紧张的气氛变得柔和一些，希望能些许安慰到妈妈。因为那天爸爸把一个有皱褶的、撕破了的信封扔在桌子上后，就摔门冲出了房间，随后我就看到妈妈趴在厨房的水槽边哭了起来。我想眼下的状况也正如那天一样，再多的风铃草恐怕也无济于事。

∿∿∿

医生给她插上了鼻饲管，管子在她的脸上投下了奇怪的阴影，她的脸从有些发红开始变得有些青肿。我轻轻地给她梳着头发，竭力忍住心中的恐惧。她睁开了眼睛，大颗眼泪涌了出来，接着，她把目光从我脸上移开。我坐下来，紧紧握住她的手，尽管她感受不到。

"好了，亲爱的，现在我们都准备好了，对吗？我们马上会再尝试一下给你喂食。"护士转向我，在帘子外面招呼我过去。"我们这次也不一定能成功，她的胃在排斥食物，可能也是中风导致的。不过我们正在想办法，你先去喝杯茶吧，待会儿医生会和你详细说的。"

一个可怕的念头在我心底慢慢成形，但我很快便否定了它，并屏蔽了来自它的所有杂音。

极度渴望新鲜空气和阳光的我逃也似的跑出医院，从院子里快步走到通往公园的小路，然后爬上了一座满是回忆的小山。我坐在台阶上，这条小径两旁种满了山楂树和榛树，镇子延伸到下面宽阔的平原上。几十年前，我还是个十几岁的少年，那时我第一次爬上了这道台阶。我在黑暗中走在小镇边缘泥泞的小路上，但当我跨过台阶那一刹那，原本灰暗沉闷的小镇仿佛被施了魔法一样，瞬间被一百万盏灯点亮。那个穿着风衣的男孩抓住了我的手，他的头发在寒风中飘动。

"等等，先别下山。我一直想给你看这个，你看，这里到晚上会变成另外一个样子。现实世界消失了，它变成了与我们印象中截然不同的样子。"

茂斯拉开他的蓝色长外套，让我躲到里面，我们一起望着外面城市的灯火和双行道上飞驰的灯光，那是我一生中最紧张的时刻。

"你知道我以前从来没有这种感觉，但我想我爱你。"他的话在我的脑海里翻来覆去，直到它们变成了一个明亮温暖的源泉。我从没听人说过这句话，无论是在我的家里，或是现实生活中，这三个字对我来说陌生得很，我只在书籍和电影里听说过罢了。但那一刻，那富有激情、吸引力和深厚感情的三个字，让我感到无比幸福，好似将我紧紧包裹在一件美丽、安全和充满期待的外衣之中。

在一月份这个阴冷的下午，我把那件外衣重新翻找出来，盖在身上，想要用它的温暖来平息恐慌。台阶年久失修，几乎承受不住我的重量。整个城镇笼罩在阴冷潮湿的氛围中，下面车辆的喇叭声越来越响。但从那天晚上起，我每天都能感觉到那件披风的温暖。我紧紧抱着它，走回病房，坐在了医生的房间里。

"恐怕饲管行不通。她的胃在排斥食物。我们不确定这是因为她的胃出问题了，还是什么别的原因。"

"你在说什么？"他的语气是那么随意。难道事实真是我想象的那样吗？

"我们认为鼻饲管应该摘掉，因为它显然让她很痛苦。"

"然后呢？"

"我们可以通过手术在她的胃里插入一根管子，但这目前存在一些问题。不过，我们会尽力的。"我听不懂他在说什么，到底有什么问题？

"我真受不了你们绕来绕去，直接告诉我现在是什么情况，跟我说实话。"

"问题是如果我们插入导管，她的身体可能会继续排斥食物。就算不排斥的话，那么仍然存在感染的风险。最后，感染会直接导致死亡。"

我说不出话来，但当他不断地说出这些话时，我被他嘴巴的形状惊呆了。他在说出教科书上的那些词时完全无动于衷，而这居然还是我自找的。

"如果不做手术会怎么样?"

"中风会要了她的命的。她的病情非常严重,时间不多了。"

"所以你是说她活不成了,只是早晚的事。"

"是的。"

"如果使用导管的话,她能坚持多久?"

"最多九个月,前提是她的胃不排斥流食,而且消化系统还得正常工作。"

"如果不用管子呢?"

"我们会停止输液并停止使用抗生素,肺炎会复发。由于无法吞咽,她会窒息。"

"窒息?"

"她的唾液会令她窒息,可能两三天后就会死。"

又是这些话。茂斯确诊后,我花了几个月的时间才摆脱和这些词有关的噩梦。我试着不去想他们的话,但他们的声音又总是在我耳边咆哮,不断提醒着我去面对眼前这些残酷的现实。

"你为什么要这么做?为什么要停用抗生素,为什么不输液?"

"因为没有胃管她会饿死,所以我们将进入零干预阶段,除非在那之前其他器官发生衰竭。"

"那你觉得应该怎么办?"

"我们认为应该在明天或后天插入饲管。但做不做由你决定。"

我决定?我扶着椅子站起来准备离开,我的双腿发软。他说，要由我来决定我妈妈的死亡方式和死亡时间。

回到她的床边，她正静静地睡着。我试图从这纷乱的一切中理出个头绪来，但半个世纪的回忆碎片在脑海中匆匆闪过，像手中握不住的细沙。但如果没有这些过去，我怎么能做出决定呢？所以我需要回到广阔的天空下，听听树林里呼啸的风声，看看被吹得偏离了路线的乌鸦，感受雨水打湿我的脸庞。我需要感受到真实的东西，所以我不停地奔跑，跑啊跑。

我穿过那片冬天常被雨水淹没的潮湿草地。过去我常常爬过那道堤坝，蹚过有我的雨靴那么高的水，还会顺手拿树枝捅一捅水鼠窝。一小群绿头鸭聚集在河面上，我一边瞧着，一边走过河上的小砖桥，穿过大门。以前，在炎热的夏日午后，当人们在田野里忙着割干草时，妈妈会把茶壶放在门口。那时的我常常飞越泥坑，顺着光滑潮湿的泥坡，淘气地爬到山上，中间的山脊给在雪地上快速滑行的雪橇提供了完美的支撑。我不在乎这片土地现在属于别人，也不在乎它本来就不属于我们。我只是一直跑，一直跑。

来到树林里。这片松树林还是一如既往的黑暗幽静。那里没有生命，没有仲夏时节随风摇曳的绿叶，没有春天鸟鸣的呼唤。唯有无尽的沉默。我躺在干燥柔软的地面上，用手碾过厚厚的松针，直到我剧烈的心跳平息下来。这一刻，我终于有了真实感。这片土地、这些树木，都让我感到安全。

躲藏在这片枝繁叶茂的参天古树之中，我仿佛隐匿于世间。自我有记忆时起，这些松树就一直在这里陪伴着我。小时候，它们低矮茂密，现在变得高大而摇曳。在经历了生活中数不清的起落之后，我再次回到这里，在这片荒野中，躲在树木的庇护之后，好似一只动物，观察着外面的人类世界。我一生中的光景，从童年到中年，所有的一切都被压缩在一个时刻、一个选择中。透过树干，我看见散布在山谷中的村落。从山下的农场，到母亲的小屋和远处的教堂墓地——她生命的起点与终点。在树木和田野之间，我的生活交织在一起。我闭上眼睛，让自己感受风吹过树梢，感受针叶的锋利，感受松树的清香渗入疼痛的大脑。我多么想让柔软的泥土把我包裹起来，与世隔绝，使我不再承受更多痛苦。

我的思绪开始平静下来。我没有选择，我已经有了答案。但就联想到这一点都让我觉得像是一种极大的背叛。这位90岁高龄、坚强独立的妇女曾自豪地讲述她如何成为村里第一个穿裤子的女人，以及其他村民如何因此而唾骂她的故事。那时，在战前世界里，她只是一个十几岁的孩子，而那个世界很快就被一群酗酒、抽烟、穿裤子的乡下女孩所侵占。她们从层层束缚中解脱出来，在男人去参战时，她们抓住了向她们敞开的新世界的自由。从她的只言片语里，我听出母亲似乎感到十分震惊，因为这与她从小所受到的严苛的维多利亚式教育大相径庭，但她又不免感到兴奋不已。有一位女性似乎对她的生活产生了持久性的影响，那就是热爱艺术、热爱读书的格林。她们成了亲密的朋友，在她的一生中，格林每年都来看望我们，总是会没有任何事先通知就开着一辆野营车出现在我们眼前。她给我带来成堆的书，给妈妈带来巧克力。她总是用她的短发和男式夹克告诉我们人生有不同的可能性。她通常会待上一两天，在这段时间里，爸爸整天待在地里，只有吃饭和睡觉的时候才回到家里来。某天早上醒来，露营车已经开走了，这时我会开始读她赠予我的书。

这些年来，格林寄来的书越来越多，我惹恼妈妈的本事也越来越厉害。她对我最大的惩罚就是把我关到自己的房间里去。在阳光明媚的下午，我想出去玩的时候，我只能坐在那里看书，有时一看就是一整天。在我很小的时候，我会因此感到愤怒和烦躁。但没过几年，它就变得像奖赏一样。有时我会在一天中尽早做错事，好让我有时间可以在一天内读完一本书。我任性地爬树，蹚过溪流，因为我知道杰克·伦敦的《野性的呼唤》就在那堆还没读过的书里面等着我去读。或者重读一遍《明水之环》和《海底沉船》也是不错的选择，又或者其他任何一本可以带我去野生动物生活的地方的书。我开始梦想着写我自己的书，而不仅仅是阅读别人的作品。我开始写故事，想象着有朝一日，我会拿着一本书脊上印有企鹅图片的书，一本出版了的、我自己的书。直到有一天，我发现了那封信。残酷的现实毫无预兆地进入了我们的生活，我的梦想和那堆书一起被搁置到了书架上。

回到农场小屋，我把她干净的睡衣和毛巾叠好，依次放进包里。还要带上睡袜，她的双脚冷得像冰一样，但它们没在抽屉里。可是我记得她所有衣服都放在那里，于是我又找了一遍。当我提起那一沓叠得整整齐齐的棉质手帕时，一个皱巴巴的破信封映入眼帘。跟我小时候看到时一模一样。妈妈始终不肯告诉我信里写了什么，所以在很长一段时间里，我都想自己找出答案。多次搜寻无果后，我放弃了寻找，以为它一定是被扔掉了。但当我12岁时，我在一个缝纫篮子里偶然发现了它。那一瞬间，我仿佛是在一次考古挖掘中发现了一个神秘墓穴。那一刻，你知道你马上会透过一扇门看到另一个世界，一个一直在那里，却被刻意隐藏的世界。现在，这么多年过去了，她还留着那封信。虽然我知道上面写的是什么，但我又一次把它从信封里拿了出来。那些熟悉的文字不过是白纸上无意义的黑色线条，然而我却花了半辈子的时间思考那封信的内容是什么，它是如何影响了我们的家庭生活的。多年来我自己摸索着拼凑出了自己版本的故事，并将它作为诸多问题的答案。眼前这片田野、树林和陪伴我成长的土地从来都不属于我们，我们只是它的租客。父亲问过要怎样才能续签，他得到的答复是：租赁合同不会续期，当地产所有者死后，他的地产，包括所有的农场和房屋，都会被卖掉，租赁也会终止。到时会有新业主来决定是否与我们续签。我不会永远待在农场上，我将不得不离开，去远离农场的地方工作，去创造另一种生活。从那时起，从我收起笔记本和笔的那一刻起，再也不会有关于野外的故事了。

我找到了袜子，都在床下的塑料袋里。她为什么要放在这里？我拿着袜子回到了医院。

我到医院的时候正好赶上医生换班，于是我见到了另一位医生。

"手术最早可以明天早上进行。但是以她的状况来看，使用麻醉剂会有一定风险。"

"我们不做手术。"

"你说什么？"

"我们不做手术，她不会想做手术的。她不喜欢躺在那里什么事都要依靠别人。我知道她很讨厌这样。"

"但我们必须要这么做。这是下一步。"

"不，你们不必这样。顺其自然吧，她会希望我们这样做的。"我真的知道她的想法吗？我确定吗？我能一直坚持我的决定吗？如果我坚持下去，我会一直质疑自己的选择吗？我想我肯定会的，这毫无疑问。

"我不确定我们是否可以这样见死不救。"

"另一位医生说这完全取决于我。事关我母亲，我敢肯定她也会这么选择的。"我真的知道她的心意吗？我怎么可能知道？就在我说这话的时候，我仿佛还能听到猎场看守人的口哨声，从树林里传来的悠长、单调的口哨声。

医生将我的决定反馈给了一位会诊医生，他坚持要我会见一个了解姑息疗法的护士，这样可以让我深刻理解我的决定到底意味着什么。于是我坐在另一条走廊里等她，但她迟迟未到。其实我不需要开会，我所知道的远比医生以为的要多得多。在茂斯确诊之后的几年里，我对死亡这件事，以及对死亡过程的想象很少有超过一天的时间离开过我的大脑。我们有过很多年坐在医院走廊里学习如何等待、如何害怕。我们曾站在开阔的悬崖顶部，试图接受这一定局，并接受了死亡是作为生命的一部分的事实。然而，我仍然只能从旁观者的角度看待死亡，而不是那个真正命悬一线的人。我怎么能为她做出最终的决定呢？我需要她来告诉我，让我看看她被困住的世界里的东西。

我不再等护士了，我回到妈妈的房间，握住她的手，抚摸着那毫无生气、像纸一样苍白的皮肤。我无法开口向她解释她将如何结束她的一生，也无法向她诉说我要做出怎样的抉择。如果她还能思考的话，我应该保护她，不让她知道真相，让她相信她会好起来的。我再也控制不住我的情绪，泪水如决堤般涌了出来。当我擦去脸上的泪水和鼻涕时，她睁开了眼睛，那双水汪汪的蓝灰色眼睛。她的眼神在床尾停留了一会儿，专注于看不见的东西，然后转向了我。我看到她的嘴巴在微微颤动，那是一个轻微的，几乎觉察不到的颤动，同时还伴随着一声低语。她的气息是如此微弱，我不得不把耳朵贴在她的嘴上。

"什么，妈妈，你在说什么？"

"你是说'家'吗？妈妈。"

她注视着我的脸，然后闭上了双眼，她又睡着了。家，她说"家"是什么意思？

来向我介绍姑息疗法的护士走过来，坐在床边。

"刚刚我在走廊里等你来着。"

"我知道，对不起，我迟到了。"

我告诉她关于"家"，以及我认为"家"的含义：妈妈想回家度过最后的时刻，就像当初爸爸一样。他一直试图忽视的癌症最终还是带走了他。听到这些，这位护士和妈妈谈了谈，仔细地解释了情况。但是妈妈没有流泪，也没有任何戏剧性的事情发生，她没有回应。

"我们不能让她回家，她需要人照顾，所以她需要留在这里。你确定你听到她说话了吗？这似乎不大可能。"

"我听到了，我确定我真的听到了。"

会诊医生来了，在方框上打钩，在表格上签了名。抗生素被拿走，她被推到了旁边的房间。这是一个安静的房间，与世隔绝。她来到了临终室。

"还剩多久？"

"最多三四天。"

我和她一起搬进了这个房间。

信任

　　我需要茂斯和我一起面对这个让人感到恐惧的时刻，只待在我身边就好。但是这一刻我们是第一次如此接近"窒息"这个词，感受是如此真实。我不能让他亲眼看到这一切。尽管此刻命悬一线的是妈妈，而不是他。但只要他在临终室多待上一秒，我就无法把这两件事彻底分开来。我要让他远离这一切，让他避免受到伤害，让他远离死亡。妈妈也不希望他在那儿。事实上，她会很讨厌他在场的。

　　许多年前，在一个周三下午，茂斯突然出现在我的生活中，他梳着凯尔特式的辫子，老旧的皇家空军风衣在身后飘动。那时我18岁，他的出现像一种从不消退的疯狂电流，瞬间点燃了我的生活。他以原始的、发自内心的、充满激情的精神加入了保护环境的每一场斗争。他这一生都在追寻一个梦想：终有一天他能够让人们意识到，我们需要保护脚下这块宝贵的土地。为了阻止新高速公路的建设，他花了数周的时间爬树和扎营。周末则待在塞拉菲尔德（Sellafield）核电站的围栏外，竭力阻止放射性废料向室外倾倒。但这些抗议统统没有得到重视。一车又一车的混凝土接连而至，核废料继续被倾倒在池塘里。但我却好像被他周身发出光芒所深深吸引，他照亮了我的世界中每一个阴暗、晦涩、隐秘的角落。我天真地以为我的家人也会有同样的感受。但他们没有。

茂斯和乡村荒野仿佛有着一种神秘的连接，他总是不自觉地被乡村吸引。他在镇上长大，但从小他的目光就流连于深林与山丘。他总是想着，什么时候他能再从灰暗的钢铁森林回到真正的原野上。在我们见面后的几个月里，只要有机会，我们就会去峰区一日游，携手走遍每一座山丘、每一片沼泽和每一个山谷。我从小在乡村长大，所以那些山峰丘陵对我来说是司空见惯。我之所以陪他走过每一处，只是因为那样能和他在一起。但对茂斯来说，这是另一回事。他对大自然着迷，就像上瘾一样。如果没有定期去探索大自然的奥妙，他会觉得他的世界的其余部分，简直乏味得令人难以忍受。

除了散步之外，茂斯也总在寻找别的东西，想要在自然中获得更为深入的沉浸式体验。有一天早上我们本该去上学的，在他家，木制电唱机里放着 T. Rex 摇滚乐，马克·波伦的《坐上白天鹅》，茂斯倚靠在窗前，镜子里反射的阳光使他周身散发着朦胧而柔和的金光。当时我认识他才几个月，但他的出现仿佛令我的生活陷入了一个漩涡，我难以抵挡，满脑子都是他。他穿上牛仔裤，手里拿着 T 恤，眼神却始终停留在窗外，犹犹豫豫地望着街上，紧接着，他挥了挥手。

"你在跟谁挥手呢？你的衣服还没穿好。"

"住在马路对面的老妇人。没关系，我从小就这么跟她打招呼，从来没拉过窗帘。"他似乎很不安，好像在等待什么事情发生。"我们去攀岩吧。走，我去拿绳子。"以前他和朋友们一起去攀岩，我从未参与过。他把 T 恤塞进牛仔裤里，系好腰带。我在脑海中粗略地设想了一下今天的安排。如果一会去攀岩，时间差不多了我就回家，我的父母甚至都不会知道我今天翘了课。那我当然要去。

我们把我那辆破破烂烂的菲亚特小轿车停在了罗切斯山（the Roaches）脚下，那是一块从斯塔福德郡（Staffordshire）荒野中拔地而起的砂石嶙峋的山脊。我们在那里走了很多次，从罗克霍尔小屋（Rockhall Cottage）到路德教堂（Lud's Church），穿过岩石林立的深谷，然后原路返回。茂斯还曾指给我看他和朋友攀爬过的攀登路线。我们下了车，他背上那个褪色的蓝色帆布背包，包上挂了一双登山靴，再把橙色的绳索搭在肩上，我们开始向岩石进发。他向我解释登山靴的鞋底是如何牢牢扒在岩石上，从而产生良好抓地力的。我低头看了看我那双廉价的塑料运动鞋，好奇它们能不能给我争口气。

"别担心，一会我来带路，你跟着我，如果你滑倒了，我就会拉紧绳子，这样你就不会掉下去了。"

我系上备用的安全带并扣到最紧。但它还是没法固定住我——如果我掉下去怎么办？

"这条路不难走，你不会有事的。"他解释了绳索是如何穿过夹在我安全带上的金属保护装置的。"在我向上攀爬的时候，就让它从你的手中滑过，我一停下来，就像这样把它固定住。就算我滑倒了也不会摔下来。它会阻止绳索的滑动，从而防止我们坠落。"他把绳索拉到一边，模拟我要做的动作。

"要是我做不好怎么办？"

"你可以的，我相信你。"

茂斯出发了，他信心十足地爬上岩壁，而我站在岩壁脚下的一块石板上。我拖着我芥末黄色的运动鞋，抬头看见这面岩壁直冲云霄。每次他停下来，我都把绳子系好。我能做到，一切都会好的。地面干燥，尘土飞扬，随着天气变热，岩石也变暖，空气中弥漫着下面松树的气味。茂斯爬到了一个尴尬的位置，他离开岩壁，探出身子，只用一只手抓住岩石，以便能更清楚地看到上面的路线。就像他刚刚说的那样，他的脚紧紧扒住岩石上的小凹痕。在阳光的照射下，他那瘦削的身躯从沙石上拱起，在蓝天的映衬下形成了一张近乎超现实的剪影。我得拍张照片，捕捉这一刻。当我弯下腰拿起相机，松开绳子准备拍照片时，他猛地向后仰了一下，我没能及时抓住绳子，他开始往下掉。我扔掉相机，抓住绳子，虽然减缓了他下落的速度，但为时已晚，他狠狠地摔到了坚硬的岩石地面上。

"怎么回事……你为什么不拉住我？"

"我刚去拿相机来着。"

"你在逗我吗，你最好是抓拍到了一张非常厉害的照片。"

"我甚至不知道自己按没按快门。你疼吗？我们回去吧？"

"嗯，有点疼，我感觉有点喘不上来气。但在我们走之前你得先爬上去。"他僵硬地站起来，毫不犹豫地迅速爬上山顶，握住绳索，等着我跟上去。我做不到。如果他故意吓我呢？"来吧。相信我，没事的。"

我开始往上爬。这比我想象的要容易。我找到了着力点，脚下的立足点也让我感觉很安全。但当我走到茂斯探出身子的地方时，我的运动鞋滑了一下，我滑下了岩石。在短暂的摇晃之后，我感觉到被人用力地拉了一把，然后我停止下落，悬在半空中。

他用红色头巾扎住的长发在风中飘动。

"没事，有我在呢。"

我被温热的空气包围，按理说，在这个视角俯瞰空旷的荒野应该是别有一番风味的。但这一刻，整个世界都变得黯淡无光，我只看得到茂斯的脸。我不再惊慌，因为我深知我不会掉落。只要绳索在茂斯手里，上升会是我唯一的方向。

我开车回到镇上时，茂斯已经呼吸困难。我扶他下车，看着他走进急救室后便开车回了家。

到家时，妈妈正在花园里："今天过得开心吗？"

她正在给花坛除草。我的答案是很开心，非常开心。但最终我还是决定对这一切闭口不提。我想告诉妈妈，我爱上了一个可以托付终身的人。今天的事还让我明白，即使我做错事情，我也拥有从头再来的信心。而且，我想我可能是擅长摄影的，即使这种自我认知是以茂斯摔断一根肋骨为代价。我内心极度想要和妈妈分享这一切，但是我忍住了。

"挺好的。"

我很努力地想让父母理解茂斯，但我说得越多，他们就越愤怒。他们以一种恶毒和残忍的态度拒绝了他，这种态度让我愕然不已，颠覆了之前我对家人脾性的所有认知。"你会后悔的，我的孩子，你会后悔一辈子的。"我无法理解，也不明白为什么我们的眼中的茂斯会如此不同。"他对你的人生没有任何帮助，他不值得。"没有任何办法，当我开始尝试周旋于两个世界之间时，我感到非常痛苦。我和茂斯的感情历久弥坚，和他在一起时我享受着无拘无束的快乐。与此同时，我顺从父母的心意，把自己伪装成他们希望我成为的那种女儿。我生活在一个撕裂的世界里，充满了无尽的闪躲和谎言，但我无法舍弃任何一方。我意识到，对父母的坦诚只能带来反对和排斥，但我很贪心，我想把所有我爱的人紧密地联系在一起，少了谁都不行。

在茂斯眼中，"看见"自然是远远不够的，他想要融入其中，去感受大自然最狂野的形态，尽可能地发现人类的空虚。当时我们俩都挣不到足够的钱去国外旅行，所以英国北部自然而然地吸引了茂斯的注意。当他开始计划去苏格兰高地时，我就知道我必须找到一个方法与他同行。我不能和父母直说，但不直说又能怎么办呢？"嘿，我要和我男朋友去露营，你们要是有意见的话，那就请保留意见。"这听起来似乎有点荒谬。我做不到。一想到他们坚决的态度、严苛的控制和让人难以忍受的指责，我根本没有足够的勇气去面对。但无论如何，这次我是非去不可。

当然，我拟好了一套说辞。我会说我是和他全家一起去的，全程都有他父母的陪伴，我也会有自己单独的房间。出发前，我来到茂斯家，把换洗的衣服从我的行李箱里拿出来，塞到茂斯跟朋友借的帆布背包里。我一把将这个红色大家伙掼到肩上，系在腰间的书包带给我安全感。茂斯帮我抽紧了背包的肩带，我这个20岁的小身板被束缚在一件紧身衣里。我不知道绑着这个东西我怎么能移动，但我整个人都处于狂野的兴奋之中。茂斯把他的头发编成辫子，把他的破马甲套在无领衬衫上，穿好花呢七分裤，再系上他的步行靴。我们准备好了，我们出发了，我们真的踏上旅途了。我们搭茂斯爸爸的车到火车站，然后搭晚间火车去因弗内斯（Inverness）[1]。

"如果你父母给我们打电话怎么办？"茂斯的爸爸正了正他的平顶帽，好奇地望着车窗外。

"他们不会的，我跟他们说你会去苏格兰北部度假的。"但我的内心却十分忐忑，如果他们真打电话了呢？如果我们露馅了呢？当我们登上拥挤的夜车时，这些想法便被我抛诸脑后。车上没有空座，我们只好坐在过道里。火车一路向北，我们距离真正的大冒险越来越近了。

在火车的地板上睡觉不是件容易的事。地板的震动、机械的碰撞声和难闻的气味都很难让人忽略。然而在断断续续的黑暗中，我梦见一座奇形怪状的山，映衬着紫色的天空，天空中下着

---

[1] 因弗内斯是苏格兰北部的一座城市，因弗内斯是高地地区的首府，也是苏格兰最北方的城市（本书脚注如无特殊说明，均为译者注）。

瓢泼大雨。黎明时分，我们抵达苏格兰北部的边境，一个我从未见过的陌生的地方。这时，一个叫约翰的年轻德国人坐在了我旁边。

"你们要去阿勒浦（Ullapool）[1] 吗？那里很美，但你们应该去北边看看斯塔克波莱德山（mountain Stac Pollaidh），那里是你永远不会忘记的地方。"

茂斯在手机地图上搜索着约翰推荐的这座山。

"我本来想到这儿来的。"我看到茂斯的手指在他说了几个星期的那片土地周围比划画圈，"到本莫·科格赫山（Ben Mor Coigach）去，然后沿着山脊去费德莱尔峰"。这是我第一次独自离家超过一天，没有父母陪伴，身边只有茂斯。即使身处四处透风、尘土飞扬的火车车厢，我仍然可以静静地在脑海里回忆起那个翘课的下午，我们是如何沉迷在自我的世界里。我闭上眼睛，想象着他弓着腰，熟练地用平底锅煎蘑菇，周身笼罩在下午柔和朦胧的阳光中。我从背后抱住他，直到现在我的脸颊还记得当时的温度。

"我觉得这些地方都不错，我们也去斯塔克波莱德山看看吧。"我要和他单独相处一整个星期，就我们俩，没有旁人。所以去哪里并不重要，重要的是我们在一起。

我们从因弗内斯搭巴士前往目的地，车里闷热无比，但当车子停下，车门在阿勒浦打开的一瞬间，涌入的清新空气就像冰镇

---

[1]　英国苏格兰高地行政区的一个城镇，位于苏格兰西海岸。

的香槟一样令人舒爽畅快。阿勒浦的街头清冷寂静，这个被冰雪覆盖的世界白得耀眼，但我们却从这片冷寂中看到了无限光彩。我们走在小镇西部海岸的罗斯（Ross）和克罗马蒂（Cromarty）[1]，边走边吃炸薯条，欣赏着港口的渔船并寻找民宿。第二天早上，我们买好了接下来几天的食物，还去港长的门上看了天气预报。上面说接下来两天天气晴朗，有微风，也许两天后会下小雨。我们一把拎起背包，甩到背上，自此开始了从小镇到斯塔克波莱德的长途步行。

"如果走路的话可要走上一整天，我们搭个车怎么样？"

"当然好啊。"我满怀希望地竖起大拇指。

我们从露营车里爬出来，车主是一对瑞典夫妇，他们带着三个孩子，还有一条小狗，车顶上挂着一个叮当作响的牛铃。我们站在山脚下的荒野中，没走几步就开始汗流浃背。气温越升越高，在陡峭砂岩上攀爬的我们仿佛置身于火炉中一般。以前的我并不知道负重爬山会有这么艰难，我就好像拖着一块巨石，每走一步都像是在健身房进行举重训练一样。这一刻地心引力好像发生了反转，某种未知的力量一股脑地全压在我身上，我需要付出巨大的努力才能勉强迈出一步。

茂斯迈着轻快的步伐朝着山顶走去，他的肩上扛着一个巨大的背包，里面沉甸甸的罐头不时发出叮咣的碰撞声。我咬紧牙关，跟在他后面。我不能退缩，不能做个哭哭啼啼的女友，不能

———————

[1]　海边的小渔村。

毁掉他期盼已久的旅行。终于，我们登顶了。我满头大汗，在阵阵热浪中喘着粗气，一把将背包扔在山脊上，然后小心翼翼地摸了摸被背带勒得通红的肩膀。那是我第一次站在苏格兰的山顶上，景色美得摄人心魄。荒凉偏僻的阿森特岛（Assynt）在我们脚下延伸，一直到大海深处。我从未见过这番景象，我看到它在蒸腾热气中散发着蓝绿色的光辉。

"真棒，不知道你能不能再坚持一下，咱们到那里去。"

我把勒到肉里的绿色 T 恤轻轻与皮肤分开、抚平，听到他的话后我的心怦怦直跳，我为自己感到骄傲，他的肯定让我重新变得容光焕发。我顺着他手指的方向看去，然后就看到了它：本莫·科格赫山的黑暗心脏。

"它就在那儿。我一刻也不想等了，这件事我想了好几个星期了。"

他金色的头发随风飘动，兴奋的脸上闪烁着迷人的光芒。他属于那里。但要到达那里之前，我们必须要途经一条绵延数英里的小径，穿过泥炭沼泽和岩石，才能通向隐藏在荒野深处的那座黑暗而雄伟的山峰。一丝恐惧在阳光下蔓延开来。

我们搭了一群二十多岁西班牙年轻人的便车，来到离西海岸几英里外阿契提布（Achiltibuie）的一个露营地。这一晚我们将在营地里度过，之后的长途跋涉就会野外露营了。搭起帐篷后，我冲到洗手间，希望能洗个冷水澡，把我那渗血生疼的肩膀浸一浸。可是这里没有淋浴，西班牙女孩们都脱得一丝不挂，在水池边慢慢洗着。我很震惊。我一直深受母亲维多利亚价值观的影响，坚信在公共场合露出胳膊以外的任何部位都是不妥当的。但我迫切地想要冲洗干净，于是扒开肩膀处的衣服，一遍一遍地往肩膀上泼水。但心里很别扭，感觉自己游走在正常世界的边缘。

"他算什么男朋友，让你拖这么重的东西。"西班牙姑娘们围过来看着我凄惨的肩膀。

"是我自己想要跟来的。"

"啊，真的吗？"女孩们用海绵小心轻柔地帮我清洗着伤口，细心地拨开绿色 T 恤的线头。

"这不是我的背包——是我借的，所以尺寸不太合适。"

"爬山的装备还是用自己的好，借来的会让你受伤。"她们为我涂上消炎药膏。

"脱掉 T 恤吧，你得让皮肤透透气。"

手里攥着湿漉漉的 T 恤，穿过一个充满自由气息的陌生新世界，我回到了帐篷。自从上次学校组织去峰区[1]旅行后，这是我第一次露营，但和茂斯一起被封闭在狭小的绿色空间里也并不是什么难事。第二天早上，西班牙货车把我们捎回路边，我们不停地向它们挥手告别，直到它在视野中消失不见。炎热的夏天里，筑巢的鸟儿羽翼丰满，飞往渴望已久的蓝天，眼前灰绿色的泥炭沼泽一片寂静，腾腾热气宛如一张密不透风的毯子笼罩在石楠丛上，久久不散。

---

[1]　英国峰区国家公园是英国第一家国家公园和最大的国家公园，位于英格兰中部。这里是徒步、远足、探洞、攀岩和自行车的最佳去处，被誉为英国户外运动的天堂。

　　我们沿着平缓又漫长的斜坡下山，刺眼的光线赋予了物体强烈的清晰度，以怪异的 3D 夸张效果突出了裸露的岩石，山坡上绿色和黑色的色块形成了极大反差，就好像我们正在观看一个颜色调整错误的大屏幕。为了保护受损的皮肤，我把多余的 T 恤叠在肩膀上，从早上到下午，我反反复复地停下来调整。每一块岩石和石楠花的周围都布满了干燥的泥炭，开裂成微缩版的山脊和山谷。傍晚时分，我们在一条小溪里灌满了水瓶，在跨过最后一片石楠丛后，它终于出现了。黑暗、狂野的岩石群和石楠丛形成的海啸在我们的前方升起，黑压压地向我们扑来——我们面前的正是本莫·科格赫山和一面巨大的近乎垂直的岩壁，是费德莱尔峰。我屏住呼吸，这是我在火车上梦到的那座山。

　　"茂斯，我梦到过这个地方，梦里特别可怕，雨下得……"

　　"但现在没有下雨，天气预报说天气很不错。我们到湖边去吧，到那里把帐篷搭起来，走吧。"

　　图雅斯湖（Lochan Tuath）静静地躺在费德莱尔峰山脚下，面前这座给人以巨大压迫感的石墙高耸入云。我背对着它，小心地脱下 T 恤，用冰冷的湖水擦洗肩膀。我们坐在湖边，感激渐起的微风带走了恼人的蠓虫，这一刻，我仿佛身处天堂。在这片广阔的荒野中，我们孑然一身，无须接受旁人的眼光与评判，我们可以卸下所有的防备与伪装。在暗淡的月光中，我看到两侧陡峭岩壁上的杂草似乎要滑向下面的泥炭沼泽。一种超现实的声音从山的一侧随风飘来。起初，这声音听起来像一阵微风拂过宽大的风铃，低沉的声音在微风中忽来忽去。紧接着是一阵更响亮的、使用另一种语言的合唱，从某个遥远的地方传来。

"这是什么声音？"

"这是大山的呼唤。"

我们正要钻进帐篷的时候，一群马鹿奔腾而过，成群结队地下山去了，用它们自己深沉、野性的歌声互相呼唤着。我们看着它们消失在山下的山谷里，然后爬进了茂斯搭的绿色小帐篷，他用一根木杆抵着门，帐篷小到只能容纳一个人。但那时的我却感觉自己正在经历生命中一个不可思议，却也无可超越的时刻。明天，我们将爬上本莫·科格赫山和费德莱尔峰，欣赏壮观的风景，回到帐篷再待一晚，然后再次出发。在柔和的晚风中，在雨水拍打着防水篷盖的滴答声中，一阵睡意袭来，我昏昏沉沉地坠入了梦乡。

我在一片漆黑中醒来，不知自己身在何处。我摸索着找手表，眯着眼睛一看，才深夜两点钟。我把头靠在茂斯的胸口，温暖的胸膛有节奏地上下起伏着。突然间我听到了远处传来的隆隆声。那不是他的呼吸，是外面传来的，起初很遥远，但却离我们越来越近。茂斯醒了。

"那是什么鬼东西？"

现在声音更大了，就像一辆火车从我们头顶开过，轰隆轰隆的咆哮声震耳欲聋。它终于来了，一阵威力强劲的大风把帐篷吹得变形，我们被冰冷的绿色尼龙布裹挟着。它似乎要强行把我们从山坡上铲走。

"什么情况？"茂斯从睡袋里爬出来，试着托住抵住门的那根木棍，但由于没有足够的空间让他坐直，他使不上劲。"快穿好衣服，穿好衣服……"他直挺挺地躺在帐篷里，用他那巨大的40厘米的双脚踩住木棍，他的双腿承受着狂风的全部力量。我慌慌张张地穿上衣服和靴子，把我能拿到手的东西一股脑全塞进背包里，还试着给茂斯穿好衣服，但他正忙着撑起木棍，把潮湿的、令人窒息的尼龙布从脸上拿开。

木杆啪的一声断了，在他两脚之间裂成了两半，帐篷变成了一个打着旋的尼龙袋，我们的体重几乎无法控制住它。茂斯试图在黑暗的漩涡中系好靴子的鞋带。

"找找我背包底部那个塑料袋。"

"什么？为什么找它？它们都湿透了。"

"那是一个救生袋。我们得离开帐篷到那里面去。"

"什么？我是不会出去的……"

帐篷门的拉链被"哗"的一声扯开，狂风暴雨像终于找到了突破口一样，不留情面地向我们涌来。我没有别的选择，只能硬着头皮走到可怕的黑暗之中，在我将第二个背包拖离帐篷的那一刹那，尼龙帐篷被倏地卷入空中，狂风暴戾地拽出钢钉、抖落出绝缘垫、手电、换洗衣服和几包食物，它们转瞬间便消失在了茫茫夜色中。茂斯拼命地试图打开鲜橙色的救生袋，死死地攥住它，生怕再失去这最后一根救命稻草。

"进去，先把背包扔进去，不然它就被吹跑了。"

我出溜一下滑进袋子，雨水像长矛一样地刺进我的眼睛，我睁不开眼。后来，茂斯也钻了进来，暴雨在身边汇成小溪，我们就躺在湿漉漉的帆布背包和潮湿的睡袋里，躺在离公路几英里远的一个裸露的山坡上，躺在这个单薄的塑料袋中。

一道闪电划破天空，我们趴在地上，小心翼翼地打开袋子的一个小缺口，在那一瞬间，费德莱尔峰被点亮，我们眼前出现了巨大的、可怕的壮丽景观。怒吼、咆哮着的狂风向我们的橙色胶囊发起又一波猛烈的攻击，我们压低身子趴在石楠丛中，尽管狂风用尽全力，我们没有让它得逞。雨水打在塑料布上，潺潺小溪从我们的手掌中流过，从紧紧攥住的袋子口畅通无阻地灌进袋子里。我们不能把它完全合上，更无法对眼前这一片混乱保持镇定，所以我们就打开一条缝，向外窥探，目不转睛地望着。一阵阵令人目眩的闪电照亮了一片片小水坑，这些水被风从地面吹起，向上抛去，与从上面来的滔天洪水相遇形成水球，把眼前这座山，这座可怕的黑色怪物反射了一千次，直到我们与山融为一体。我们被怒吼的黑色愤怒所包围，被不可阻挡的风暴力量所吞没，我们觉得大自然就是一个恐怖却又美丽的矛盾体。我们通过双手之间的缝隙观察着这一切，惊讶得说不出话来。当恐惧开始消退时，我们被各种旋涡所淹没，直到觉得自己早已与其融为一体，在水、土和空气的无休止循环中，不停地消失四散。

一束微弱的光线开始在这个充满水的世界里蔓延，我们又躺在了进水的塑料袋里，双手紧紧地握在一起，丝毫顾不上考虑我们可能会出现失温的情况。然而，我始终没有感到恐惧，我意识到在那场黑暗中，我们之间似乎发生了一些变化。我感到他掌心的热气在渐渐消退，那种熟悉程度仿佛是我自己的手。在大自然的狂野控制下，我们建立了一种无须言语的默契，一种真切却无形的联系。

"我们得走了，再躺下去我们会死在这儿的。"

风太大了，我们几乎站不起来，只好跪在地上，拎起水中的塑料袋，粗略地叠上几下，塞进背包。风云变幻的世界早与之前大不相同，不仅改变了我和茂斯之间的磁场，还有周围环境的面貌。干裂的泥炭沼泽变成了一片汪洋，目之所及只有河流、小溪、瀑布和滂沱大雨。昨天晚上，平静的湖面上满是蚊蚋和蠓虫，现在却被掀起三英尺高的波浪，我们所在的小土堆宛如大洋中心的一个孤岛。

"我们必须想办法找到下山的路。慢慢来，不要着急。小心石头，不要跌倒受伤。"

瓢泼大雨遮住了我的视线，我看不到路。我默默跟在茂斯身后，相信他一定会找到方向。我小心翼翼地绕过隐藏在水中的巨石，蹚过湍急的水流，前一天这里还是干涸的沟渠。顶着一阵足以把我们吹倒的强风，我把脚落在地上，但并没有接收到预想中的支撑力。低头一看，我的右脚消失了，接着我的左膝发软，整个人都在缓慢下坠，直到大腿也陷入泥坑，终于，背上的背包将我卡住，阻止了这场可怕的下陷。

茂斯见状，一把抓住背包的带子把我拖了出来，我们躺在水里，精疲力竭。

"如果能逃过这一劫，我们就已经很幸运了。"我在火车上梦到了这个场景。在越来越亮的光线下，这座山在我的噩梦中呈现出奇怪的形状。在一种生死由命的信念感的促使下，我镇定了下来。

"别说这个，快起来。我们会没事的，就快到了。"

我摇摇晃晃地站了起来，跟着他下了山。最后，当道路出现在前面时，我终于有了一种活过来的真实感。但彻底逃离这里之前，我们还要翻越最后一座山坡。那里不再是一条长满青草和石楠的尘土飞扬的小路，而是一道无法绕开的、宽阔的、浪花飞溅的瀑布。

"我们没法从那里爬下去，根本无处落脚。"

"你说的没错。"茂斯取下他的背包，带着奇怪的傻笑，回头看了我一眼。他把背包背在胸前，坐在地上。"但我们可以滑下去。"

话音刚落，他便滑了下去，激起一阵阵水花。他顺着四十米高的瀑布飞流直下，畅通无阻，此刻正站在山下看着我。我知道我必须也得这么做了，尽管把自己摔下山坡这一点简直违背我的本能。但我颤抖着，开始感到一种恶毒的指引正把我拉向顺从。掠过冰冷的水面之后，我们爬上了最后几英尺的路。我们在草坪上跺着脚，试图让我们的血液流动起来，水从我们的衣服里淌了出来，这时邮政巴士停在了我们旁边。

"需要搭车吗？"

位于阿勒浦的一家咖啡厅刚刚开业，我们带着一种劫后余生的恍惚感，挤了进去，坐在壁龛里的塑料长凳上，等待早餐出现。咖啡厅温暖寂静的氛围看起来那么不真实，我和茂斯呆呆地看着对方，无法用语言来描述发生了什么。背包里的水像溪流一样流过地板，在我们之间升起一阵水蒸气。此时女服务员走了过来，把早餐放到我们面前。

"你们这是上哪儿去了？我去拿拖把。"食物就摆在我面前，香肠和烤豆子瞬间抓住了我的眼球，我想象着吃到嘴里会是什么感觉。我饿得要命，但对睡眠的需求压倒了饥饿，我的脸滑到了盘子里，当我闭上眼睛时，我感觉到温暖的溏心蛋在我的脸颊上蔓延开来，但我无暇顾及，我早已精疲力竭。

～～～～

旅行结束后，我们回到各自的家，发现分开是如此难以忍受。有些事情已经改变了。我们不再只是被激情冲昏头脑的年轻人，我们之间形成了一种即使是我们自己也无法真正理解的纽带。那天晚上，在塑料袋里，我们仿佛变成了一个不可分割的整体。那些导致我们命悬一线的危险元素，同样起了不容小视的作用。我感到一种野性的和谐正融入我们的血液，并将决定我们的未来。

燃烧

　　我曾不止一次地追问妈妈，他们究竟为什么那么讨厌茂斯。但这就像试图在一桶蝌蚪里找到一只青蛙一样，似乎处处都是真相，但又不完全是。"他的头发太长了""他的牛仔裤破了""他老了以后就是个又脏又臭的老头""他很懒""他不会开车"等等，很荒谬吧。但最终，我渐渐找到了答案："他和我们不一样，他是城里人。"这的确是个原因，但听上去有些牵强。就好比一只长出腿的小青蛙，身后还挂着条尾巴。

　　我很生气，但不管他们的理由在他们看来多么正当，我还是和茂斯在一起了。他一进入我的生活，我的生活就被他填得满满当当，不可能再有其他任何人。后来当我们在村边买下一间带着长长的花园的小别墅时，我的幸福感达到了顶点。

　　"还没结婚就搬到一起住，真恶心，你太让我们难堪了。"

　　我们翻修房子，把潮湿的东西晒干，修补破窗户，修建自来水管道和浴室，但我们没有搬进去。我无法迈出反抗的最后一步。我希望他们也能爱我所爱，我需要他们理解我。但现在事态已经失控了，火山总归是要喷发的。记得那是一个风和日丽的礼拜天下午，我们面前摆着一盘三文鱼三明治和精美的维多利亚海绵蛋糕。

"我为你感到羞耻。你有很多机会可以嫁给一个农民。那个茂斯对你有什么用？他一块地也没有。没有地，你就永远都不会幸福。"

它就在那儿，呱呱叫着，湿漉漉的，黏糊糊的，对着亮光眨着眼睛。

一只完全成形的青蛙再也不能跳回那模棱两可的桶里了。我听不清他们到底在说些什么，他们好像也说不出什么更为深层的理由。但简而言之，因为茂斯不是农民，所以他不够好。

我们没有搬进小屋，相反，我们坐上了开往天空岛（Isle of Skye）[1] 的火车。岛上的登记处因为全面整修而暂停办公，挪到了首府波特里（Portree）[2] 某个建材商店后面的一间空房间里。这里迷信的说法让人觉得很奇怪，我们在结婚前的一晚要睡在不同的床上，吃不同的早餐，早上在停车场的建筑工货车里见面。但没想到的是，我们成了一处奇观，成了当地人的欢乐源泉。他们会在星期一的早晨站在窗户旁边看着我们，开心地大笑鼓掌。我们二人在灰色的柏油碎石路面上显得格外耀眼，茂斯穿着当地

---

[1]　位于苏格兰高地，Skye 源于古盖尔语，意为隐藏于云雾之中，因此也被称为"离天空最近的岛"。

[2]　苏格兰高地行政区的一个城镇，位于天空岛上。

裁缝给他做的鲜亮的奶油色西装，浑身散发着光芒，而我穿着在劳拉·阿什利商店买的打折的白色连衣裙。我们用背包把衣服偷运到北方，没有让任何人发现真实意图。在把我们和建材商店隔开的麻袋帘子的另一面，一个建筑商正在购买半磅无头钉。与此同时，我们站在阴暗、满是灰尘的房间里，手拉手，没有一丝害怕、怀疑或犹豫，坚定地说出了"我愿意"。

第二天，我们站在黑库林（Black Cuillin）的布鲁奇娜弗里斯山脊上。那是我们开启余生千万个日子的第一天。我们看着云层从后面的山谷升起，一条奔流的水汽之河从天空中倾泻而下，流过陡峭的岩石山坡，转瞬间便在温暖中蒸腾不见。我们未来的生活画卷也在徐徐展开，如同在阳光灿烂的日子里，在碧蓝的天空下缓缓流过的江河。

后来我们回到了自己的小房子里，房子的墙壁上还没有涂好灰泥，我们也没有床可以休息，但没关系，我们拥有满腔的希望和热情。

我们还是得通知父母一声。在我们走进房子里，在厨房桌子上打开结婚证书的那一刻之前，我坐在公园里隆起的橡树根上，紧张得胃里翻江倒海，试图平稳住呼吸。小时候，我经常在产羔季节躺在这里的草地上。妈妈会派我去把母羊和她的小羊带回农家院子。我抱起刚出生的羊羔，它在我怀里发出咩咩叫的声音，好像在鼓励新手妈妈跟过来。我转头看看母羊，意识到可能又有一只小羊羔要诞生了，于是我便放下怀里的小羊，停下来等着。我躺在草地上，脚下是湿冷的大地，头顶上白云飘过。第二只小羊羔苏醒过来时，那只母羊躺在我身边。那时我便体会到了一股强大力量，它来自一个整体：大地，草地，母羊，我，云彩。这是一个巨大的整体，一个完整的循环。我并非地球的住户，我是她的一部分。这种深刻的分子量级的理解，塑造了我余下的童年。它促使我与其他孩子变得不同，将我带到茂斯身边。它让无家可归的我带着敬畏和灵感在崖顶上生存。那天，在它的驱使下，我走在回家路上，准备粗暴地割裂我和父母之间的联系，那之后我和父母的关系也许再也无法真正愈合。但他们的话仍然在我耳边回响：没有土地，你就永远不会幸福。

我和妈妈一起搬进了临终室，睡在她床边的椅子上。护士来了又去，来查看她有没有需要。医生也来看了她，不过没有停留，对我说了一句："时间不多了。"房间里污浊的空气瞬间凝固，令人窒息。在医院灯光昏暗的走廊里，每天晚上都有一个穿着条纹睡衣的男人拖着脚从男病房里出来，走进女中风病房，走到一位虚弱的老太太的床边。每天晚上他都握着她的手对她说："妈妈，醒醒。妈妈，带我回家。我要回家。"

每天晚上，当他把她摇醒后，老太太都会大声求救，声称自己好端端地睡着觉就被陌生人攻击了。随后护士们就会匆忙赶到，悄悄地护送他离开。她不是他的母亲，但在他生命尽头的黑暗中，这是他寻找回到人生起点的唯一方法。

　　日子一天天过去，四天，十天……医生们每天雷打不动地查房，他们一边在记事本上勾勾画画，一边提醒我："时间不多了。"妈妈偶尔睁开眼睛，看看我，看看窗外明亮的阳光，但大部分时间会呆滞地盯着床尾，转而又缓缓闭上双眼。她的呼吸声变得更粗重了，肺炎在她体内肆无忌惮地蔓延，吞噬着她的精神，让她口干舌燥，呼吸困难。这样的日子度秒如年，我持续不断地观察着她的呼吸节奏，试图找到一丝蛛丝马迹，能证明我们彼此都将结束这种极度痛苦的日子。但一切如常，时钟依然不紧不慢地走着。

　　我开始明白，护士不会告知家属除了实际操作以外的任何事情，而中级医生会按程序将患者转给会诊医生。所以在会诊医生匆忙路过时一把抓住他，这大概是能得到答案的唯一方法。我在走廊里焦急不安地等待着，担心如果我一不留神他就会像一缕轻烟一样消失得无影无踪。我一边四处留意着医生的踪迹，一边看着一个个重病患者被推进病房。其中一个病人被转到了妈妈对面房间的临终室，他的家人们互相搀扶着跟在后面，低垂着头，泪流满面。两天后，我又来到了走廊上。对面那家人终于阴阳两隔，他们最后一次关上了与逝者之间的那扇门，然后和护士们一一握手，离开。临终室里的面孔换了一张又一张，他们的生活都因一次中风而发生了翻天覆地的变化。但结局大同小异，人生总有告别，人们总要回家。在第三天，我终于抓住了一个医生。他看了妈妈一眼，在本子上打了个勾，就在他正要走开时，我拦住了他。

"你说最多三四天，那她为什么还在这儿？如果我知道是这样，如果你跟我解释过这种情况的话……"

"这个病房里的大多数老太太都很虚弱，但你妈妈很坚强，她有坚持下去的意志力。但她也坚持不了多久了，她已经得肺炎了。"

霎时间，我陷入了自我谴责的黑暗深渊，周围仿佛升起了密不透风的高墙，令我喘不过气。如果她现在有坚持下去的意愿，尽管困难重重，也许，只是也许，如果我允许他们插入喂食管可能会为她争取恢复的时间。难道我在她还有希望康复的时候，就选择了让她死去吗？我回到她的房间，把恐惧的毯子盖在身上，她沉重的呼吸声在空旷的房间里格外刺耳。

"你在这儿对自己没有好处，宝贝。她今天不会有事的。暂时离开一会儿，你会好受一点。"

"宝贝"这个词，承载着我的童年、家园和归属感。我看了看护士，她拉着我的胳膊把我领到门口。我以前没见过她，但那简单的一句话就足以让我相信她，我穿上外套，离开了。

没有经过任何理智的思考，我本能似的回到了树林。不过也不难想到，那里毕竟是我唯一能去的地方。我必须待在那里，安全，被保护着。我疲惫不堪，但仍带着一种麻木和空洞的恐惧，躺在用松针铺成的干燥的床上，看着太阳在黑暗的树枝间划过天空。

我离开了树林，经过那棵黑色的老榆树树桩。它原本是一棵高大粗壮的树，孤零零地生长在山坡上。在炎热的夏天，兔子在树下跳来跳去，牛也站在树荫下，用尾巴驱赶苍蝇。这棵树似乎有永生的力量。然而，在我七岁那年的某个夏夜，爸爸在半夜叫醒我，让我穿好衣服跟他出去。

"妈妈呢？"

"在睡觉。"

我感觉出了什么大事，因为这在以前从未发生过：爸爸把我叫醒，带我进入夜晚中成年人的世界。

"你得看看这个。我以前从没见过，你以后再也见不到它了。"

我握着爸爸饱经风霜的手，跟着他走进屋后的地里。

"爸爸，为什么？为什么你把树点着了？"

"我没有。"

那棵独自站在田野上可能已有 200 年树龄的榆树已经被点亮。巨大的、跳跃的火焰吞噬了树枝，带着明亮的橙色火光冲向暗黑的天空。一个宁静，绿色，荫凉的栖息地释放出来了如此强大的能量。

"可是它为什么着火了呢？"

"我不知道。就好像它自己点燃了自己，好像它选择了燃烧。"

爸爸是一个直言不讳，讲求实际的人，我们一起生活的这些年里，这是他展现出好奇心最为强烈的一次。噼啪作响的火光照亮他的脸庞，我看到他的脸上写满了对这一奇观的敬畏与惊奇。我仿佛能看到他的心中也正有一团火焰在熊熊燃烧，我从未见过他这样。当树杈撞到地上，我们在飞溅的火星和燃烧的树枝的凶猛冲击下畏缩着，我感觉到他辛勤劳作布满老茧的手掌变得柔软。那棵树孤独地燃烧着，它尽情释放着自己旺盛的生命力，周围其他的一切都安然无恙。夜晚保持着宁静和平静，牛在安静地吃草，头顶的星星明亮如常。火焰消退后，我们走回房子。一路上，他沉默不语，我侧过头来轻轻一瞥，似乎仍然可以看到他的脸庞被自然界的魔法所照亮。

从树桩旁走开后，我的心中涌起一股难以名状的伤感。我想起我的过去，我的现在，我们一家在这里留下的所有回忆，还有我的茂斯。对未来的恐惧使我每天都生活在巨大的阴影之中，因为我知道，这绝不是我面临的唯一一次抉择，或许下一次就是茂斯。也许他会自己选择何时熄灭眼中的光，并告诉我："这是我所见过的最完美的一天，我死而无憾。"我把这个想法用力推回到阴影里。不行，现在还不行。

在教堂墓地里，生活的真相被整齐地排列着。村里的农民，我的祖父，住在小屋里的人们，老庄园的主人和他的家人，我的阿姨和叔叔。我小时候住在这个村子里的所有人都在那里，和我爸爸团聚了。我跪在他的墓前，用手拨开墓碑周围的杂草，然后把鲜花插好。我感受不到一丝平静，只有一种他们都消失了，被生命的漩涡吸进了寒冷的土地的荒凉感。死亡的重量压得我喘不过气来，我脑袋里浮现出茂斯站在教堂门口，等待轮到他自己被带走的那一刻的画面。

"爸爸，求你了，我受不了了，她不能再这样下去了，快来接她吧，拜托了。"

心里总是惦记着医院里的妈妈，于是我赶快回了小屋，洗了一个澡，又洗了洗衣服，想找些书来熬过医院漫长的夜晚。她还保留着从我旧卧室书架上取下来的一盒书。这些年来我拿走了一些，但不知怎么的，那个盒子却一直保存在这儿。我的手指轻轻摩挲着我童年和青少年时期喜欢的书籍，那些发黄的书页和用来做标记的折角，无一不沾染上了岁月的痕迹。看着看着，我发现了一本不太熟悉的书。封面上的破房子很熟悉，但书中的内容却很难记起一二，实在太久远了。我把妈妈的干净换洗衣服放在一个袋子里，在最上面，放上了这本沃尔特·J.C. 默里所著的《科普斯福德》。

呼吸

　　她的嘴唇干燥起皮，呼吸声变得愈加粗重，她被无法吞咽下去的唾液堵住了喉咙。我必须用棉签帮她疏通气管，好让她正常呼吸。这种情况下我是不能睡觉的，一直到凌晨两点，我都在时刻观察着妈妈的呼吸，稍显阻碍就必须立即采取措施。我拉开窗帘，停车场的黯淡的灯光瞬间便将房间变成了一间昏黄的地下室。

　　我把脚翘在床上，想要快些入睡，但意识到希望十分渺茫后，我拿出《科普斯福德》架在腿上，借着窗外路灯发出的微弱的光线，想要一探究竟。为什么我一点也不记得这本书？但当我打开它，翻着那些破旧褪色的书页时，脑海中骤然涌起一阵模糊的记忆。我记得这本书，是妈妈的朋友格林送给我的。我曾经试着去读，但因为年纪太小，又对书中没有动物描写而感到失望，我就随手把它扔在书架上了。当时的我过于年幼，不明白是什么驱使着沃尔特·J.C.默里离开城市，让他在封面上描绘的废墟里居住了一年之久。那里没有自来水，也没有电，雨水从屋顶滴答滴答地滑落，风从门缝里，从四面八方刮进来。但现在看来，一切就说得通了。夜色渐深，护士们走过来，站在妈妈身边，观察着她的面容与呼吸。我沉浸在书中的世界，来到了战后英格兰农村里一个隐蔽的地方。但在寂静的房间里，我对沃尔特·默里没有恒心这一点越来越恼火。他出生在苏塞克斯郡，在村庄的田野里和小路上玩耍着长大。当时的他还太小，第一次世界大战早期几乎没对他产生任何影响。当他终于长大成人，可以入伍参战时，他加入了商船舰队。没过多久，他就发现自己讨厌无边无际的大海，随后他便断然离开，转身加入了英国皇家空军。然而在他学会飞行之前，战争就结束了。回到霍拉姆村（the Village of Horam）时，他整日无精打采，像个愤青，总是觉得自己错过了一场盛大的演出。于是他收拾行囊，前往城里找了一份新闻工作。但他很快又对那些琐碎的报道感到厌烦，又开始不满起来。

我很快就厌倦了沃尔特，于是放下书，走到走廊上，从饮料机里点了一杯茶。我看到了那个之前提到过的男人——他的名字叫哈利——穿着崭新的蓝格子睡衣，拖着脚步走向女病房，在睡着的老太太旁边坐下，"妈妈，妈妈，我们回家吧"。我等着护士们把他领出去，可是他们没有来。他握住她的手，小心翼翼地，或者说是轻柔地抚摸着。当她慢慢醒来，我以为她会大声叫喊，但是她没有，她只是伸出手来拍拍他的胳膊说，"我们明天回家。现在回床上去休息一下"。哈利听话地站了起来，沿着来时的路离开了病房。这个驼背的老人，躯壳里藏着一个迷失的、惊恐的小男孩，只能依靠一些模糊的幼时记忆来寻求安全感。我回到房间，轻轻地关上身后的门。妈妈睁开了眼睛，又盯着床尾一动不动。我试图走进她的视线，但她还是没有看我。

"睡吧，妈妈。我拿来了这本书……"我开始读给她听，几秒钟后她的眼睛就闭上了，呼吸声沉重而刺耳。我知道她有什么感受：没有什么事情能像青少年讲故事那样让人昏昏欲睡了。沃尔特对他枯燥的工作和凄凉的住所感到失望，他甚至发现自己再也没有写作的灵感了，而这正是原来的他唯一希望做的事。他被偌大的城市扼住喉咙，无法呼吸，开始梦想着回家，在那里他可以"亲近自然"。随着书页的翻动，我不再需要他为自己辩白，我已经足够了解他，我知道他在寻找什么——那是与驱使我走在悬崖上或跑进树林相同的力量。同样令人费解的磁力吸引。现在，我被书中的世界迷住了，我感受到了和沃尔特的连接，我再也无法停止阅读。我跟随着沃尔特，在乡村独自生活，沉浸在20世纪中期英国野性而繁茂的自然之中。

黑夜悄然逝去，天色渐渐明朗起来，我们又开启了医院里寻常的一天。我开始明白庄园里的田野和树林为何叫人情有独钟，但若干年来，那种特质已经悄无声息地发生了变化，以至于几乎没有人注意到它的消逝。我也无法准确说出这种缺失到底是什么。直到我拿起如明镜一般的《科普斯福德》的那一刻，我才恍然大悟。我从书中抬起头，看着外面光秃秃的桦树树枝。当然，树篱上尚未开满野花，草地上也还没有招来嗡嗡叫的蜜蜂：这才刚刚一月底。这本书给我的提示没有那么明显。但当我回想到改造后的锯木厂，以及住在农场工人农舍里的通勤者，我可以明显感受到其中的差别。那就是一种停滞的状态，是比萧瑟的松树更为荒凉的寂静。是某种东西消逝后的一片死寂。农场早已变成了一个与小时候完全不同的、更整洁同时也更贫瘠的地方。野兽不见了，天空更安静了，大地空旷而黑暗，大自然在不知不觉中发生的变化几乎让人难以察觉。但直到这一天，我读到《科普斯福德》之后，一切才豁然开朗。

然后一切都改变了。

"我很担心你一个人在医院，真的不用我陪你吗？让我过去吧。"茂斯理解不了为什么我不让他过来，他想不通。"我知道她恨我，但现在说这个还有什么意义呢。"

"我知道你的心意，但还是拜托你别来。"连我这个旁观者都觉得眼下这幅情形可怕至极，我绝不能让他看到这一切。如果他在房间里，他就会提前知晓以这种方式死去到底是什么滋味，我绝不能让他也经受这种折磨。说实话，我甚至偶尔会在濒死的母亲身上看到茂斯的影子，如果他真的来了，我一定会分不清现实与想象，而我现在已经快被自己的胡思乱想折磨疯了。"求你了，千万别来。"

渐渐地，急促刺耳的呼吸声变成了沉重的气喘。我意识到母亲的病情正在急剧恶化，于是我赶忙叫来护士。

"她快喘不上来气了，你就不能想想办法吗？"

"她现在正处于零干预模式，只有得到医生的同意后我们才能进行施救。而且医生已经告诉过你会出现这种情况了。"

"这是什么鬼话，我怎么会知道他说的是这个意思？你们总不能眼睁睁地看着她受罪吧？"

肺部产生的大量黏液堆积在喉咙处，但她却无法将其吞咽下去。她的身体开始本能地为氧气而战，绝望地挣扎着。然而每一次用尽全力的吸气却都收效甚微，她的面部和喉咙也因此而扭曲变形。

就这样过了几个小时，眼看着她受苦却无能为力，我处在精神崩溃的边缘，无数次怀疑自己，痛恨自己做出了这个决定，她的每一次呼吸都让我心如刀绞，我不知道哪一次会是最后一次，她不可能活下来了。我握紧她的手，呆呆地看着她，我很害怕，但却毫无办法。很快到了傍晚，当我觉得我们俩都再也无力坚持的时候，护士长出现了。

"我们要给她注射东莨菪碱，它可以抑制肺部产生黏液，有利于呼吸道通畅。"

随后，护士长将这种灵丹妙药缓缓地注射到了母亲的身体里。我看到她的喉咙放松了下来，呼吸声变得轻柔，一切都归于平静。我爬到椅子上，蜷缩成一团，哭得浑身发抖。我只想躲起来，躲到一个可以屏蔽掉所有思绪和恐惧的地方去。

"我给你倒杯茶吧，亲爱的，最艰难的时刻已经过去了。"

过去了，这一次就快过去了。但还会有下一次。一想到茂斯，我霎时感到被千斤重的巨石压得喘不过气来，我必须要给他打个电话了。

"今天真是糟透了，你呢，你今天过得怎么样？"

"你为什么不让我去医院呢？"

"快跟我说说你今天过得怎么样。"

"今天发生了奇怪的事情。有一瞬间我的大脑变得一片空白，我毫无意识地就走了神，回过神来后浑身僵硬得几乎动不了。老师过来摇了摇我，说我盯着窗外看了好长时间。然后我就站不起来了，身体根本不听我使唤，还是别人开车把我送回家的。我都开始怀疑自己能不能拿到这个学位了，更别提之后能不能教书了。我正要去躺一会儿。我待会再打给你好吗？"

挂断电话后，我蜷缩在椅子上，用棉毯蒙住脸，然后把《科普斯福德》一起拖进了我暂时的避世所。带我离开这里吧，沃尔特。带我到长满香草和野花的绿地和乡间小路上去。让我和你一起采摘龙牙草和聚合草吧。带我走，让我回到童年里那绿意盎然、无忧无虑的世界吧。我开始在透过毛毯的细微的光里重读这本书。整个世界，包括妈妈和茂斯，全都被我关在门外。我和沃尔特两个人，雀跃地走在去采黑莓的路上，蹚过一条条清澈的小溪。

夜幕降临，我再也没法继续躲藏了。几个月前，茂斯满怀希望地开始攻读学位，但他并非普通学生所希冀的那样，希望学位能够给予他们一个稳定富足的未来。茂斯所希望的，只是自己能活到学位结束，这样他的大脑就能保持活力，带他顺利进入人生的下一个阶段。但不用他说我也看得出来，他的人生正在走下坡路。自从步行结束那一刻起，确切地说，是从那天在山顶上，他卸下背包感到身体异常灵活那一刻起，他的身体便每况愈下。然而从某种意义上说，他或许正在前进，他正在一步一步走进医生预言中的未来。

当初，我们心灰意冷地开始了史诗般的海岸小径步行，所有希望的火苗都被医生无情地浇灭。茂斯被判了死刑，医生告诉我们他大脑中的 tau 蛋白异常聚集，已经无法正常工作。在 tau 蛋白磷酸化的缓慢过程中，大脑中指挥身体行动的部分会逐渐丧失其功能。我想象着 tau 蛋白的形成就像牙齿上的牙菌斑一样，长在牙刷刷不到的地方，所以它可以肆意生长扩散，直到有一天波及所有无辜的脑细胞，破坏掉那些指示茂斯如何移动、如何感受、如何记忆、如何吞咽、如何呼吸的细胞。然而，当我们走在那片令人叹为观止的荒野上，我们会暂时忘却那残忍的现实世界，我们的眼睛总是被遥远的地平线所吸引。我们精疲力竭，饥饿难忍。但在不知不觉中，有些事情在悄然发生变化。包括茂斯。他变得愈加强壮，脑子里的迷雾竟也奇迹般地消散了。他开始能精准地做出动作，并控制动作幅度。这到底是什么原因？怎么会发生这种事？这其中一定有什么缘由。但现在，也许我们是时候该认命了，该接受医生们正确的诊断——除了面对不可避免的死亡之外，我们别无选择。

但我还是无法接受。在透过窗户的第一道曙光映入眼帘时，我拨出了电话。

"我不管你有多累——站起来。你必须起来活动活动。你得动起来，出去走走就行。"

"我做不到。我很难受。"

"我不管，你快站起来。"我放下电话，走进走廊，从机器里倒了一小杯茶，然后又拨出一个电话。

"我知道你肯定还在床上躺着呢，快点起来，没得商量。拜托你快起来走走吧。"在我们徒步旅行那么艰难的时候，他却那么健康。这其中一定有某种联系，不管是物理、化学或是生物学上的任何原因，无论它是什么，我们必须寻找一种方法来复制这种效果。如果实在没办法，我们就得再次背起背包，无限期地走下去。此时的茂斯正坐在通往谷底的滑坡上，这条路平坦到没有任何阻碍能够减缓恶化的速度。我们必须想个办法，否则茂斯的健康状况将一落千丈。"茂斯，穿上靴子。不管你有多难受，你必须坚持抗争。站起来试试吧。求你再试一次……"

我们第一次意识到茂斯可能出了什么问题的时候，也是在一次步行途中。那天正值我们结婚 25 周年纪念日，没有盛大的庆祝活动，和往日一样平淡如水，我们甚至没有告诉孩子们哪一天是纪念日。虽然我们都打心底认为只要两个人在一起就好，但我们还是觉得应该做点什么来纪念这个日子。

"你想去爬瑞凡峰（Tryfan）吗？一直都没时间去，不如就今天吧。"

瑞凡峰是斯诺登尼亚公园（Snowdonia）[1] 中一座陡峭的山，

---

[1] 位于英国威尔士北部的山区，占地 2100 平方公里，主峰是一座常年积雪的雪山。

从任何一侧开始都绝非易事，要爬到山顶更像是攀岩，而非步行。但转念一想，如此难度来纪念这不寻常的日子却也再合适不过。

"好啊，择日不如撞日。"

我们把车停在山脚下的青年旅舍附近，然后开始了我们的步行。初夏的空气清新而温暖，云雀站在石楠沼泽边上，吟唱着明快的天空之歌。克姆·伊德瓦尔悬崖（Cwm Idwal Cliffs）高耸的山峰就在前方，底部的湖泊波光粼粼，耀眼夺目。我们沿着一条盘山路，沿着小溪顺流而下，来到了它的源头——博奇尔维德湖（Llyn Bochlwyd）。因为走的时间太久，我的小腿酸疼不已，于是我们便停下来坐在湖边喝茶吃点心。茂斯把小扁酒瓶放回背囊里，然后连背囊一起递给了我。

"你能背一会儿吗？今天不知道怎么了，肩膀特别疼。胳膊好像都抬不起来了。"

"还是很疼吗？你觉得有没有可能跟四月份从谷仓顶上摔下来有关系？"

"可能吧，我不知道，不过好像当时并没有感觉。"

"把包给我吧。"

我们继续向上爬，避开那些让攀岩爱好者兴奋的困难路线，我们找到了一条适合自己登顶的路。我们穿梭在巨大的岩石堆中，开始向顶峰进发。

"我得停下来了。"

一瞬间我以为我听错了——他从来没有喊过停。那个总喊着放下背包停下来欣赏风景的人一直都是我。我们坐在岩石上，看着向西延伸的奥格文山谷（Ogwen Valley），深沟中暗黑色的岩石和积水的泥炭沼泽。再往山下看，我注意到有大量橙色和蓝色圆点从汽车内涌出，然后聚集在路边。

"我们应该坚持向上爬一爬，人会越来越多的。"

"我不知道我能不能行。我有点头晕。我不能往下看——我觉得我要吐了。"

"这是怎么了？你吃坏什么东西了吗？我记得你只吃了个奶酪三明治啊……"

"不，不是因为这个。"

"那是因为什么？"

"不知道。我试试看吧，也许一会就好了。"

瑞凡峰顶端伫立着亚当石和夏娃石，两个圆柱状的巨石垂直耸立在裸露的山脊上。如果说要真正征服瑞凡峰的话，那么我们必须要跳过两个巨石之间 1.5 米的空隙。但在我们的孩子出生后，登山这项活动就逐渐退出了我们的生活。陪伴在小孩身边成为最重要的事情。我们意识到生命太宝贵了，不能冒险。虽说我们登山不是为了向任何人证明什么，也不是为了在酒馆里和别人眉飞色舞地讲什么故事。但这一飞跃对我们来说意义深远。多年后当我们再次想起这一天，我们会说，那天在瑞凡峰上，我们像 25 年前那样再次实现了生命的飞跃。那会是我们对彼此、对自然、对生命的热切直白誓言的再次确认。但当茂斯干呕起他的奶酪三明治，双手抱着头坐在亚当石脚下时，我知道这一切都不可能发生了。我看着巨石另一侧险峻的峭壁，却丝毫不感到遗憾。

"这是什么蠢主意。都这么多年了，我们并没有什么需要向对方证明的。"茂斯极罕见会出现这种身体不听使唤的时候，我试图将眼下的情况轻描淡写过去。"没准你就是恐高，毕竟已经人到中年了。"

"别开玩笑了——我觉得你说的没错，我都不知道自己还能不能下山了。"

我们坐在裸露的山脊上，天色渐暗，我看到山脚下一个个色彩鲜艳的斑点陆续钻进了他们的小车，然后离开了。月亮偷偷爬上了山，苍白的月光照耀着山顶，下面黑暗的山谷变得模糊不清，只有过往汽车的灯光偶尔照亮山谷，提醒着我们它的存在。

"我会永远和你在一起，雷，我只想待在你身边。你也是一样吗？"

"当然了，不然我还能去哪里？我会永远陪着你的。"

解脱

　　"因为我们不知道她是否能感到疼痛,所以我们得决定要不要给她注射止痛药。"咨询师站在临终病房外,用笔敲打着写字夹板。"我更倾向于认为她身体不舒服,我们有责任帮她缓解这种疼痛,最好立即注射吗啡。"

　　两周前,医生说妈妈只能活两到三天。两周后,吗啡终于还是来了。又是它。那年爸爸躺在农舍客厅的床上时也经历过这一时刻,当时妈妈在厨房里为客人做司康。我知道这意味着什么:又一个选择,在她通往死亡的道路上我做出的又一个选择。我为她选择了在飘浮的麻醉烟雾中走向死亡。让她不再挣扎着大口吸入空气,不再挣扎着去抓住已然逝去的生机。在余下不多的时间里,我希望每时每刻她都能好受一点,让我们在飘散着吗啡的夏日和风中,轻松地告别。

　　临终关怀护士斜靠在床上向妈妈解释药物的情况。意料之中的,她没有任何反应,只是盯着床尾看了好一会儿。我朝她视线的方向瞥了一眼,有那么一瞬间我觉得我看到了他。扁平的帽子以奇怪的角度仰扣在他的头上，以及那歪着嘴的滑稽笑容。她闭上了眼睛，我再次看向床尾的时候，爸爸已不在了。突然之间我非常希望爸爸真的来过，希望他能像我祈求的那样来找她，这样她就不会孤单了。

在那个漫长而宁静的夜晚，吗啡在她的血管里静静流淌，她的呼吸变得平静而轻柔，但我的内心却被自我怀疑和恐惧所填满。我选择了让她死去，而不是让她依靠喂食管来求生。我陷入了无尽的自责，还有恐惧，一种越来越强烈的恐慌感，就好像胃里有一个炽热的火球。在海边的小路上，我以为自己已经接受了茂斯会死的事实，并且承认它已经成为我们生活里挥之不去的阴霾。但当我经历与关于他的预言中同样的死亡时，我才意识到，我永远也无法平静地接受这件事。即使他选择躺下来，任其发展，我也会强迫他继续抗争。

我的思绪在一间没有出口的着火的房间里惊慌地逃窜着。

我把脸贴在她那冰凉干燥、了无生气的手上，整夜断断续续地打盹，直到被清晨微弱的灰色光线唤醒。我起身靠在椅子上，伸直僵硬的关节，把脚搭在床上。蓝色的床帘在晨光中泛着银光，以几乎察觉不到的频率随着她的呼吸而轻轻颤动。轻柔的阳光投射在她苍白的脸上，然后我看到一阵雾，一种像蒸汽一样的薄雾，从她的身体中缓缓升起。我不想移开目光，但我扫视了一下房间，除了她身边，其他地方再也看不到这种奇特的现象。在她那沉静的轮廓中，随着时间的流逝，分子在空气中缓慢运动着。能量渐渐从她冰冷的身体进入夏初的清晨，扩散到单调沉闷的房间里。我深深地吸了一口气，紧紧地握住了她的手。

结束了，一切都结束了。

傍晚时分，天色开始暗下去，我慢慢地穿过庄园，朝着树林的黑暗深处走去，我早就知道我会这样做的。当我把手指伸进那些堆肥的松针里时，我终于知道了原因。我终于明白是什么驱使着我穿越悬崖和海滩，穿过树林和山谷，在野外露营，在野外生活。我现在能感受到了。寒冷、粗糙、黑暗。我曾经骗自己没有它我也能活下去，我的家人比我更了解它。我一直都知道我脑中的声音在告诉我些什么。它是大地，是田野，是我生命的开始。当一切都分崩离析时，我只身投向它的怀抱。我需要与大地合二为一的安全感和归属感。内心深处对于它的渴求甚至比肩空气的存在。没有它，我将永远残缺。我所追逐的，一直都是脚下这片土地。

一阵冷风从下面山谷的农场吹来，我把墓地上的花圈重新摆好。踩着脚下平坦的豌豆砾石，我走出教堂墓地，把他们留在了那里：我的家人、我的过去以及所有与过去有关的联系。我关上了庄园和我童年的大门，剪断了最后一缕牵挂，上了车。接下来要一路向南，回到茂斯身边，回到我们空虚的新生活，回到那条通往教堂的混凝土小路上去。

第二部分

推向大海

再读一遍吧，我的朋友，来看看这些文字是如何折损。

"来吧，来这儿，你当真要与我一道吗?"

——安诺·伯金

我听得到，

听得到却留不下，

感受得到却触摸不到。

它如一呼一吸将我环绕，

舒缓，

凉爽，

转瞬间，声量减小

却余韵无穷，

我向它的源头慢慢靠近。

呼吸间有一种气味，

浓郁，酸苦，

风吹过茂密的荒野，

掠过成熟饱满的穗子。

音调盘旋上升，变得清澈明晰，

云雀追逐着那飞腾的卷云，

我可以触摸到那声音，

感受到它的话语，

它们丰满而完整，

满载着真理，

在刺骨的冷雨中，

在炎热的太阳下，

化为无形。

物质

　　量子物理学家会解释某种东西从无到有的可能性，理论认为
当物质和反物质粒子在真空中聚集时，它们会互相抵消，进而湮
灭，并以光子流的形式产生巨大能量。我不是物理学家，我在学
校上物理课的时候，大部分时间都是在实验室长凳下看书或者盯
着窗外发呆。但在失去了我所拥有的一切之后，我仿佛生活在真
空之中，行尸走肉般地活着而已。然而，即使在真空中，能量也
有可能在毫无预兆的情况下发生改变。

　　死亡的概念对我来说并不陌生——我知道早晚会有这一
天——但当死亡的钟声终于敲响之时，我却感觉两眼漆黑。我又
一次跨越了生与死之间的虚空。那段时间里，日子失去了意义，
被无限的黑暗笼罩。我怀疑自己做出的选择，害怕将要做出的选
择，它让我在无尽的后悔和恐惧的循环中不停游走。日复一日，
月复一月，茂斯默默地学习研究，我独自拼尽全力对抗着周围的
世界。唯一的声响便是那个声音在我脑海里的共鸣，它从未平

息，试图把我所有的念头都淹没在不绝于耳的回音之中。

走在康沃尔郡小镇特鲁罗的鹅卵石街道上，我看到许多无家可归的流浪者都将银行外面的空地选作今晚的栖身之所。他们在睡袋下垫上一张铺开的纸板，身上的衣服又脏又破，常年经历风霜雨雪的脸上满是沧桑。茂斯毫不犹豫地停了下来。

"你们好，你们需要什么东西吗？"

我看着他站在那里，随意地和大家聊着天，好像他们早就认识似的。他看上去有点高低肩，比步行那会苍老了很多。但除此之外，他还是那个不拘小节、把破旧的背包随意扔在教堂地板上的人。尽管他也才刚刚摆脱无家可归的生活，但他自信、自强，积极地重新融入新生活。他在大学里避免向同学们提及自己无家可归的经历，并不是因为害怕他们的反应，而是因为他全神贯注于自己的课程，不愿分心去讨论其他事情。不像我，总是战战兢兢地躲在阴影里。

"还是那两样，食物和住处。不过有电视的话就更好了，我跟这些人都待腻了。"

"待会儿我们可以帮你弄点吃的，但是其他的就无能为力了，是吧，雷？"

我想了想冰箱里的剩下的食物，还有我们尚未还清的一小笔学生贷款。哎，又要吃豌豆烩饭了。

"好啊，没问题，我们去超市给你们买点东西。"

我们买了面包、水果、奶酪和几块馅饼。以前最拮据的时候，我们一星期只吃一包 20 便士的面条，这些东西我们做梦都想吃上两口。现在我们稍稍宽裕些了，这也算是给我们一个与他人分享的机会。我把空袋子叠好，问了一个一直在我脑海里挥之不去的问题。

"如果你们搬进了新住处，重新开始正常的生活，你们觉得自己会是什么状态？你们会觉得很困难吗？不是说付房租、找工作这种实际问题，而是你们会不会觉得在外面住了这么久，突然一下搬进室内住会很不习惯？还有和其他人的相处问题，你们可以像无家可归之前那样和人们交流吗？"

茂斯看向我，半是同情，半是恼怒。

"我这段时间一直是偶尔住在房子里，偶尔睡在大街上。"一位戴着毡帽的老人似乎毫不犹豫地说出了自己的感受，与此同时，他那只棕色的小狗正舔着我的脚踝。"不过不是在我自己家。我一有机会就会去做沙发客。我喜欢屋里舒适的感觉。但我也完全可以淋雨，外面很自由，睡在树林里的时候我感觉很好，它让我有归属感。不过和其他人相处——见鬼，那就另当别论了。"

旁边年轻一些的流浪汉发出讥讽的嘲笑声，他们假装抹着眼泪。

"你们都闭嘴。你们只是害怕说出来罢了，你们是第一批去森林和海岸的，因为你们喜欢那里，在那里你们有活着的感觉。但其他人……"

其中一个年轻人停止发笑，抬起头来。

"伙计们，我说两句啊。但是其他人，你并不能相信他们，对吗？即使他们看起来在帮忙，你也不能相信他们的动机。感觉总有人想窥探更多，这样他们就能找到更简单的方法来搞垮你。就像在这里，到处都是游客，我们真是该死的碍眼不是吗？每个人都希望我们离开。你要怎样才能摆脱那种感觉呢？实在是太难了。所以我们都要躲起来。这和大城市不一样。在乡下，你不能睡在街上，你得藏在别人看不见的地方。"

离开的时候，茂斯紧紧地握着我的手。其实他懂我，他只是觉得帮不了我。信任，这如此难以捉摸的概念。就像一条握在手中的鳗鱼：松开手只需一秒钟，它就会顺流而下，消失在你的视线里。你可能再也抓不到它了。

我们从街角的商店买了一份《大志》（the Big Issue）杂志，然后带着一包冻豌豆和一包米饭回到了车上。

我躲开人群和内心深处的自己，来到裸露的崖顶，看着脚下翻涌不息的大海，听着初夏的微风带来的银鸥清脆的叫声。仲夏时分，夕阳向西北方向移动，我蹲在悬崖附近的岩石中，看着獾们跌跌撞撞地爬出洞口，奔向灌木丛。因为冬天的夜晚很短，所以獾必须在天刚擦黑的时候就立即行动去觅食。一年当中的这个时节，想吃成熟的水果还为时尚早，但吃鸟蛋却为时已晚。獾们需要利用短暂的夜间时间来捕获每天所需的数百只蠕虫和幼虫。太阳终于落在了我身后的地平线下，只剩下南方宛如镜面般澄净的天空，映照着那即将消逝的光芒。转瞬间，淡蓝绿色变得越来越暗，从东边的螺栓头岬角（Bolt Head）一直延伸到西边的利泽德角（Lizard Point），天上还散布着几缕粉嘟嘟的薄云。五彩缤纷的彩带飘过夜空，仿佛五朔节[1]花柱上的光之舞。

我跟着傍晚天空中的色彩缓缓前进，直到它们渐渐消失在土地后面。我回到村子里，回到茂斯写作业的黑暗的小教堂，回到另一个不眠之夜。

"你知道自己在做什么，对吗？"

"不，我根本不知道，所以我才想跟你聊一聊。你说我到底在做什么呢？"

"你自己看不出来吗？你又变成了小时候的样子，回到了我们相遇时的那个状态。你在逃避这个世界，你总是躲在沙发后面。当你面对新的事物或新的人时，你就会逃避。害怕面对这个世界。你现在就是在逃避。"茂斯一边把芝士三明治和笔记本装在自己的书包里，一边漫不经心地发表他的心理分析报告。但他是对的。我曾经是一个害羞、内向的孩子。每当有客人按响门铃，我总是跑着躲起来，不愿意而且害怕面对别人，但在户外就会变成另外一副快乐又自信的模样。直到我遇见他。随着我对他的了解越来越多，在拥挤的人群中，当我和他的目光相遇的那一刻，在我藏身的黑暗之中好像亮起了一盏明灯，为我指引方向。只要他看我一眼，我就能勇敢地穿过一间满是陌生人的房间，仿佛我本就属于那里一样。但在这个小教堂里，我却失去了那种力

---

[1]　五朔节是欧洲传统民间节日。用以祭祀树神、谷物神，庆祝农业收获及春天的来临。

量感。他是对的：我又变成了那个沉默寡言的小孩子。

"我躲不到沙发后面。沙发太小了。"

"白痴。你正躲在我后面，或者正躲在教堂后面。你得在它打败你之前先克服它。你以前是怎么做到的？"

"因为我认识了你啊。"

"不完全是这个原因。那个你去哪儿了？那个坚定勇敢，强迫我重新回到生活中，迫使我每天起床，努力抗争的女人在哪里？去找到她，我知道她还在那里。"他放下书包，抱着我，我一点也不想让他走。就待在这里吧，你就是我的避风港。我用胳膊紧紧地抱住他。他又瘦了些，过去环绕着我的强壮肌肉似乎也在萎缩。我抓住他的胳膊，感觉胳膊细了好几圈。我怎么没有早注意到这一点呢？一定是因为妈妈去世，我过于沉浸在自己的负面情绪里而忽略了他，也有可能是因为冬衣太过厚重，让我难以察觉这一变化。

"你瘦了吗？"

"是啊，肯定瘦了，我的牛仔裤太松了。不知道怎么回事，我明明吃了那么多豌豆烩饭。不管怎样，我得走了，已经晚了。"

我站在教堂前面，看着他沿着小路向前走。他走得很慢，步态不稳，深一脚浅一脚的。我仔细看着他的背影，牛仔裤在他身上似乎都要掉下来。没一会儿，他像海面上的薄雾一样在炙热的阳光下消失了，悄无声息地消散在清晨的空气中。我关上门，蜷在沙发上。我怎会如此熟视无睹？我为什么只顾自己，而没有注意到他的身体居然衰退得这么快？

我必须要仔细研究下皮质基底核退化症，我要自己去探究，而不是简单地全盘接受医生给出的只言片语。到底这种病是真的会导致肌肉萎缩，还是仅仅因为茂斯吃得太少？也可能是他的身体消化不了食物。茂斯本人拒绝学习任何有关这种病的知识，他只会抱着顺其自然的态度过日子。但我再也不能这样下去了，我必须要知道一切。我会每天花一点时间在谷歌上搜寻有关信息，哪怕就一个小时。

渐渐地，搜寻信息的时间从每天一个小时变成了每天一个上午，我泡在各种咨询网站和病友聊天室里。通过看病人家属们讲述各自的经历，我了解了这种消磨意志、折磨身体的疾病是如何为非作歹的。在我所听到或看到的所有案例中，所有病人无一幸免。他们不再认得家人的面容，终日被限制在椅子、氧气面罩和残疾人用的升降机上。在他们患病的那些日子当中，从未出现过一丝希望。

时间过得很快，太阳已经结束了它在教堂窗户上短暂的旅程，消失在了视野中。屋里暗了下来，我打开灯，泡了些茶。脑海里又闪过那些与痛苦、失控、痴呆有关的故事。我想回到几个小时前，阻止自己打开搜索框，我宁愿从没看过这些故事。但世界上没有后悔药。这些信息让我变得更加恐惧。就因为它，我们所有人的人生走向，都骤然发生了改变。

我合上笔记本电脑，推开门，门外暴雨如注，豆大的雨滴落在常春藤的叶子上，又被轻快地弹起。

这是雨水充足的一天，你可能会觉得植物会被淹死在这滂沱大雨中，但我知道它们不会。茂斯在攻读可持续园艺学学位的过程中了解了植物的惊人力量。它们可以控制自己对环境的反应，只吸收它们所需的定量水分。科学研究表明，在植物内部调节系统被彻底摧毁，也就是达到我们所谓的"涝死"的局面之前，它可以在水里待上好几天。即使最终会被淹死，它也可以坚持上好几天。

又是科学研究，那么也一定有人对皮质基底核退化症进行了科学研究。于是我又开始了新一轮的搜寻。

每天早上，我先帮助茂斯站起来，鼓励他去做一些舒展活动以缓解僵硬的四肢。然后我做好奶酪三明治，送他出门，看着他的背影沿街走去。晚上等他放学回来，我给他开门，准备晚饭。用学生贷款做的学生餐一般会是土豆泥、意大利面、烤土豆，还有用冷冻豌豆和鸡蛋做的美味。除此之外，便是无止境的研究。我发现这是一种罕见的疾病，大众知之甚少。一周、两周……我对它的了解逐渐加深，我努力寻找诊断方法，然后分析疾病的进展。在看了一些失败的药物试验之后，我终于走入死胡同，掉进了未知的世界。我在迷宫般的研究中迷失了方向，我合上电脑，转头看向窗外，雨依旧淅淅沥沥下个不停。

帕迪·迪利翁沉默地坐在书架上，他的书仍然被我用发带紧紧地捆着。在徒步旅行时的某个地方，我们找到了延缓病情的方法，但现在我们要怎么做呢？当时他的健康状况有所改善，这一定是有科学依据的。如果我能找到这种现象的深层原因，那么我们就有可能，只是有可能，以某种方式复制它，让我们可以健健康康地继续在屋檐下生活。我回到起点，试图从病情早期的症状入手，想要做出一幅清晰明了的图示。但关于它的信息实在是太少了，我呆呆地看着为数不多的文献，茫然无措。无奈之下，我只能阅读相关疾病的文章，参考其他被异常 tau 蛋白改变命运的病例。在这个过程中，我的目标转向了一种更为常见的疾病，在关于它的一两篇文献中，一个小数据库吸引了我的注意，即使它能证明的东西十分有限，但我并非无功而返。这对我来说仿佛是抓住了一根纤细如发的救命稻草。我仔细琢磨着这些结果代表的可能性，不由得在屋里兴奋地跳来跳去。

我打开门，想要呼吸些新鲜空气，雨已经停了，雨水顺着常春藤的叶片下落，发出滴答滴答的声音。我好像听到空旷的街道上传来意大利西部片的主题曲，期待着下一秒能看到风滚草从身边匆匆滚过。在盯着屏幕看了几个小时后，我的脑袋因阅读而变得疲惫不堪，再也无法思考。幸好这里空荡荡的街道能够安抚我的心情。以前的我从不会注意电线杆上的海报，更不会考虑回复它发出的邀请。要搁以前，看到妇女协会海报头条的时候，我心里肯定想的是，我绝对不可能去，然后径直走开。我当然不关心"插花小组"搞什么活动，也绝对不会去参加。但这一天非比寻常。成功搜索到一小段充满希望的文献这件事让我心情大好，于是我大步流星地走进社区中心的大门，根本没意识到自己究竟在做什么。

活动地点在一间方正简陋的屋子里，一面墙上绘满了美丽的木兰花，最前边有一张垫高的小讲台。房间里的每张桌子上都摆着鲜花、浅盘和绿色的花泥。老妇人们在房间里穿梭不停。

"你好，你是新来的吧。"

"是的，我，呃……"

"来加入我们吧。我们正在给桌花设计造型，稍后你可以把成品带回家。价格是一英镑。坐吧。"

这位能干的老妇人说完便走了，她正忙着把一大块"绿洲"裁成合适的尺寸塞进容器里。我在房间中央的一张桌子旁坐下，看着周围的人有条不紊地忙碌着。究竟是什么驱使我来这儿的？而且还得花钱，我到底怎么想的？

"呃，我对这些一无所知——我不会插花。"这时，一个红色卷发，与我年龄相仿的女人坐在了我的桌旁。

"我正好路过，我以为　　"

"大家都是从零开始的呀，现在你可逃不掉了。这些女士不会放你走的。我喜欢住在乡下，我在这儿住两个月，在伦敦住两个月。每当我来到这里，我都特别高兴。后来他们每天都给我安排活动：午餐、晚餐、去妇女协会、打牌，生活丰富多彩。不过这些都很简单，不会给人压力。它们让我感觉自己融入了这个大家庭——我太喜欢这里了。不过我以前没见过你——你是刚来的吗？"

"不，我在这儿住了已经有一段时间了，但我谁也不认识……"

"还是我在海边的小路上见过你？嗨，不重要了，我叫吉莉安，叫我吉尔吧。你会种花吗？"

"不，我不会。"

活动结束后，我很自觉地拿走了我那堆破烂的插花。我在回家路上想了一路都没想明白，我到底为什么会参加妇女协会的活动？索性不想了，打开谷歌，继续搜索论文看。

"茂斯，你必须得看看这个，这非常重要。"

"这是什么东西？你把一堆杂草放在了碗里？这有什么重要的？"

"我不是说这个。但它们不是杂草，它们是英国本土的植物。"

"你在说什么？"

"别管这些花了。我一直在研究你得的这种病，我想知道为什么我们徒步旅行的时候你身体那么好，现在却退化得这么快。"

"我以为你没注意到。我还想瞒着你呢。"

"你怎么能瞒着我呢？你从来没有瞒过我，是我一直在瞒着你。"

"我知道，我知道你因为住在村子里，因为你妈妈还有别的一些事情一直很痛苦。"

"好了，现在忘了那些吧，我接下来要说的这件事更重要。"我泡了茶，坐在桌子旁，向他展示了一篇针对阿尔茨海默病患者进行研究的晦涩难懂的论文。

"但我得的也不是这种病，这有什么意义呢？"

"因为阿尔茨海默病也是一种 tau 蛋白病变，虽然与你的病不同，但它也和 tau 蛋白有关，所以可能会有相似之处。"我跟他详细解释了这项研究，并让他了解到一些老年痴呆症患者经过耐力训练后奇迹般地恢复了一些认知能力，而这些认知能力在医生们看来是无法再生的。

"你难道不明白，当时我们就是这么做的：极限耐力训练。我们每天步行数英里，背着很重的东西，同时严格控制饮食。这本就是一回事啊。"

"嗯，也许吧……"

"你好好想想，再好好想想。"

"但我已经每天都在做理疗锻炼了，大多数时候我每天都要走几英里。所以你建议我怎么做？放弃我的学位，找另一条路继续徒步旅行？无限期地走下去吗？我不知道我能不能做到。"

"我知道，我知道。但我还没说完，听我说完。"

"哦……"

"我已经读了很多篇论文，这些论文都阐述了置身大自然对我们身心健康的重要性。"

"这属于常识。"

"没错，但这是为什么？为什么它对我们有好处？这不仅仅是因为它能让人放松。看看这个，读读这篇论文。我只能找到这篇，但是……"我把笔记本电脑的屏幕转向他，上面是一份艰深的研究报告的摘要。

"这不是你刚在大学里学的吗？植物从叶子中释放出的化学

物质——专业术语是什么来着？"

"次生代谢物。植物排放这些气体是为了保护自己不受环境和害虫等侵害。"

"哦，这样啊，但你怎么就记不住早餐吃了什么呢。"

"维他麦（Weetabix）。"

"这太简单了，你总是吃维他麦。不管怎样，这篇论文表明人类也会与植物中的这些化学物质发生相互作用。我们的身体和植物的排放物之间确实有化学反应。你赶快看看吧。"

"我正要吃东西呢，不过先看也行。"

我把水壶放回去，看着茂斯目不转睛地盯着电脑屏幕，脸上掠过一丝顿悟的光芒。我把水倒进杯子里。是的，也许这确实有一定根据。

"这项研究规模太小。我的大学老师跟我们说，如果要证明这个结论具有普适性，还需要做更多的研究。但你不能怀疑他的发现。他确实记录到病人在自然环境中运动时，身体内部会产生化学变化。"

"没错。当然，它证明了我一直相信的东西。我们需要植物、土地、自然世界。我相信它在一定程度上解释了为什么我们徒步时你的健康状况会好得多。一定是这样。"

"我当时好很多吗，真的吗？我几乎不记得了。有几段路我根本记不起来。"

"当然，你在开玩笑吗。我记得，就好像是上个月发生的一样。你怎么能记住大学里学的东西，却不记得我们的徒步旅行呢？"

"不，我不是在开玩笑。我也不知道为什么我有的事能记住，有的事就记不住。"那些有微风和星空的夜晚，那些饥寒交迫、痛苦煎熬的夜晚，那些令人叹为观止的美丽时刻——他怎么可能忘记呢？他是我人生的中心，是我生命罗盘上旋转的指针。没有那个清醒的他在场，我的生活就失去了方向。我会迷失在一片黑暗中，永远找不到出路。他那渐渐消失的记忆就像开启了一个充满遗失物的无底洞，我们漫长生活里的所有记忆都被慢慢地吸了进去。我迅速地盖上盖子。今天还不行，哦不，是哪天都不行。

"你必须增大运动量，你必须花更多的时间在户外锻炼。我们需要植物，我们需要绿色。"

"这就是为什么我们要把杂草放在碗里的原因吗？"

"不，那完全是另一码事。我都不好意思告诉你这件事。不如我们先吃饭吧？"

月光在卧室的墙上映出一道弧线，在夜色中缓缓移动，勾勒出彩色玻璃窗的色彩。我几乎能感觉到一艘船驶离码头，在驶向大海深处的途中，发出深远而低沉的汽笛声。它的引擎在水中震动，使悬崖都微微震颤。那一定是一艘载着数千吨瓷器的船正在穿过河口，缓缓驶向广阔的海洋。福伊河是一个深水港，巨大的货船可以在风景如画的小村庄福伊和波鲁安之间穿行，向内陆走一小段路就可以到达博迪尼克（Bodinnick）的黏土码头。每年有多达 75 万吨黏土从康沃尔市中心的瓷土矿被卡车运到港口，然后用巨大的铁容器运出，这些铁容器在巨大货物的重压下沉入水中，驶向欧洲和其他地方的港口。

伴随着长鸣的汽笛声，船已安全驶出河港。但我几乎没听到，我昏昏沉沉地倚在门口，脑海中有千万种声音纷乱嘈杂、震耳欲聋。一只雀鹰在晨光中划过灰色的天空。我仿佛看到在它的冲击下，两股空气正缓缓分离，产生了一阵无声的噪音。那声音仿佛给了我答案，勾起了我难以名状的心绪。

反物质

"嗨，又见面了，只有在这儿我才能见到你。"吉尔说得没错，自从我们在插花桌旁相遇那天起，我只见过她两次，每次都是在悬崖边的长凳上。

"是啊，这里很开阔。我大部分时间都来这儿。"

"这是你的地方，属于你的'一线之隔'（thin place）[1]。"

"'一线之隔'？"我以前在苏格兰艾奥纳岛（island of Iona）[2]的一个修道院里听说过这个说法，但我不会顺着她说下去。否则她会拉着我滔滔不绝聊个没完，我在长椅上的独处时光就会被大大缩短。

"是的，这是凯尔特灵修中的一个概念，在这个地方，现在和未来之间的障碍薄如蝉翼，在这里你会更加接近上帝。"

"不，对不起，我不信上帝，也不信来世。这个世界上只有

---

[1] 凯尔特灵修学中指自然界和灵界会合的地方。
[2] 也称爱奥纳岛，内赫布里底群岛的一个小岛，是基督徒的敬拜中心，苏格兰基督教的发源地。

碳循环：我们生存、死亡，然后分子会以其他形式继续存在。"

"好吧，随你怎么说，不过在我看来，这个地方就是你的'一线之隔'。"

当我们走下从苏格兰大陆出发的渡船，第一次踏上马尔岛（island of Mull）[1] 的时候，我们才刚刚二十五六岁，崭新的生活里充满了无限的可能。我们准备踏上西南海岸小径时我舍弃掉的那个破旧的红色背包，在那年还几乎是全新的，有着防水的口袋和闪闪发亮的扣环。那个时候，我们结婚两年，在很多个下班后的夜晚，我们把干粮称重并分成小份，把其他的东西都装进塑料袋里，为从马尔岛到西部艾奥纳岛的背包旅行做准备。在那两年里，我们一起背包穿越了湖区，在露营地过夜，途中还攀登过几座小山。我们从英格兰中部骑行到威尔士中部的一座沼泽密布的潮湿山区，每天晚上都为能找到 B&B[2] 而感到高兴不已。其间无数次的步行、骑车和露营之旅让我们觉得，我们应该做些别的事情，一些更前卫、更狂野的事情。我们曾经尝试过一次野外露营之旅，去了苏格兰西部高地上偏远、无人居住的诺伊德特半岛（Knoydart）。但不走运的是，我们选错了时间。八月份正是无情的蠓虫大军和吸血蜱虫疯狂肆虐的时候，迫于此，我们只好放弃狂野的冒险，被迫撤退到了一家旅馆里。旅馆的大门紧闭着，用

---

[1] 马尔岛是苏格兰西海岸，内赫布里底群岛的第二大岛，苏格兰第四大岛。

[2] 全称为 Bed and Breakfast，包含住宿和早餐的民宿，物美价廉，为预算有限的人群提供最基本的服务。

来阻挡外面成群的咬人的虫子。但这次旅行会有所不同：我们完全准备好了，而且是在年末时分，虽然昼短夜长，但恼人的虫子却少得多了。

几天后，野外露营的我们感到更自在了。我们趁着暮色，在洛赫比伊（Lochbuie）荒凉的岩石海岸上搭起帐篷，寂静而昏暗。在遥远的荒野里，遥望天上的星星。茂斯的毡帽里藏着一圈默默燃烧的驱虫剂，烟雾围着他的脑袋缓缓升起，这样一来，我们俩可以免于蚊虫叮咬，他的帽子具备了驱蚊功效。在傍晚微弱的光线中，捕牡蛎的人们吵吵闹闹地聚集在一起，当最后一丝光线消失时，他们又悄无声息地沿着海岸排成队跑了起来，一致地低下头，橙黄色的脚闪动着，直到天色一片漆黑，水边静了下来。岬角上黑暗而雄伟的"莫伊城堡"（Moy Costle）废墟，在数个世纪灾害性天气的冲击下悄然凋落，最终变成月光下的一抹剪影。

第二天早晨，当第一缕晨光照在风吹过的湖面上时，我们被一声低沉的吼声惊醒，那是泥土和石楠的声音，是沼泽和岩石的呼唤。帐篷外，就在我们下面的海岸线上，一只红色的牡鹿抖动着它那宽阔的多尖鹿角，大声吼叫着。它的呼喊，将自己的生命与大山的自由狂野联系在一起，宣告着发情期的到来。

几天后，我们站在马尔岛的最高点本莫尔（Ben More）山顶的岩石中间，脚下山峦起伏，湖光激滟。古老的火山陆地上覆盖着郁郁葱葱的植被。最终，这抹绿意消失在陆地的尽头，轻柔地没入大海。远处，一只身形巨大、雄伟的金鹰借助上升的气流，划过长空，在午后的阳光下，闪烁着金色耀眼的光芒。突然间，它一个俯冲，一团黑色的影子从眼前掠过，遮挡住我的全部视线。对于我们的存在，它仿佛视若无睹。

一路上，我们以背包里的干粮为食，以晶莹剔透的溪水解渴，在寂静群山中感受生命的力量，终于，我们抵达了艾奥纳岛。空寂的环境令人心生敬畏，任何言语都无法传达我们的内心感受，而我们也无须多言，能拥有这种体验我们就心满意足了。我们和其他游客一样朝修道院走去，但我们只是出于好奇，和宗教信仰并无半分关系。自公元 6 世纪圣哥伦巴将基督教带到岛上以来，这里一直作为基督教传教中心而存在，是教徒们礼拜和冥想的理想圣地，深受人们喜爱。但我们本不该去的，那里不属于我们。

"你们是来祈祷的吗？"当我们进入修道院时，一位居民向我们走来。

"不，我们只是随便看看。"

"这里不单单是旅游景点，它对于我们的信仰，以及对于基督徒群体来说都十分重要。"

"我知道，但我们刚从马尔岛离开来到这里，我们在荒野里的那段经历实在太不可思议了，它一定和灵性有关。后来我们就一直朝着这个方向继续步行，艾奥纳是我们的目的地。过两天我们就要回南边去了。"茂斯像往常一样，毫不犹豫地、坦率地说出了自己的感受。我拽了拽他的袖子，我似乎能预料到接下来聊天的走向。

"没有上帝，就没有灵性这一说。几个世纪以来，人们都在这里敬拜上帝。你要找的东西就在这座建筑里，只有在这里，你才能找到你的'一线之隔'，除此之外，别无他处。"

"我不认为我是真的在寻找些什么东西，我只是抱着开放的态度去迎接即将发生的事。什么是'一线之隔'？是地理上的概念吗？"

我把手搭在茂斯胳膊上，暗中搜了他几下。我们没必要和他讨论这个。

"在'一线之隔'，人类可以靠近另一个世界，接近神的境界。它就在这里。"

"对你来说也许是吧。"

我把他拉走了。我们没有必要因为观念不同而与人争论。这里没有对错之分，只有信仰与否。

走出修道院，我们沿着大路穿过小岛，穿过茂密的草地和枯萎的花朵，来到一片广阔的沙滩上。这里是大西洋的一处海湾，波涛有节奏地拍打着岸边的鹅卵石。我们坐在海岸上，把玩着随意抓起的光滑、五彩斑斓的石块。其中有一些颜色碧绿、有着千年历史的岩石碎片。我们拿起一张传单，上面写着这些小鹅卵石被人们称为"圣哥伦巴的眼泪"。

"这些就是陆地本身，比哥伦巴还要古老，比人类还要古老。这就是最早的我们，这片土地就是我们的故乡。'一线之隔'就在这里，一直都在这里。看，这块石头与我手指间接触的一小块面积，就是人类意识与地球无法分割的地方。"茂斯举起绿色的石头对准阳光，仔细打量着。

我看着茂斯躺在海滩上，他眉头紧锁，陷入了沉思。他身上穿了两个星期的衣服已经破旧不堪，浑身散发着汗臭味。蓬松的胡子和乱成一团的头发在他的脸上已然不分彼此。他是我的"一线之隔"，在他那里一切都变得清晰。只要和他在一起，时间和空间都无法将我们分离。

离开艾奥纳岛时，我们没有意识到这将是最后一次只属于我们两个的旅行，没有意识到我们的背上很快会出现一个可爱的婴儿。更加没有意识到的是，下一次收拾行囊将会发生在 25 年后，我们会以完全不同的心境再次出发。

当我回到小教堂时，茂斯正躺在床上。这才中午，我意识到他不太对劲。

"你怎么了？你不是还有作业要做吗？"我努力克制住自己，因为我听起来就像是在和一个没做完作业的孩子说话。

"我头很晕，每次看电脑屏幕就好像晕车一样。我只好躺下来待一会。"

"这可不行，你得站起来运动运动，真的有用，听我的吧。"

"你听不懂吗？我站不起来，我总觉得我下一秒就要摔倒了。"

不，这不可能。起来，茂斯，别任由这种事发生，快起来。医生解释说茂斯这种偶发的眼球运动障碍是皮质基底核退化症的一种并发症，但我们没有意识到病情会发展得如此之快，以及这到底意味着什么。

"我听不懂，我正在给你泡茶，你得起来了。我们要走出村子，走到阳光下。你先坐起来。"我的内心矛盾不已，我拼命地想一把拉过毯子包裹住他。如果我们有窗帘的话，我会拉上窗帘，让他舒服些，让他休息一下，然后平静地接受发生的一切，但是我没有。我按下烧水键。"坐起来，喝完它，我们下午要出去散步。快起来。"

我们在半山腰的长凳旁停了下来，茂斯不受控制似的重重地跌坐在了长满青苔的木板上。几只塘鹅在海岬上空盘旋，在天空中平稳地滑翔。盘旋着，盘旋着，一个控制有力的动作之后，它们收起宽阔的双翼，紧紧贴在身体两侧，长喙和鹅黄色的脑袋形成一条直线，身形干净利索得活像一块碎冰片，然后倏地飞进水中。

"你感觉怎么样？"

"好一点。"

"那我们继续走吧。"

"我想我得把学习时间分割成几小块。每次不超过半小时，休息一下，然后再回去继续做。"

"只要你的身体受得了，怎么都行。而且你还要坚持走路，必须得走。还记得你在金冠山（Golden Cap）的时候状态有多好吗？那时候我们刚走到小径南段，以为一切都完了，过一天少一天。但仅仅两周后，你就轻松跳上了那个三角点，我们还高兴得跳起舞来。你不记得了吗？"

"我不记得我们去过金冠山。"

"你肯定记得啊。"别忘掉，你不能忘掉这些。我仿佛看见那些狂风肆虐的夏日从他身上慢慢滑落，就像在阳光明媚的午后，慢慢融化的棒冰。如果我们没有留住那些回忆，那么我们所曾经拥有过的生活是否也将不复存在，宛如一幅褪色的图画。

"这里有点像我们遇到'黑莓老人'时坐的那张长凳。"

"哪个老人？"

"你必须记住这些人。遇见他们是整个步行途中最感人的时刻之一。从那以后，我一直记得他们说过的话。即使是现在，我也觉得确实如他所说，他为这场旅行下了一个完美的定义。"

"我想不起来，那是在什么地方？"

"就在我们路过真纳村（Zennor）之后，那天下了好大的雨，我们以为自己呼吸之间就会被淹死。当时云层很低，我们几乎被乌云团团包围。你忘了你连前后的路都看不清，潮湿的空气阻挡了我们的视线。第二天雾气都还没有完全散去，感觉随时都会下雨。"

"我记得那场雨，但即便如此……那些人……我还是想不起来。"

"前一天晚上我们在真纳角露营，第二天清晨，我们坐在长凳上。两个老家伙从下面的小海湾向我们走过来，其中一个拿着特百惠盒子，里面装满了黑莓。"请不要忘记这件事。你怎么能忘记这件事呢？它应该是你口袋里永远装着的钻石，在黑暗的日子里聊以慰藉的东西，是生命银行里的一笔财富。"他从盒子里拿出一颗黑莓给我们，我们本不想拿，因为之前吃过的黑莓又酸又苦。但他给的那颗跟我们以前吃过的都不一样。它是熟透后浓郁的紫色果实，饱满多汁，咬上一口满是秋天成熟的味道，是口感最完美的时候。当时他就是这么说的。"我往后一靠，等着他回忆起来。

"说什么了？别吊人胃口。"

我有些哽咽。他忘记了，那个高高悬挂在我记忆之树顶端的的明亮时刻，我在任何黑暗的地方都能找到它的光芒。但对他来说，这束光已经消失了。

"他告诉我们这些黑莓的与众不同之处，以及它们是如何形成这独特的口感的。"

"说来听听。"

我深吸一口气。这不可能，如果这都能忘记，那他还记得些什么呢？

"他说：'你需要耐心等到最后一刻，也就是等到它完全成熟到开始腐烂之间的某一时刻。如果这时恰好有一阵薄雾袭来，把带盐的空气轻轻地均匀撒到果实上，你就得到了钱买不到，厨师也创造不出来的东西——一颗颗完美的轻盐渍黑莓。有意为之往往不遂人愿，自然的时机才是精髓。所以它们是一份礼物，当你觉得夏天结束时，美好的东西全部随之殆尽，它们就像一份礼物，出现在你们面前。'"我们走过的小径，那场盛大的徒步，正从他身边悄悄溜走。抓紧了，茂斯，抓紧。它是属于我们两个人的，是我们生活中的明灯。不要轻易放弃这份时间和自然赠予我们的礼物。

"的确是个很棒的故事。"

"这不是故事。"我看着眼前的塘鹅，它们敏捷而敏锐，我的思绪被一下拽回到从真纳角到兰兹角（Land's End）的那段日子里，过往种种瞬间涌上心头。我们站在兰兹角那块花岗岩峭壁上，口袋里只有几镑零钱和一块玛氏巧克力。我们徘徊在大西洋边缘，只有两张湿漉漉的尼龙帐篷布来保护我们免受随机播放的恶劣天气的袭击。我们本可以就此放弃，坐上巴士，远离路上的艰辛，在朋友或家人的沙发上借宿几晚，然后等待政府为我们提供住房。但是我们没有，也从不后悔。这次步行给予我们良多，尽管被医生早早判了死刑，茂斯的健康状况依然得到了改善，我们的心中也因此燃起熊熊希望之火。我们小心地守护着这团火焰，执着地走向那个无法预料的未来，一往无前。

"我们继续走吧？"

"好啊，趁天色还早。"

希望。我把它紧紧握在温热的掌心，一块经过大海打磨变得光滑圆润的鹅卵石，一块充满无限可能的鹅卵石。

傍晚时分，我离开了小教堂，打算走到街尾的木屋去，那里有一座古老的瞭望塔，坐落在一块岩石上，正对着河口。我刚刚关上身后的铁门时，吉尔恰好从我身边走过。

"嗨！好久没见到你了。明天在我家有个小聚会。你愿意来吗？"

"我，呃，我是说……好啊。"

手里拿着一瓶酒，站在一个几乎不认识的人的门外，我紧张得心脏怦怦直跳。我似乎无法正常呼吸了，视野也变得模糊起来。我在这里做什么？我望向远方，客轮正缓慢地驶入码头，带回那些去福伊的药店和肉店买东西的当地居民，以及往返于两地的游客。或许我也可以搭上那艘渡船。如果我现在立即转过身去，我就可以在别人发觉我敲过门之前跑到船上去。但是太晚了，门打开了。

"嗨，快进来吧，我真没想到你会来。"我是不是又误解了什么社交礼仪，或许那个邀请只是客套话而已，她随口一说罢了，我居然当了真。"我来介绍一下。"太晚了，我都已经来了。

屋里黑压压的全是人，朝北开的一扇高大的窗户上，黑色厚重的窗帘被拉开到两边，在墙角投下一隅暗影。一些人坐在沙发和靠背带翼的扶手椅上。一些人三两成群地围在一起，举着酒杯，轻松自在地说笑着。吉尔试图领着我在房间里转转，我一直站在边上。

"萨拉，玛丽安，这是雷，她就住在你们家那边，所以我相信你们已经见过面了。"

我以前见过玛丽安，那个纤弱的老太太，有着一头光泽闪耀的银发。但我没见过萨拉，旁边那位 50 多岁的女人，她精神饱满，充满活力。

"你好，你是新来的吗？我以前没见过你。"玛丽安坐在椅子上，向我伸出了手。但她并非想和我握手，而是用她那微凉却温柔的手拉住了我。

"呃，不是，我搬过来已经有一段时间了。"我曾在阳光明媚的日子里在花园里看到过她。但我只是低头匆匆走过，而且心里默默祈祷她不要和我说话。

"这位是西蒙。"眼前这个 60 多岁的男人脸上带着平静的微笑。吉尔向我介绍他时脸上流露出一种与其他人不同的感情。

"你好。所以西蒙是你的爱人？"

一瞬间她似乎惊呆了，慌乱地朝四周扫视了一圈。

"不不不。"

"我和吉尔是很多年的好朋友，对吧，吉尔？"西蒙笑着走开了，但这句否认仿佛话里有话。萨拉游刃有余地撒出人群，脑海中大概对每个人的位置了如指掌，所以她找到目标后便立即开启了一段新的谈话。

"所以你是谁，我以前为什么没有见过你，你从哪里搬来的，之前一直在忙什么让你都没有空露个面？"

如此简简单单一句话，却将矛头直指我所有的难言之隐。或许今晚聚会中恰好就有人亲眼见过我当年的窘态：比如当我说出自己无家可归的真相时，那个下意识拉紧宠物狗牵引绳的人；当我跪在地上试图捡起掉落的硬币时，大声咒骂我是流浪乞丐的人。今晚在场的这些自信的中年人，对自己的社会地位、生存环境以及生活中的大事小情都安心落意。而我却时时刻刻担心着徒步旅行的经历会再次重演，要我如何做到对他们的提问知无不言呢？但我也不能径直走开，邻居之间，还是低头不见抬头见的。

"我……我们……"我不知道怎么说。我总不能告诉他们

"我本来有一个家，那里倾注了我毕生的心血，我爱它如同爱生命，但我终究还是失去了它。你们之所以从来没有见过我，是因为我一直在刻意回避任何可能受到这样的提问的场合。"坐在墙角绿色丝绒沙发上的三个人让我想起了一个认识的女孩，她总会挤在角落里，躲在黑暗中，用尽全力避免与人交谈。渐渐的，我的眼神开始失去焦点，我迫切地想变成和她一样的人。茂斯从未失算，他说得对：我又变回了那个小孩子。"我和我丈夫从威尔士来到这里。他正在大学里攻读学位。"

"那你呢？你一定很忙，不然我早就见过你了。"

我忙着躲你们。忙着在砖瓦、石板和混凝土中挣扎。那时我所需要的只是绿色、微风、从高高的树上俯冲下来的乌鸦、阳光下的树篱和唧唧喳喳的麻雀。在步行途中，我可以坦然告知我是谁、我为什么在这里。但这里不行，我好不容易逼迫自己来到这满是人的屋子里，强迫自己打破这种孤立的现状。我在做什么？我到底在想什么？被拒的工作申请越来越多，在我能够胜任的领域已经没有多少职位空缺了，而且我知道自己已经几乎放弃寻找新的工作机会了。但当我思考她的问题时，似乎我自己都没意识到，我确实知道自己在做什么。我看见自己在教堂黑暗的厨房里，手指在笔记本电脑的键盘上飞舞，我阅读研究论文，在蛛丝马迹上寻找规律，寻找生活的真相。脑海中的景象仿佛将我置身于气流之中，一股温暖的热气支撑着海鸥展开的翅膀，直到它开始迎风，从悬崖上划出弧线，飞向大海。当我张开嘴准备回答时，我突然脱口而出。

"我一直在做一些研究，最近正考虑写作。"

"哇，吉尔……"她陡然提高了音量。"吉尔，你没告诉我雷是位作家。"

话音刚落，屋子里所有人的目光全部向我投来，照亮了我所在的窗帘旁的黑暗角落。哦，不。

远离村庄、聚会和喧闹的人群，我踏上一条小径，小径两旁是高高的山楂树篱，树篱上结满了一串串成熟的红浆果。我倚在长着初秋时节开始卷曲的蕨类植物的草坡上。记得那一年，只有树篱的边缘被粗略地修剪过，树篱顶部向上伸展，几乎在铁轨上方相交，形成了一条绿色的树枝隧道，通向大路。和小时候在潮湿的草地中央找到排水沟的那个小女孩一样，我躲在了一个黑暗而隐秘的地方。

那天是期中假期的一个的午后。妈妈在椅子上睡着了，爸爸在和农家院子里的一个推销员说话，时不时地看两眼他货车后面的瓶瓶罐罐。我也想进去看看。我从没见过这么多颜色鲜艳的容器，崭新的，上面还画着骷髅图案。

但爸爸把我打发走了，我漫步到草地上。路过农舍和仓房下的猪圈，猪圈里有几头白色的母猪，它们用后腿站着，前腿搭在墙头上等着喂食，就像一排排老太太隔着花园篱笆聊天似的。然后我走到小溪旁，岸边悬着一排柳树。小溪下面是潮湿的草地，大雨使河水决堤，地势较低的地方完全被水淹没，所以在冬天的大部分时间里那里都是水汪汪的。人们很少会把绵羊放进来，因为那里泥泞不堪，羊脚会因此沾满泥巴、散发着恶臭的气味，患上羊版壕沟足[1]。但整体来看，这片田野里什么也没种，满是疯长的杂草和野花，绣线菊、矢车菊和车前草相间铺成地毯。地势中间低两边高，田野的中间形成了一条排水沟。

我爬了进去，小心地从两侧近乎垂直的天然石阶上走下来。沟底很宽，可以行走，但是两边都超出我的头顶。我开始意识到小时候的那条沟不过六英尺多深，但对于孩子来说，它就是一条黑暗的隧道。夏天底部的积水仅仅能没过我的脚踝，但到了冬天就满得溢出来了。河岸两边都是小洞，我总是站着等着，直到我看到一个棕色的圆柱形身体从洞里钻出来，然后扑通一声掉进了水里。田鼠的圆头和短尾巴在水中出现了一会儿，随后就消失在了岸边的植被中。这时我就会走进磨坊，谷物在那里被磨成粉状用来喂猪，我从麻袋里捧出一衣袋大麦，然后捏出一小点，放在每个小洞的入口处，等着田鼠回来。我这样做过很多次，但我害怕因为到沟里玩而受到指责，所以从未向任何人提起过这些田鼠。通常情况下，能等到一只回来就很不错，但那天却回来了五只。它们游过水，爬上河岸，小心翼翼地四处张望，然后一把抓起粮食就钻进了洞里。我欣喜若狂，竟然有五只田鼠。

"爸爸妈妈，你们绝对猜不到我看到了什么。五只田鼠，胖胖的，还有黑色的小尾巴。"

---

[1]　病症名，若脚部长期浸在水中，或在冷湿的地方时间过长易患此病。

"它们可能是老鼠。"

"不，我知道它们是田鼠，我在《英国野生动物》那本书里看到过。它们看起来就像小海狸。"

"你在哪儿看到的这些老鼠？"

"在排水沟里。"我想都没想就脱口而出，但刚说出口就觉得大事不妙。

"什么，你去排水沟玩了？你知道自己不应该去那里吧。回你的房间待着。"我上了楼，还能听到妈妈的声音。"把它们都除掉。我敢打赌，家里这些肮脏的老鼠都是从水里出来的。"

我从卧室的窗户看到爸爸拿着推销员货车后面的一罐不明物体穿过农家庭院。然后我坐在床上，拿着《英国野生动物》那本书，用手指在田鼠的图片上划来划去。它们不是老鼠。不过从那之后，我再也没见过它们。

我坐在树篱外的一块凸出来的石头上，四周长满了草和蕨类植物。为什么我要说这些话？从田鼠的死中我早就意识到，有些东西还是不说为好。但我不经意间却说出了一个几乎无法明确表述的想法。我在考虑写作？对我几乎不认识，以后也可能不会认识的人说这些话？这个想法我没办法向茂斯吐露一二，自己也是想都不敢想。我穿过悬崖走回村子，看着一艘货船离开河口，沉甸甸地泡在水里。我不会再提写作了。我不能玷污这个想法，就让它成为一个梦吧，一个留给自己的秘密。

电磁

　　我用手抚摸着那本破旧指南的棕色塑料封面，用手指悠闲地描画着书页上的纹路。我不能让他弄丢藏在这本书里的经历。如果这些记忆开始消散，那么其他一切都将随之崩溃。他的生活，他所做的一切，还有我们，我们生活中所有的记忆，都会从他身边溜走，迷失在模糊的污泥之中。我必须阻止他，想办法堵住他记忆上的破洞。我不能干等在一旁，眼看着他忘记那些成就他的一切。

　　我翻开第一页，来到这条小径的起点迈恩黑德。几经暴雨洗礼之后，书页空白处本就褪色的铅笔笔记变得几乎无法辨认。"第一天——如果余下的路都是如此，那么我们根本没有机会成功。""蚂蚁，无处不在的蚂蚁。"哦，那些蚂蚁，那些飞蚁，盘旋在干燥的土路上空，几百万只蚂蚁大军一窝蜂地钻进我们的头发，趴在我们的衣服上，到处都是。我在电子地图上找到了这本指南里提到的路线。飞蚁聚集地就在过了起点不远处，也就是从那里开始，地势变得平坦，我们来到了一片荒野。我的手指随着轮廓线起起伏伏，记忆的胶片随即在我的脑海中徐徐展开。不知不觉中，天色已渐暗，我感到一阵海风吹拂着我的脸，空气中弥漫着灼热的尘土和干燥的石楠花的味道。我仿佛行走在路上，那感觉是如此真实，以至于我下意识地抬起手来，试图掸掉脸上的蚂蚁。我合上书，靠在椅背上。我曾经到过那里，这本书能带我再次回到路上，就好像我刚刚系好了靴子，背上背包，准备继续赶路。

茂斯读完也会有同样的感觉吗？但是铅笔的痕迹越来越淡，这种方式可能维持不了多久。也许我能找个办法留住它们，在笔记彻底丢失前保存下来。这样每当他试图放弃生活，我就可以让他坐下来，接受回忆浪潮的疗愈，我就能说不，不要躺下，读读这个，记住我们做过什么，我们是如何艰难地完成徒步的。站起来，不要放弃，请你再试一次。

我打开电脑，建了一个新的 Word 文档，在顶端打下了一行醒目的标题："西南海岸小径，第一天。"我勤快地把笔记以日记的形式抄了出来。几个小时后，我坐下来从头到尾读了一遍我输入的内容。一字不差，但缺少了路标的文字了无生趣。纸条上干巴巴的内容，让我丝毫感受不到当时的心境。缺乏力量的文字毫无意义，这对他一点帮助都没有。我合上笔记本电脑，为浪费了一天的时间而感到沮丧不已。但一个全新的想法，一种新的可能正在暗中萌芽。

常青藤的叶片在初秋的细雨中飞舞。季节更替之际，黑夜更早地来临。我本可以犹豫一下，找出一些不需要这么做的理由。

可是冬天就要来了，淡季特有的失业潮再度来袭，现在几乎找不到任何工作。而且我在夏天都没有成功入职，现在哪里还敢抱有什么希望呢。所以写书这件事，此时不做，更待何时。我按下烧水键。我能做到吗？我不知道，但我至少可以试试。我可以把这些笔记变成叙述的形式，把我们看到的、感觉到的、听到的一切都融入其中，给原本的铅笔字注入一些生命的活力。我可以把自己写在海边小径上，然后把茂斯放在我旁边，这样当他读的时候，就会有身临其境的感觉。

我又新建了一个全新的文档。从哪里开始说起呢？如果这本书的写作初衷是为了茂斯的话，那他首先得知道我们为什么要开始这场步行。我得从头说起，于是我打下这行字："当我决定去徒步旅行的时候，我正在楼梯下坐着。"

⌇⌇⌇

"今天过得怎么样？"

"还好吧——终于熬过了这一天。今天早上关于 LED 照明的讲座非常有趣。你呢——出去散步了吗？"

"没有，外面太潮湿了。我一直在屋里写作。"

"真的吗？写什么，写信吗？""不是。"一下午关于创作的热情，在这一刻，在我不得不为自己辩解的时候，消失得一干二净。"你还记得我们第一次见面时我说过，小时候我想写作，但后来没能如愿吗？我可能会试一试——看看我能不能做到。这本书我想为你而写，不为任何人，只为你。"

"有点意思，快跟我说说，是关于什么的？"

好吧，那天捡拾起来的所有的信心，全部消失了。

"现在还不能告诉你。我得先行动起来。"

日子来了又去，在清晨、在午后、在坐在小教堂里静静听雨的日子里，我写下了一字一字、一页一页。我复习着每一个痛苦的时刻。当我们失去我们的家，当我躺在山毛榉树下，当我们最后一只绵羊死去，当我们最后一次跨过我们家的门槛。我再次感到了空虚，因为我知道我再也回不去了。于是我不再纠结于前因后果、是非对错，毅然踏上西南海岸小径，开始记叙那次自由的徒步旅行。

我从床底下拿出背包，打开，手里拿着熟悉的旧东西：破旧的锅子、摇摇晃晃的煤气炉、不防水的外套。然后我重新打包，惊讶地发现我已经能够不假思索地就把它们放到各自本来的位置上了。

我从未有过现在这样文思泉涌的时刻，写下的文字在悬崖顶上自由地奔跑。狂风、暴雨、骄阳、热浪、汹涌气流中飞翔的海鸥，以及来自大地的木质香气。我仿佛又开始徒步，感觉背包紧咬着我的肩膀，腰带紧绷在腰间，大拇指被磨出水泡。烈日炙烤下的皮肤变得通红而干燥，幸而有骤然降临的雨水滴落在滚烫的手臂上，为我带来了片刻舒缓。

我一边喝茶，一边吃着烤面包，窗外有只胆大的老鼠坐在墙头上晒着太阳，我们俩面面相觑。我们都在各自的世界里变得愈加自信，愈加勇敢了。

　　木兰树上的叶子被一阵风吹落，屋里的光线逐渐暗淡下来，我不再盯着窗外出神。没关系，虽然坐在桌子旁，但此刻的我并不属于教堂。我正在热浪中挥汗如雨，渴望暴雨快点来临。厨房里满是瓢虫，清晨它们从带露珠的草地上诞生之后便飞了进来，下午就能听见它们的声声鸣叫，而獾则在门口用鼻子小心地嗅着。我站在昏暗的房间里，面对着墙壁，张开双臂，狂风吹来的雨点刺痛我的脸，捶打着我的背包。风呼啸着穿过花岗石嶙峋的悬崖，将乌鸦一把扔进灰色的天空。

　　当然，茂斯也一直在那里，陪伴着我走在路上，面朝太阳，一路向西。他用铅笔写的笔记带我从海湾到海岬，穿过茂密的丛林和漆黑的夜空。我跟在他的后面，看着他的靴子周围激起一阵阵尘土飞扬，雨水从他的背包里倾泻而下。我们跟着帕迪的指南，重新体验着每一步痛苦，分享着每一次胜利。一字一句，抽象模糊的记忆开始扎扎实实地落在笔头上。

　　圣诞聚餐的那天晚上，我们六个人一齐挤进小教堂，用慢煮锅炖着鸡，把土豆放在露营用的煤气炉上。总有一天，我们会买得起一个像样的炊具，但没有也没关系，厨房里仍然会笑声朗朗。微醺的家人们会开着玩笑，然后七扭八歪地睡在地板上。过了一会儿，孩子们和他们的爱人和我们告别。送走他们后，我们再次回到悬崖上，欣赏傍晚的日落。窗外璀璨的烟花和屋内的作业似乎都看不到尽头，我看着茶杯中冒出的腾腾热气发着呆。墙头那只老鼠又出现了。

　　灵感来了，我打算毫无保留地全部记录下来。每吃下一块茶点或肉饼，我内心想要回到帐篷里，回到悬崖边的渴望就又多了一分。窗外那只老鼠躲藏在枯死的蕨类植物叶子中，我坐在笔记本电脑前，敲打着键盘。这条路召唤着我，踩着化石，躲过了山崩，我来到了一个更平静柔软的地方。我站在风里，迎面而来的不再是猛烈的大西洋狂风，而是来自南方的轻柔微风。它不再强行驱赶我一直向前，它是一弯温柔的臂膀，一位从容的向导。强壮、健康的茂斯就站在我旁边，他可以在不借助外力的情况下举起他的背包，那时的他积极勇敢，不留恋过往，我们手牵着手走进波鲁安。"我只知道我们是悬挂在最后一抹的夏日骄阳下的轻盐渍黑莓，享受当下这完美的一刻，这就足够了。"我按下"保存"键，合上了笔记本电脑。

透过小教堂的窗户，可以看到木兰树的枝丫上孕育着花蕾，雪花莲顽强地钻出冰冷的地面。老鼠在午后的阳光下伸了伸懒腰，一个转身就消失在了常青藤中。

我摇了摇墨盒，把它放回打印机里，墨水应该是充足的吧。我深吸一口气，按下了打印键。一个小时后，我面前的桌子上出现了一份手稿。从第一页上浓墨重彩的黑色标题，到最后一页淡粉红色的句号。我拿了一根绳子把它系上，然后特意打了一个蝴蝶结，再把一张剪成礼物标签的棕色卡片贴在上面。

> 致茂斯，
>
> 生日快乐！
>
> 不要忘记我们的小径。
>
> 爱你的雷

"祝你生日快乐，祝你生日快乐……"我扶正床上的茶盘，茂斯从被窝里坐了起来，但仍然睡眼蒙眬。我们的女儿罗恩带着礼物和卡片跟在我身后。她暂时离开了伦敦，离开了那个与她童年时代的山川流水完全不同的世界。令人欣慰的是，尽管我们四人因失去家园而被迫分离，各自生活，但我们仍然很亲密，总是保持着联系。无论如何，至少我们还拥有一个充满爱的家。

"醒醒，爸爸，快打开你的贺卡。"

我紧张到有点想吐，所以我赶紧吃掉了为他做的吐司，压了一压，然后去厨房再多做了一些。我回到屋里的时候，礼物已经打开，卡片放在床上。只有一个牛皮纸包裹还原封不动地躺在他腿上。

"我自己打不开。这是什么？我说过没关系的，我们现在还买不起礼物。"

"不是买的，是我做的。"

"那太好了，自制的礼物是最棒的。"

恐惧、紧张、兴奋等难以名状的心情交织在一起：我几乎不敢看。茂斯拆开包装，把用绳子捆着的手稿捧在手中。他把礼物标签挪到一边，翻开第一页，醒目的大标题映入眼帘——"轻盐渍黑莓"。终于，它不再是个秘密，也不再仅仅属于我自己。

"这是什么？这就是你一直在做的事吗？"

"没错，这本书是为你而写的。"我又害羞又紧张，好像这是我第一次送他礼物一样。

"你花了那么多时间，全部是为了我？"

"这是一条小径，一本关于我们小径的书。这样你就能永远记得这些故事了。"

"你整天整天地坐在电脑前就是为了这个……你这个白痴，快过来。"

我的心一下子安静下来，如释重负。我回到床上，又吃了些面包。

"妈妈，这是什么？你写了一本书？哇，一定用掉了一整包复印纸。"罗恩翻着书页的边角。"然后还把这些都打成了电子版。爸爸，你现在就读吗？"

"现在不读，今天是我的生日，我们要去海滩上玩，但是我以后会读的，以后读。"

"太棒了。我也要读，回伦敦之前我要读完。"我还没来得及拒绝她，她就离开了房间。

"别担心，可以让她看的。趁她还在家不妨也让她看看。你太棒了，这是多么耗费心力的一件事啊。"

"我是为你才这么做的，一点也不觉得累。"

罗恩的行李收拾好了，又是一次伤感的告别，我们知道要过好几个月才能再见到她。我不敢问她对这本书的看法。在她全神贯注地阅读的两天里，我都避免和她讨论书里的内容。心里既想让她停止阅读，好好享受和我们在一起的时光，又不希望看到她放下书，因为怕她不爱读。但现在它平摊在桌子上，绳子松散地甩在一旁。难道她就打算闭口不谈，就这么离开家吗？

"我不知道说什么好。"

糟糕，她讨厌这本书。让她直面那些残忍的过去，让她回想起太多关于家的回忆。

"这本书太棒了。我都不知道你还会写作。"

"那你是觉得这本书还可以吗？"

"太可以了！你知道吗，你真该好好利用这些珍贵的素材。"

"什么意思？装个活页夹吗？"

"不是，傻瓜，送到出版社去。"

这一年的大部分时间我都感到十分孤单。我的身体里仿佛有两个小人，一个是坚强完整的自我，走完了人生之路，能够勇敢面对未来的独立人格。另一个是迷失、困惑、恐惧的自我，隐藏在教堂后面，躲在自我的小世界里的人。物质和反物质在真空中聚集在一起。当我写下最后一句话并合上笔记本电脑时，我又回到了小径上，轻风拂过我的长发，心中的渴望似乎飘浮在空中，触手可及。毫无疑问，我的身体里发生了能量的转变，在这种能量的催生下，一本书诞生了。它就躺在那里，实实在在的，被绳子牢牢系在一起。我的真空中产生了物质，从无到有。但是，如果要让人们感觉到它们的存在，它们就必须与某种东西相互作用，相互影响。就像只有借助灯光，它们才能被看到。

光

　　"毫无疑问，我们担心的事情还是发生了。你看这里，还有这儿，大概就会知道现在是怎么回事。"医生已经搬到一间新的诊疗室，他的窗外有一棵柳树，斑驳的树影清晰映在桌子上，随风轻轻摆动。我们现在还是定期去见之前的那位顾问，每隔六个月我们会回到威尔士。可以说，我们之间尚有一丝联系没有被完全斩断。"看到了吗，大脑中央的这两个蝌蚪形状的东西？"他用铅笔指着屏幕上图片中间的两个黑色形状，即核壳和尾状核，这是大脑中控制各种运动和认知功能的区域。"正常情况下，注射到你体内的放射性物质会在蝌蚪的正常活动区域显示出光亮。就像在夜晚飞过城市上空，能看到下面星星点点的灯光。"

　　我盯着屏幕，等着灯光亮起来。但它们没有。我所能看到的，就只是一条蝌蚪的头上挂着一串淡淡的小灯，宛如一件奇特的裙子。茂斯后退了几步，不再看那张影像。

　　"但是几乎没有光。"

　　"这就是问题所在。"

"确定机器没问题吗？这么看来我几乎都无法控制自己的行动了。"

"人类的大脑是一个神奇的东西，我们尚未完全掌握它的一切运行机制。显然你的大脑在想办法解决这种异常，在尝试寻找其他的办法。"

再次坐在医院的停车场里，我们都麻木了。不同于茂斯当初被诊断为皮质基底核退化症患者的震惊，现在我们的感受是一种无穷无尽的迷失与茫然，因为我们知道，无论我们如何奋力抵抗，依然无法逆转眼前这场败局。我们彼此靠在一起，盯着那堵灰白的水泥墙愣神。在我们身后，人们拉着球童穿过高尔夫球场的草地，击球的成功率各不相同。窗户开着，我们能听到空中传来的哨声。承载着人们希望的球在空中划出一道漂亮的弧线，无所谓落向何方。

"我不能再这样下去了。"

不，拜托你不要放弃。我握住他那只曾经紧紧牵着我的手。在黑暗的帐篷里，在海风吹拂的海角上，那只伸向我的手。他曾用这只手牵着我在公园里散步，保护我们的孩子，守护着我们的家园。但是现在，这只手在做笔记时会颤抖，甚至无法顺利举起餐叉。我紧紧地握着它，一动不动。我们还有希望。我们在路上找到了希望，然后把它牢牢收藏了起来。我一直把它放在最保险的口袋，就是为了用来支撑我们，度过现在这样的艰难时刻。

"你不能就这么屈服，你就是不能。"

"不，我的意思是我不能再坐在这个停车场盯着墙看了。我们进城去买本《大志》吧。是这星期出版，对吗？"

"你不怕麻烦吗？反正也没占多大的版面，他们说会寄一本给我的。"

"嗯？我们不去买登有你第一篇出版文章的杂志吗？那可是你的处女作啊。我们当然要去了。"

那个卖杂志的人正在收拾行李，准备离开。

"你还有最新一期的吗？我们真的很需要。"

"不好意思，都卖完了。你们为什么需要它？"

"我妻子写了一篇文章，就刊登在这期杂志上。讲的是我们无家可归时出去徒步的那段日子。"

"那是上周的杂志，不是这周的。是你写的吗？我留了一份自己看。那段路可真长啊，但祝贺你们，你们完成了一件多么了不起的事啊。给你们，拿走吧。"他从包里摸了摸，拿出一本卷起来的旧杂志，封面是青翠欲滴的树木，大自然的气息。

我们坐在威尔士一个小镇中心的钟楼下，翻阅着杂志开头和结尾的几页，那里通常会出现占用版面较小的文章。但我什么也没找到。本来我是不想与其他人分享手稿的，因为我觉得所有人都会嘲笑它、贬低它。但茂斯、罗恩和我们的儿子汤姆说服了我，让我相信我对无家可归的问题确实有资格讲述一二。于是我便给《大志》杂志投了稿，那是一篇关于农村无家可归者的真相的文章。一开始我丝毫没有期望能得到回复。但没过几天，编辑就说："请你发给我们一些你的其他作品，我们会考虑。"

"你来找吧，我找不到。它一定在非常小的一块地方。我觉得一切都好得难以置信。"

茂斯从我手中接过杂志，开始有条不紊地从头到尾翻看。

"你那样做是没有意义的。它肯定在后面。"

"你就等着吧。"

我看到一个街头艺人搭好他的帐篷，又拿出一把露营椅、一顶帽子和一个锡制小哨子。

"哇。"

"怎么了？"

"你看，快看，雷，你的文字，你做到了！"

它没有被安排在杂志最后的小专栏里，而是在中间四页，上面有我一同寄去的照片。在高德威灯塔（Godrevy Light House）附近岬角上的一张自拍照。在切瑟尔海滩（Chesil Beach）上搭帐篷的照片。还有文字，我的文字。我们离开了威尔士，一路向南，行走在一条未知的小路上。现在，关于那次行走和我们遇到的无家可归者的记录都变成了铅字被永久地保存了下来。然而现在我们又回到了威尔士。真是一个奇怪且意想不到的循环。我看着书页，哭笑不得，感到难以置信。我坐在钟楼下面，听街头艺人演奏爱尔兰民谣。这真是一场可怕的讽刺。我的文字被印了出来，在我们看到茂斯的希望从电脑屏幕上消失的那一天，我小时候的梦想却成真了。

"我们应该找个地方庆祝一下。"

"我不想庆祝。"我仍然感到麻木不堪，被即将到来的黑暗压得喘不过气，以至于我很难辨认出书页上到底写着什么。

"什么？快看看你完成了多么棒的一件事，你以前觉得是遥不可及的事情。这个人，这个编辑，他接受了你的作品，对它充满信心，然后出版了它。他告诉你说他会的，而且他也做到了。这就是我一直跟你说的不是每个人都是坏人，不是每个人都值得怀疑。我们经历了一段糟糕的时光，但这是一个新的开始，一条新的道路。我能感觉到。所以你快点给我起来，我们要去庆祝一下。"

"但是去哪……"

"我觉得科尼西特峰（Cnicht）不错。"

那里是斯诺登尼亚国家公园[1]里的一座小山峰。从南边看，科尼西特峰看起来是典型的圆锥形，和动画片里画的没什么两样。但是在山顶它就是一条窄窄的山脊，沿着泥泞的小路可以通往主峰斯诺登山（Snowdon）。我们第一次站在山顶上时，孩子们还很小。我把三明治和宝可梦卡片装在他们的小帆布袋里。他们挣扎着爬上石质的山顶，然后就精疲力竭，一步也迈不动了。直到我们到达平脊山顶，他们才跑到石楠丛里去玩。现在，我们又来到这儿，我们把车停在了山脚下一个叫克洛斯（Croesor）的小村庄里。我清楚地记得，几十年前，我们的孩子们跑过停车场，

---

[1] 英国第二大国家公园，在威尔士西北部，包围着苏格兰南面最高的斯诺登山。

穿过一片树林，跑到那座开阔的山丘上。现在我们又回到这里，空气中充满了旧时光的味道。在七月无风的温暖下午，数以百万计的蠓从沼泽地里飞出来，开始用咬人的伎俩来激怒人类。但在我们向上攀爬，到达崎岖不平的山顶时，它们就被一阵渐起的微风吹走了。在我的脑海里，我至今仍然能听到孩子们不停抱怨撒娇的声音，最后迫使我不得不妥协。这里确实太陡了。在山顶上，就像我记忆中的那样，大地向南延伸，那边有大片的田地和树木繁茂的山谷，一直延伸到卡迪根湾（Cardigan Bay）的蓝色海洋中。再往北走，在一团懒洋洋的云朵后面的某个地方，就是斯诺登山。我们把杂志横放在一块石头上，用力压平书页，使其重新变得舒展，然后我们开始阅读这篇文章，仿佛这是别人写的关于别人的文章。茂斯坐下来，双脚蹬在岩石上，然后抱住了自己的膝盖。

"我并没有在看这篇文章。我现在满脑子都只有电脑屏幕上的那张影像，那些亮光都熄灭了。"

"那就别假装只有我一个人难过了，我还要骗你我是为自己感到难过呢。"

"你读到的所有研究都提到，答案肯定就在某个地方。也许你是对的，是环境因素。当我们在海岸小径上的时候，那种自然的野生状态是有益的。也许我们只是需要开阔的空间，这样我们可以一直待在外面，同时也能睡在室内。"

"我们当然可以了，但这怎么可能呢？哦，我知道了，除非奇迹出现。"

我仰面躺在石楠丛中平坦的干草上，天空中悬着几朵大块的碎云，缝隙间透出几束稍纵即逝的亮光。暖风拂过石楠花和矮金雀花，紫色的花蕾即将绽开，带着蜜香的空气飘过山腰，草地被饥饿的羊群和呼啸的狂风蹂躏得稀疏不已。我在草地上张开双手，感受着大地的温暖。这是一个在我掌心下呼吸的实体。我好久没听到的声音又回来了，在我的耳边慢慢变得清晰，在岩石边匆匆划过时变得尖锐，在乌云密布的天空中变得柔和。它宛如一条平滑的丝带，又像是阵阵心跳声，随着黄昏归来的鸟儿们的低语而变得缓慢而平和。

"我们该走了，时间不早了。我们是沿着来时的路走下去呢，还是穿过旧矿井，然后从山谷的另一边沿着那条路走下去？"

"从另一边下去吧。"

我们穿过山脊上的干沼泽地，然后下山前往罗西德采石场（Rhosydd quarry）遗址。一个多世纪前，这里板岩矿的矿石开采如日中天，营房和矿井里到处都挤满了人和机器。如今，营房的屋顶早已不复存在，墙壁也面临着随时坍塌的风险，但我们依然可以强烈地感觉到生命在这里蓬勃与消逝的痕迹。前来探索地下隧道的洞穴探险者络绎不绝。突然间，我们听到破碎的墙壁中有一阵神秘而怪异的声音，我听不出来是什么歌。

"那是什么声音？"

"我也不确定，但是听起来像林肯公园[1]。"

---

[1]　Linkin Park，美国摇滚乐队，1996 年成立于美国加利福尼亚州。

一堵高墙后面，柴火烧得噼啪作响，殷红的火苗腾腾向上冒着，一群人聚集在篝火周围，坐着聊天。从旁边一个小音响里传出来金属摇滚乐队的旋律，在空荡荡的墙壁周围回荡着。

"真是开派对的好地方啊，朋友们。"

"是啊，还不错。"

我能看出茂斯正努力想办法让对话更进一步。

"你们每周五都在这里聚会吗，真是个好地方。"

"今晚我们为查斯特而来。"

"哦，是他的生日吗？"茂斯瞥了我一眼，耸了耸肩。

他们彼此之间交换了个眼神，随着音乐的切换又低下头去。这首歌我很耳熟，孩子们十几岁时，我曾在他们卧室里听到过。当然了，茂斯肯定也清楚地记得。

"不会是查斯特·贝宁顿吧？"

"没错，他昨天去世了。这世间再也没有他这样的传奇人物了。"查斯特是金属乐队林肯公园的主唱，身上有文身，是个麻烦缠身的天才。他在我们孩子的生活中占据了很大一部分，所以不可避免地对我们来说也是如此。那个男人接着说："我们要送一送他，以他的方式，在烟雾与歌声中，送走他。"

我们和他们一起安静地坐在石头上。这些年轻人身穿黑色 T 恤，和他们追随的偶像一样身上打着个性的穿刺，文着酷酷的文身，在威尔士山坡上一个废弃的矿井里守夜。

天色渐晚。年轻人们围绕着篝火随意走动着，他们聊天、喝酒、唱歌。热烈的火光映在他们年轻的脸上。我们活着，然后死亡，其实与木头或空气中的分子运动并没有什么两样。但不可否认的是，属于茂斯的那盏灯正在慢慢熄灭，但他大脑里的电荷却在寻找自己的办法，创造新的路径。趁现在他还有足够的能量支持让它们继续寻找，我们所能做的就是全力保证它们能够顺利走上寻找的正途。我们不过是大量粒子、物质、反物质、质量和能量的总和。这与一根草叶或火焰的火花没有什么不同，只是一种流动不息的能量罢了。当茂斯的灯还亮着的时候，我们要感到庆幸和幸福，并尽我们所能，让每盏灯在夜空中多燃烧哪怕一分钟。

我们起身离开，这时音响里播放到了最后一首曲子。眼前的火苗越来越微弱，在黑暗中挣扎着发出熄灭前的最后一丝光亮。

质量

　　八月底，村子里游人如织，与冬季里寂静清冷的街道形成极大反差。但是我坐在金雀花丛中的长凳上，几乎看不到一个过路人。在傍晚的阳光下，只有远处大西洋湾的海滩上传来一些人们嬉闹的声音。沙滩上挤满了人，水上摩托艇在海湾里快速穿梭，绕过明亮水面上停泊着的小船，行驶的轨迹形成一个"8"字。我不能再待下去了，我需要回到小教堂里去，茂斯一定正在休息。几天来，他一直被一种反常的眩晕所困扰，那感觉就像醉酒的他站在一艘摇摇晃晃的船上。似乎只有当他躺下来，闭上眼睛休息才能得到解脱。

　　我离开长凳，抄近路穿过田野。国家名胜古迹信托租下了这片悬崖边缘地带的土地，并掌管着这片区域的放牧方式。现在的草地宛如我童年记忆里的那片的田野：地势高低起伏，杂草丛生，高度参差不齐，但在羊群觅食过的地方明显矮上一截。这种轻牧模式让野花得以自由生长，从而为云雀提供了遮挡。春天和初夏时节，每当我走过这里时，这些棕色的小鸟会扑棱着翅膀高高地飞到空中，向天空唱着欢快的赞歌，用美妙的歌喉来吸引配偶。但一到夏末，田野会变得很安静，鸟儿专注地哺育雏鸟。从这里开始一直延伸到内陆，土地上耕种的作物发生了很大变化，田里种满了西南部大部分地区都普遍耕种的小麦和大麦。在这些喷洒了杀虫剂和除草剂的单一栽植土地上，很少能见到野生动物的踪迹，它们和赖以生存的植物统统被逐出田地，被迫跑到了树篱和树林中。这里也不再是许多食草鸟类的理想栖息地，它们正被逼到绝境，数量在急剧减少。

　　沿着海岸小路，沿着云雀的田野一路向下，穿过金雀花，来到陡峭的洼地。那里的冬季风暴将强风变成喷气式气流，使人很难站稳脚跟。被大风蹂躏摧残的山楂树紧紧地扎在土里，树枝被呼啸的狂风吹得向内陆伸展。前面通往村庄的陡峭台阶上，出现了一个背包客，从岩石和植物的缝隙中冒了头。他停下来一边喘着粗气，一边眺望大海。一扇小木门挡在我们之间，当我们走近它时，我可以看出他不是一般的背包客，他有最新的装备，脸上带着坚毅的神情。他站在那里凝视着英吉利海峡，然后慢慢转身，不慌不忙地继续往前走。一件亮黄色的反光夹克在暗处的金雀花的映衬下闪闪发光，他背上背着一个带有金属框架的旧背包。奇怪的是，这个人顶多二十五岁。我走到他面前的大门口，打开门让他过去。他抬头一看，他脸上就像在举办一场身体穿刺的公开展览，佩戴着各种银色装饰物。

　　"嗨，你在背包旅行吗，要去哪里？"我们在路上的时候回答过无数次这个问题，这下也轮到我主动问别人了。

"今晚还不能确定。我想我再去几处海岬就可以停下了。但我要去普利茅斯（Plymenth）。"他回答时似乎有些紧张。

"哦，好吧，那还得再走几天。你从哪里来？"

"彭赞斯（Penzance）。我已经走了两周左右了。"他穿过大门时似乎放松了一点，但好像并不急于离开，他看上去不像一个经常步行的人。虽然他已经被晒黑了很多，但眼周的皱纹褶子里依旧是白的，我猜可能是眯着眼迎着阳光行走造成的。

"这段路的风景不错，这个季节的利泽德半岛一定美极了。那是什么让你到西南海岸小径上来的？你以前经常徒步旅行吗？"

"我小时候经常走路去商店！不过我不是那种经常走路的人。我去年一直在埃克塞特（Exetes）露宿街头。但后来我读到一篇文章说一对无家可归的夫妇在海边的小路上徒步旅行，我就想，我也能做到。所以我向慈善机构借了所有我需要的东西，他们还帮我买了一张去彭赞斯的火车票。但这真的很困难。我以前从来没有搭过帐篷，而且这双靴子……"

"真让人难以置信，你吃饭了吗？跟我回去吃点东西吧，至少喝杯茶。"

"不，我不去了，我必须继续前进，走完剩下的路。"他用手指向海的对岸。

"我这个决定改变了一切。我必须继续前进。我已经找到了适合自己的节奏。我都不记得上次有这种感觉是什么时候了，当然也可能从未有过。我要找个地方搭帐篷，然后做点汤喝。我的一天大概就是这样。"

我懂这个男孩，不是说理解他的人生，而是理解他正在体会的感觉。

"你想过到了普利茅斯之后怎么办吗？"

"我不确定，但我不会再过以前的生活了。我的那部分人生已经彻底结束了。一切都变了，我也变了。"

我注视着他穿过低洼，越过山脊。我不能告诉他那是我的文章，这是属于他的时刻，他的生命，他的探索，我无权干涉。

我想象着那个年轻人离开教堂，走下山去，披着绿色变形斗篷的黑刺李隧道将其一口吞噬。荒野上这股伟大的自然力量拯救了又一条生命。我张开双臂，让上升的海风吹起我的外衣。刚刚我毫不犹豫地停下来和他交谈，难道是冥冥之中感受到了与他的一丝联系吗，还是预想到和他交谈能让我感到轻松愉快？或者是因为别的什么？住在教堂的那几个月里，通过写作，我把自己带回到海边小径上、回到炙热的阳光下、回到无拘无束的风中和无边无际的绿色原野上。我们的野外家园永远都是让人安心、让人精神抖擞的存在。我紧紧抱住双臂，重新体会当时的内心力量。我沿着熟悉的小路向村子走去，但是道路已然改变，这里不再只是海石竹生长或是红隼出没的地方，而是一条全新的道路，它正被一束神秘而未知的光线所照亮。

能够及时发现人生的岔路口本就是件困难的事，若还要人选出正确的方向来，就更是难上加难了。但有时，你只能从后视镜中瞥见人生岔路一闪而过。尽管结果不会改变，但日后当地图摊开在你面前的那一刻，你就可以指着它说：没错，这就是那个改变我们命运的岔路口。

通往 M6 高速的路上发生了严重拥堵，起码已经堵了两个小时。我蹲在面包车的后座边上，抱着一个刚刚学会走路的孩子上厕所。当时的我无论如何也不会料想到，这一刻会是我们未来几十年全新生活的开始。

"见鬼，连国道都堵成这样了，你说高速上到底出什么事了？"

"见鬼了呗，你刚不是都说了吗。"茂斯说道。他原本的计划是带我们全家去苏格兰度假两周，我们已经计划了好几个月了。也许这趟旅行会让我们找到梦想中的家，那个我们设想了十年的地方。其实对于它的具体位置我们毫无头绪，但不知怎么的，我们却坚信它肯定在北方。汤姆坐在他专属的儿童座椅上，手里拿着一块融化了的巧克力饼干，脸上、头发上、衣服上全都沾上了黏腻的巧克力酱。罗恩烦躁地坐在便盆上扭来扭去。露营装备在我身后狭小的空间里堆成了一座可怕的小山，我几乎动弹不得。

"我不想再等下去了，看这情况再堵上一天都有可能，这条路左转会通向哪里？"

"左转的话就是向西开，一直走的话就到威尔士了。"

"我们去不去？"

"去，只要能离开这条路，去哪都行。"

夕阳缓缓沉入卡迪根湾。我们站在山坡上，寒风从下面的山谷中迎面吹来。大海沐浴在傍晚的暮光里，缤纷的晚霞将茂斯的脸染成橙红色。汤姆安静地躺在背袋里，小脸上的巧克力蹭到了茂斯的肩膀上。他饱满的小嘴微微翘着，小手白白胖胖，软绵绵地垂在身体两侧，睡得安稳香甜。罗恩裹着一张毯子，半睡半醒地趴在我的后背上，她乱成一团的金发被风轻轻吹动，在夕阳余晖中闪闪发亮。

"我都不知道威尔士居然这么美。"北方的高山和空旷的原野一直是茂斯的心之所向，但此刻的夕阳也同样让他深深着迷。

我们手牵着手，眺望大海，高速公路上的车辆缓慢地向前挪动。那时我们还没有意识到，这次计划外的绕路，让我们意外发现了未来二十年生活的理想家园。

回家路上，我刚拐过街角，萨拉就打开家门走了出来。我抑制住想要逃跑的本能，深吸了一口气，停了下来。

"嗨，你好吗？好久没见，写作还顺利吗？"

"很顺利。"我可以应付的。我把被海风吹得鼓鼓的外套拉得更紧了一点。但我没有意识到我感觉到的寒冷来自我看不见的岔路口，来自一个未知的方向，一个悬而未决的问题。"我刚在《大志》上发表了一篇文章。"

"哇，真厉害，那是讲什么的？"

我深吸了一口气。呼吸中充满了自我怀疑，对已经做出的选择、已经承受的损失和或许即将到来的损失产生怀疑。我在呼吸中闻到了狂野海岬与海滩卵石上弥漫着的夜晚的气息。

"讲的是我们失去威尔士的房子后无家可归的故事。我们俩选择在西南海岸小径步行，而不是被动地等待政府分配救济房。沿途还遇到了许多同病相怜的人，包括一些躲藏在乡下的流浪者。"

"你们失去了自己的房子？什么都没有了？"

"是的。我之前不说是因为我觉得别人会对我们的过去非常介意，这种尴尬情形我经历过很多次了，所以我觉得我必须要有所隐瞒。但今天我才意识到这样做没有意义。"

"在这里你不需要隐瞒任何事。有些人是会像你说的那样，但也有很多人同样遭遇了很大的挫折，他们原本的生活支离破碎，有的人甚至回到父母身边生活，也有的人想从头再来，重新开始。每个人都有过去。"

"真的吗？"

"是啊，我觉得这有点像人到中年的必经之路。我们很多人都发现，要重新开始，我们就不得不回到人生的起点。回到我们长大的地方，或者让我们最快乐的地方。回到事情还没出问题的时候。我觉得这就像是按下了重置键。"

我看着她离去，然后将身子探过围堤，看到水里停满了夏天里常见的船只：游艇、摩托艇、带游客在河上游览的蓝色小船，还有一艘黑色木质的高桅横帆船，它的帆收拢着，缓缓驶向岸边。孩子们在"禁止游泳"的标志旁跳入水中；穿着短裤的老人把他们的小艇系在浮筒上。在这里，人人都过着简单平实、朝气蓬勃的生活。

所有的问题仿佛瞬间迎刃而解。有时候，你只是需要有人为你黑暗的生活点亮一盏明灯。坚强勇敢的人们不惧怕海边小径上的种种考验，但却逃不出医院的梦魇，解不开关于生命的困惑。茂斯说的没错：我又回到了起点，又变成了那个胆怯怕人、总是躲在沙发后面的小孩子。萨拉说得也对：现在便是我重新开始的机会。过去的几个月像孩子一般逃避躲藏的时间并没有浪费，那个孩子害怕、疏离，但她却不曾舍弃她所热爱的荒野，也不曾忘记那个被打碎、被搁置的梦想。我和她一起站在她的房间里，看着她抚摸书架上的书，她的手指在书脊上的企鹅图片上抚过，眼神中满是憧憬。当渡船在系泊的船只间穿梭，正要驶进码头时，孩子们从围堤上跳了下来，一边喊叫一边泼水。我又呼吸了一口新鲜的氧气，然后进屋去了。

你可以在谷歌上找到所有答案，但前提是你要问对问题。经过两个小时的搜寻，它终于给了我想要的东西——我找到了一位纪实文学经纪人[1]。他们公司规模不算大，应该不会出现因为竞争激烈而忽略我的来信的情况，但规模也不算小，工作效率也会有一定保证。于是我敲下回车，发出了申请。我靠在椅背上，转头看向窗外，那只小老鼠站了起来，正在舒展它的四肢。我们沿西南海岸小径步行的最后一天，空气中弥漫着黑莓的香气，我紧紧地握住茂斯的手，静静看着太阳一点点落山。那一刻我像打了胜仗的士兵一样，心头涌起无尽的喜悦与满足。是的，我的人生只拥有这么多，而我也只需要这么多。

我按下了人生的重置键。

---

[1] 文学经纪人是作家和出版社之间的纽带。文学经纪人代表作家和出版商讨价还价，说服出版社出版作品，然后替作家签署出版合同。

水

八月底，夏末的傍晚，周围静悄悄的，只有昆虫此起彼伏的嗡嗡声，偶尔也能听到几个孩子在兰蒂克湾（Lantic Bay）跑来跑去的尖叫声。吊车尾的学生们在被家长拖回家关禁闭、试穿新校服、打开无穷无尽的练习册之前，还在享受着最后的疯狂。经过岬角岩石旁的长凳的人越来越少，所以我干脆躺在上面，感受着夕阳的余温。由于在狭窄的木椅上躺得太久，我的背都僵了。我坐了起来，眯起眼睛，看着海面上摇曳的灯光。我转头向后看，只见田野里有两个人影，他们头凑得很近，仿佛正在深入地交谈。我站起身准备离开时，手机响了，一封新邮件。是文学经纪人发来的。但他绝不可能这么快就给我回信。所以毫无疑问，肯定是自动回复的拒信。

我又坐了回去，手指不经意触碰到了长凳上的黄铜铭牌。远处一辆水上摩托正驶向港口，激起一阵飞扬的浪花。我仔细阅读铭牌，上面写着，这是彼得最喜欢的地方，所以他的亲人们在此设立长凳纪念彼得，希望每个疲惫的步行者都可以坐下休息片刻。田野里的那两人正挥着手向我走来，但我无法把注意力集中在他们身上。我又看了一眼屏幕，希望上面的信息有所改变，可惜它没有。

吉尔和西蒙爬过篱笆。

"我回来了，你最近好吗？萨拉和我聊天的时候告诉我你的故事了，这可真让人难过。"

她知道了，但她还愿意和我说话。

"你回来多久了？"

"昨天刚到。"

才一天的时间她就知道了。看来这里狭窄的街道丝毫不影响八卦的流传。但她还在这里和我说话，我几乎没法理解。我的手里还紧紧地攥着手机，电子邮件的提示灯还在口袋中闪烁个不停。

"这里没人会在意的。我们很多人都有过去，不是吗，西蒙？"西蒙只是微笑着点头。"你在这儿的河里划过船吗？我借了一艘独木舟，你想玩吗？"

"额，好啊，谢谢你。"他们走开了，但我的大脑一片混乱。我深吸了几口气，试图抓住一些真实的东西。我摸到口袋里有一枚两英镑的硬币，它要支撑到明天。明天我们就可以从学生贷款中取出每周的零用钱了。这枚硬币只够买两个大土豆和一听从村里小店买来的烤豆子。只有烤土豆是真实的。什么聊天、分享、接纳，全都没用。我再次掏出手机，打开邮件："我已经读完前三章了。你能把剩下的手稿寄过来吗？"代理人对我的手稿感兴趣？这不可能是真的，一定是我的幻觉。

福伊河发源于博德明沼泽（Bodmin Moor），从泥炭地里潺潺而出，河水从地底深处涌起，缓缓流向南方。随着众多支流的加入，小溪逐渐壮大，变成河流，等它积聚了足够的能量便会流向大海。在此之前，它会被转移到管道中，为康沃尔大部分地区提供饮用水。同时它仍保有足够的水量继续流动，在下游宽阔的潮汐河口稀释咸味的海水。退潮后，陡峭的林地之间出现了一片又深又宽的泥滩，这是原始森林的遗迹。港口委员会为防止淤泥堵塞航道而疏浚了这条河，以前坐在从博迪尼克开往福伊的汽车轮渡上，我很难想象这条河有多深。但当我们跟在一艘摩托艇后面，坐在一艘漂浮的泡沫皮艇上时，我感觉自己仿佛要越过一个深不见底的水坑。

"所以当吉尔说独木舟的时候，我一下就想到了孩子们小时候我们租过的加拿大式独木舟，你还记得吗？好像是在湖区？那感觉就好像我是坐在水面上，根本不会下沉。"双人泡沫皮艇底部的小洞本来是为了保持艇身的平衡和浮力，可下水两分钟后，我就已经被水浸到腰部了。但它不是完全沉下去，只是半沉。

"没错，我记得那些独木舟。绿色的那些，对吧。"

"不是，是红色和橙色的。"

我们胡乱地划着，慢慢地逆流而上，远离了骚动的游船和人群。避开汽车渡船，我们经过了装黏土的码头上隐约可见的金属船体，当我们划行经过时，它一半在水里，一半露出水面。除了被冲进大海的石油和柴油烟雾，港湾中满是停泊着的游艇。老人站在他那艘古老的木船上，头发和胡须被激起的海浪打湿，他穿着旧羊毛套衫和靴子，一只小狗在前面掌舵，这幅画面宛如另一个时代的活生生的快照。在河流平静的地方，泥滩地越来越高，船只被限制在中央河道内。在靠近河岸的地方，潮水涌来，我们掠过泥土之上，远离偶尔驶过的船只，远离低垂的树木。我们行驶在自己的河道里，沿着布满岩石、覆满泥土的海岸线，在树林的黑暗下，几乎无声无语地漂浮着。一群群的白鸟栖息在岩石上，在黑暗的背景衬托下显得格外耀眼，它们黑色的腿和喙几乎与背景融为一体，因为蒙蒙细雨减弱了树林里的光线，眼前的一切笼罩在神秘莫测的氛围中，我们愈加觉得，眼前的树林一定隐藏着某些我们无法探寻到的秘密。

"那是什么？白苍鹭吗？很有异国情调，它们不该出现在这儿。"

"是小白鹭，没错。它们很漂亮，但我不确定这是一个好的迹象。"

它们一动不动地躺在岩石上，洁白的羽毛构成了一幅完美而单调的静物画。这些优雅的鸟类传统上是稀有的候鸟，从地中海和非洲向北飞行。但到了 20 世纪末，英国南部海岸开始形成永久性栖息地。野生动物基金会认为，它们的扩张可能由于气候的变化，随着气温的上升，这些鸟类被迫向北和向西迁徙，导致它们的食物来源减少。但并不是每个人都同意这种观点。可能到小白鹭搬到外赫布里底群岛（Outer Hobrides）的时候，质疑者们就会被说服了，但到那时再说"我早就告诉过你了"就已经太晚了。当我们拿起桨，重新找到节奏时，雨势逐渐变大，视野里的鸟儿们被我们落下，在后面露出地面的岩石上渐渐变成了一个个白色的小圆点。

柔和的雨滴形成了连接大地和天空的根根细丝，落到水面上，留下层层涟漪。

"我们在树下躲一躲还是回去？"我不想屈服，但湿衣服粘在身上，冷得我直打哆嗦。

"反正我们都已经湿透了，所以回不回去没什么区别。我们可以趁现在探索这条小河，然后再回去。这可能是我们唯一能用独木舟的时候了，靠我们自己肯定租不起的，是不是？"他说得有道理，但他为什么不冷呢？

我们冒着雨跑到船上，然后划进了一条小溪。小溪的一边树木茂密，陡峭的山坡上长满了老橡树、山毛榉和桦树。对岸，一排树木散布在青草坡上，牛群像山羊一样爬上去吃草。柳树和橡树的树枝上筑有许多巨大的鸟巢，树上有一只苍鹭坐在树叶间摇摆，它低着头，雨水从它的背上滚下来。另外两只一动不动地站在长满青苔的河堤旁。

"雨下得更大了。我们把船拉到树下躲一会好吗？一分钟就行，我的肩膀疼死了。或许我不应该来划船。"

"又或许你需要多划几次，锻炼锻炼。"

我们把独木舟拖到对岸茂密的树木下，蹲在树根间等待。

"天啊，我现在好冷。"他终于说冷了。

我们在树冠下瑟瑟发抖，直到雨势减弱。当我们伸直僵硬的膝盖准备离开时，一个苹果落在茂斯的脚边。

"这是哪儿来的？"

"奇怪，没看到苹果树啊。"

我们低头定睛一看，又深又滑的泥滩慢慢浮现出来，即使涨潮也不能将其完全淹没。在泥潭变得清晰可见的那一瞬间，一小群杓鹬落了下来，并立即开始进食，它们把长长的弯曲的喙埋在泥里，吞食藏在表面下的蛋白质。这种高大的棕色鸟儿过去在英国大部分地区都很常见。在我们威尔士那边，杓鹬的叫声已然成为春天的象征，它们从冬季的觅食地返回，在潮湿的草地上筑巢，然后逆流而上，尽情享用美味的鳗鱼。但在我们离开前的最后几年里，杓鹬再没有来过。在过去 20 年里，它们在威尔士和英格兰的数量分别下降了 80% 和 30%，数量的大幅下降使它们在海岸上的生存处于危险的边缘。

"你看，至少得有二十多只。能看见杓鹬实在是太神奇了。"

"真是个清净的好地方。鹬、苍鹭、小白鹭，谁能想到离骚乱的河口这么近的地方会有如此净土。哎呀……"突然，一只被啄了一半的苹果落在独木舟上，茂斯猛地一躲。

"树林里有小孩子在玩吗？"

"没看见，但如果有的话我想我们会听到的，不是吗？可能是鸟。"

我们跟着潮水退去的方向，来到了泥滩之间的一条狭窄河道，这里静得出奇，只能听到船桨推水的声音，还有当独木舟顺流而下时，啄了一半的苹果在船舱里滚动的声音。

雨过天晴，我们回到教堂，脱下湿衣服。水壶烧开的时候，我裹着毛巾，打开手机看到了一封来自伦敦的语音留言。

"你好，我已经读完了你的全部手稿，想跟你详细谈谈。请问你什么时间有空？"

空气

　　我签收了一个包裹。那盒子很重，我把它放到桌子上，然后坐下来仔细端详了一番。我仔细摩挲着这个方形纸箱，抚摸着上面的邮寄信息以及角落里的商标。这时水烧开了，我泡了一杯茶。我现在就可以打开它，把里面的东西拿出来，摸一摸，看一看，闻一闻。或者我也可以等茂斯回来和他一起分享这一刻。我看向窗外，雪花莲已经破土而出，开满了邻居的小花园，玉兰花的花蕾也含苞待放。他在周末的时候拆掉了棚屋，如果我坐在靠窗的工作台上，我就能看到屋顶之间的空隙，还能望见远处的树林。我吃了一块饼干，然后等待着，纸箱在我的注视下仿佛越变越大。我坐下来，把脚翘在另一张椅子上，将窗外的风景和眼前的盒子框在同一个画面中，旁边的茶杯还冒着腾腾热气。

　　距离我走出伦敦考文特花园（Covent Garden）的地铁站已经有好几个月了。在去往斯特兰德大街（the Strand）的那一小段路上，我非常紧张，以至于走路都不知道先迈哪只脚，也几乎没办法在思考状态下走直线。终于，我来到一个石拱门下，这条路通向一座闪闪发光的玻璃和钢铁建筑。抬眼望去，偌大的天空被割裂成若干小方块，我几乎无法呼吸。我们的海边小径带领我们克服了迷失的痛苦和绝望，度过了雾蒙蒙的海岬上的潮湿夜晚——现在，我站在这扇人造玻璃门前，感到无比窒息。经纪人为我推开门，示意我走进去。我们来到前台上方的巨大的企鹅图片前。"别担心，这次只是和责任编辑聊聊天。"我和这位女士形成了强烈的反差，她身材娇小，优雅精致，穿着考究，反观我，身材臃肿，土气十足。我甚至在一瞬间质疑自己是否能够胜任接下来的工作。我把手放在头发上，以为会摸到树枝和草叶——不，与其说是头发，不如说更像是一个乱蓬蓬的鸟巢。自从我们在野外生活以来，它一直如此。我深吸了一口办公室里的空气，深吸了一口生命、死亡以及由此带来的所有复杂情感。我们坐在沙发上，等待编辑下楼来接见我们，我用指尖无意地划拉着扶手上的蓝色布料，突然间我的记忆里突然涌现出判决那日，茂斯同样用指甲划弄桌子上白色斑点的那一幕，就是在那一天法官向我们下达了驱逐通知。不过如今我们没什么好失去的了，所以也就无所畏惧。可我为什么还是那么紧张呢？我们几乎失去了所有的物质财富，但仍然活了下来。就算我搞砸了会面，企鹅出版社决定不出版我的书，那我又会失去什么呢？什么都没有。生命依然如故，死神仍在伺机而动，一切都不会改变。著名作家的书排列在书架上，它们也曾被陈列在我自己的书架上。那个时候我还有书架。诸多回忆在我脑海中一闪而过。失去让我重获自由。在它留下的空白中，任何事情都有可能发生。我们从零开始。

我们跟着这位年轻的责任编辑上楼，来到一个小房间的门口。她把手放在门上，停了下来。

"我们觉得，如果今天大家都能见你一面的话，后续推进会容易得多。"

现在已经来不及跑了，门开了，有一张圆桌，四个人围坐在桌旁，他们身后的墙上挂着一张真人大小的杰米·奥利弗的海报。办公室的窗外的风景应该很美，但我没有心思去看。我站在利泽德角灯塔那天，数百只燕子聚集在一起，准备离开陆地飞向天空。它们本能地飞向天空，向南寻找温暖和食物。它们俯冲而下，我的脑袋飞快地旋转着。毫无疑问，燕子知道自己必须做什么，它们从不质疑，也无需用信仰支撑信念，只是简单地去相信。我们曾站在陆地最南端的灯塔旁，风吹散我们的过去，把过往的生活抛得一干二净。我们转向北方，我跟随茂斯的脚步踏上尘土飞扬的道路，远离过去，走向未来。我们只相信彼此，相信直觉，因为它告诉我们，脚下的这条路定会引领我们走得更远。

房间里，一位娇小美丽的女士优雅从容地掌控着谈话的进度。

"你以前来过出版社吗？在我们正式开始之前，我想说我们很喜欢你的书，而且我们想出版它。不过你得改个名字。"

成百上千只燕子在暖风中自由飞翔，它们午夜般漆黑的翅膀在秋日阳光的照耀下闪闪发亮。随着气温骤降，昆虫数量减少，鸟儿们头也不回地朝南飞去，消失在远方的白光中。除了希望和信仰，直觉是我们的唯一武器。但鸟儿们不似人类这样复杂。它们只是张开翅膀，然后把一切放心地交给空气。

距离上次会面已经过去了好几个月，这几个月我一直都在期待快递的到来。铁门一阵吱吱作响，几秒钟后，茂斯进来了。

"嗨，你回来了，今天过得怎么样？"

"一般般吧，我的头和脖子不太舒服，感觉上边压着一大块石头似的。"

大学生活还剩下最后几个月就要结束了，茂斯苦苦挣扎着。

在楼梯顶部的小平台上，在他的书桌前，他创造出了一幅优秀而宏大的毕业作品。一沓沓文件夹堆积在他周围，他的身体在这些文件夹的重压下慢慢萎缩。随着时间的流逝，他走路的时间越来越少了。从各个角度来看，留给我们的时间仿佛都不多了。

"哇，那是什么？哦，不会是那个吧？"

"没错，我一直坐在这里看着它，我想等你来了一起拆开。"

"好，拿把剪刀来！你等了多久了？要是我，我肯定会忍不住的。"

"你来打开吧，我还是有点不敢相信。"

"别犯傻了，拿剪刀来，我们一起打开。"当箱子打开的时候，我看到鸟儿在明亮的天空中飞翔，游隼在海角边缘俯冲，海豚在大海中遨游，两个孤独的身影站在悬崖顶上，风吹拂着他们的头发。那是希望的样子。

当我慢慢打开这本更名为《盐之路》的书时，泪水顺着我的脸颊滴了下来。

"看。"茂斯拿起一本书，翻开版权页。"瞧，你成功了。"我把手放在企鹅的照片上，这是小时候的我梦寐以求的一刻。

"我们做到了。"

"不，是你做到了。这是你的作品。"

"但这是我们俩的小路。"

当茂斯完成了他的最后一件作品，最后一次走出大学的教学楼时，《盐之路》已经在全国各地的书店上架了。几周后，他的手机开始响个不停，拿到学位的同学们已经在互相庆贺了，但是茂斯的学位证却迟迟未到。

"也许只是在邮递途中丢了。要不给你的导师打个电话？"

"不会的，我可能没有及格。"

"就算不及格也会通知你吧。"

"如果我拿不到学位，我就没法去教书。从我报名攻读学位的那天起，我们就计划好了说我以后要去教书。但现在这个病的发展已经完全毁掉了我们的计划。"

我们坐在老橡树的树荫下，橡树上挂满了青苔，这些青苔在河口清新空气的滋养下茁壮成长。每个星期，我们都会沿着廊道从波鲁安穿过树林，走过蓬皮尔河（Pont Pill）上的木制人行桥，到达博迪尼克的汽车渡口。涨潮时，能看到肥美的鱼在河里游来游去。有时即使下雨，即使脚踝上沾满了泥，我们也会顶着风雨一直向前走。路过散落四处的雪花莲，穿过被风信子覆盖的林地，便能看到数百名游客在尽情享受他们的假期。今天的天气很好，阳光明媚，树影婆娑。林地里的枯叶静静躺在新生树荫的庇护之下，偶尔被人们踩得嘎吱作响。靠在树干上，我感到如释重负。学习耗尽了茂斯的精力，但他还是克服了所有困难走到了最后。现在一切都结束了，他可以像这样多待几天，在这片绿地里放下一切包袱，尽情享受生活。尽管茂斯记忆力减退，步履艰难，我还是紧紧抓住每一丝渺茫的希望。但事实上，疾病在一刻不停地纠缠着他，从未停歇，就像无情的暴雨不间断地冲刷着河岸上的泥土，现在只留下他的根紧紧抓住光滑的岩石表面。他的生命之树，就要倒了。

"我知道，可你不能再给自己这么大的压力了。谁能说得准呢，也许我们卖书赚的钱就足够下一年的开销了呢。这期间我们再想想别的办法，慢慢来，不着急。"

茂斯的手机又响了。难道大家都在发消息庆祝毕业吗？

"我导师给我打电话了。"他打开扬声器，屏住呼吸，脸色苍白。多年努力终于到了结果的时刻。

"茂斯，我打电话来是想知道你还好吗？那天你没来学校拿学位证，我很担心，所以我想我还是打个电话问问。你需要我把它寄给你吗？"

"我不知道还要回学校拿，我以为学校会直接寄给我们呢，一直没收到我还以为我肯定挂科了。"

"不，你的成绩很不错，离挂科还远着呢。"挂掉电话后，他颤抖着把手机放回口袋。

"我及格了。真不敢相信我居然及格了。"

"我一直相信你可以做到的。我们应该庆祝一下。"当我们走到阳光下时，我看到他的脸上渐渐恢复了血色。"真不敢相信：茂斯曼，理学学士。真为你骄傲。我们必须庆祝庆祝。"

"是啊，这下我像个真正的学生了。那去福伊喝杯茶？"

"得再来一块好吃的葡挞。"

"必须的，今天要造反了。"

茂斯终于完成了他的学位，但那也耗尽了他最后一丝气力。他的身体状况不容乐观，每天都说自己头疼、胳膊疼，大腿僵硬得迈不开步子。彻底摆脱学业压力的他只想睡觉，可是一晚睡 12 个小时还是很累。我当初怎么会觉得冥想课会有用呢？想想看，让疲惫的人坐在椅子上，告诉他们闭上眼睛，平静下来，接下来他们会作何反应呢？睡着了呗，这毫无疑问。但他打呼噜就有点过分了，他完全可以偷偷睡去，非要发出震天响的呼噜声搞得人尽皆知。还好我佯装咳嗽制止了这一阵不合时宜的鼾声。但我还是无法集中精力冥想，因为没过多久，鼾声又响了起来，把我拽回到了现实里。冥想期间我一直在思考，我们还能做些什么来阻止茂斯的健康状况迅速恶化呢？但我想不到任何办法。科学证明了剧烈运动和自然环境的必要性。但当下这种情况，茂斯一天中有半天都在睡觉，所以恐怕我们很难做到。我们需要再走一次，走很长很长的路，但那也不太现实，茂斯已经背不动背包了。而且因为过去的纷争，我们的信用记录仍然很差，现在又处于助学贷款马上到期，预付书款尚未到账的节骨眼上。单拉出来哪条都是致命缺点，没有房东想接待这样的租客。在经历了几个月四海为家的日子后，我们很高兴终于可以重新拥有属于我们的一片屋檐，我们很感激女房东给我们提供了一处栖身之所。但从某种意义上看，我们也被困在了一个无法逃脱的牢笼里，我眼睁睁地看着茂斯在人生的下坡路上越滑越远，我就快抓不住他了。每天下午我都逼着他去散步，尽管我实在不忍心这样做，尽管这已经让茂斯十分痛苦，但说实话，两英里的路程还是不够远。虽然在一定程度上这让他变得更加清醒，也缓解了四肢的僵硬，但他还需要更多、更大强度的锻炼。冥想课当然也没起什么好作用，他坐在椅子上时脖子更僵硬了。我这是在做什么？我很想哭，不知道为什么，但可以肯定的是，那绝不是因为进入禅境喜极而泣的泪水。

我环视了一下房间。每个人都非常安静，他们闭着眼睛，清空杂念。西蒙慢慢地把头从胸前抬起。他摊开双手，动作一如既往的平稳精确。

"然后慢慢地按照自己的节奏回到房间里。但请记住佛陀的名言：机遇偶尔才会来敲门，但因果报应却如影随形。"

上了几周的冥想课，我不太确定小组里是否真的有人按要求做了。我不熟练地挣扎着，茂斯打着瞌睡。吉尔居然能三十分钟保持不动，西蒙显然用这段时间来创作笑话自娱自乐了。似乎只有玛丽安找到了平静，她在我们都坐下之前就睡着了，醒过来的时候通常正好是喝茶的时间。

萨拉从椅子上伸直身子，那从容优雅的姿态让我想起随风摇曳的成熟麦穗。我看着她把水壶烧开，很难相信她快 60 岁了。

"你们什么时候开始宣传新书?"她把茶杯放在桌上。话音刚落，所有人便都看向我。我尴尬地在座位上扭来扭去。虽然我还是不怎么说话，但在这里我找到了一种舒服的社交方式，我可以克服恐惧，和人们进行简单的交流。吉尔和西蒙在对面的长凳上坐了下来，他们的肢体语言说明了一切。两个单身的人，没有血缘关系，各自也没有家庭，为什么要遮遮掩掩呢?

"很快了，但我尽量不去想这件事。"从他们偷偷交换的眼神中，我可以看出他们在怀疑我是否有能力坐在舞台上和别人宣传我的新书。

"社交媒体呢，他们让你在网上宣传了吗?"

"有在推特和其他平台上宣传。但我从来没有用过推特，我不太懂它是做什么的。"

"那是一个把人与人连接起来的平台，能帮你把书传播出去。"

"可是他们完全是陌生人。我对他们一无所知。万一他们给我写差评，做出一些只会让书卖不出去的事呢，我能相信他们吗?"

"这么说吧，茂斯并不认识我们，但他很信任我们，所以他才能在我们面前踏实地睡觉。你也得像他一样才行。"

"没那么简单，萨拉。"吉尔笔直地坐着，她的神情严肃起来。"如果过去有人辜负了你的信任，给你带来了创伤，那你就不可能再随意地给出信任。"她稍稍挪动了一下位置，坐得离门更近了一点。"创伤可以改变一个人，无论是失去房子、离婚还是被别人出卖。都一样，都会留下伤疤的。"

"也许是这样，但有时你必须义无反顾地往前冲。忘掉过去，向前看。有人吃饼干吗？"萨拉端起一个盘子。

"就像我说的，萨拉，没那么简单。有时候，你最难相信的人就是你自己。"吉尔穿上鞋，准备离开。

"哎，吉尔，没什么复杂的。雷，你只需要振作起来，迈出这一步。站在台上，相信你的作品。你要明白，主角是你的书，不是你，更不是你们。"

"我觉得这样说不通。这本书讲的是我的故事，是我和茂斯的故事。一切都是围绕我们俩展开的。"

"管他呢，你就放手去做吧。"

|第三部分|

柳林之外

当我们试图孤立地看待事物时，却发现它和宇宙中的一切都紧紧相连。

——约翰·缪尔《我的山间初夏》

这世界太嘈杂，

在我始终知晓的窃窃私语中，
在我听到的字里行间，

问题的答案，
一直都在那里。

跳跃

一种突如其来的恐惧攫住了我，我却无计可施。我低头看着自己穿着黑色帆布鞋的脚，然后沉重地踩在一捆干草上。这种恐慌让我喉咙一阵发紧。我呼吸急促，心脏怦怦直跳。凉风吹袭着汗湿的身体，我发觉眼前的空地是如此开阔却又如此荒凉。远处传来的声音越来越清晰，孩子们叫喊着、笑闹着。他们是在嘲笑我吧。

"跳呀，跳吧，跳下去。"

我想把我的脚往边上挪挪，但脚跟被打包机的麻绳缠住，紧紧地缠在干草上。当我不由自主地向后倒去时，恐惧就像尖刺一样嘶嘶地向我扑来。我仰面躺在捆得严严实实的硬邦邦的干草上动弹不得，蓬子草、蓟和草甸毛茛搔着我的皮肤。恐惧渐渐平息，我的呼吸也在稠密、浓郁的柑橘味空气中平稳下来。熟悉的谷仓屋顶弧线近在眼前，比我以前见过的还要近。我八岁的时候，觉得仓顶太高了，所以我从未上去看一看。在塑造出曲线的支撑横梁上，蜘蛛在波纹锌板上结网，慢慢地，有条不紊地。我要留在这里，一个人，安安全全的。麻雀们吵吵嚷嚷，不停地在巢周围拍打翅膀。它们几周前暂时离开了这里，但终究还是要回来，上演一出争论不休的戏码。我知道它就在我身后，我能感知到它的存在，但我从没爬上过如此高的地方，从未如此接近过它的地盘。我知道我不该来的，但我还是来了。小的干草捆被高高堆放起来，一边搭成阶梯的样子，这样人们就可以爬到顶部，抓住每捆由电动升降机送上来的草垛。这个炎热干燥的夏天结束的时候，谷仓就会被干草堆填满。印象当中，我的堂兄弟们会经常在干草堆旁游戏打闹，他们会将干草堆当作一个软着陆点，从高处径直跳下去，然后被稳稳地接住，站在明媚的阳光下开心大笑。但现在的我，被一堵像玻璃墙一样的恐惧屏障困住了，被他们远远甩在身后。我害怕坠落，害怕着陆，害怕被逮住，害怕突如其来的指责。

　　我曾看见一种浅黄色与白色相间的小鸟在黄昏时掠过树篱，安安静静地飞走。但在这个光线昏暗的空间里，小鸟看上去是灰色的。它一动不动地躺在谷仓顶上最远的一个角落里，羽毛光滑如缎，眼睛半睁半闭，好像观望着什么。白天它在这里守着自己的空间，但夜幕降临时，它就会离开，飞过田野和灌木丛。池塘里一只白骨顶的叫声吸引了它的注意，它的小脑袋迅速转动，找到了叫声的来源，然后又慢慢地转了回来，眼睛睁得又大又圆，盯着我一动不动。我了解白骨顶。我曾经坐在小溪边的柳树丛中，看着它们筑巢。芦苇里小树枝堆成的窝让雌鸟可以一直待在水面上，直到孵化出来一个个灰色的小毛球。它们红色的头在潮湿的水塘里天真地摇晃着。在无尽的夏日里，我看到它们在柳枝上伸展四肢，粉红色的小脸慢慢褪色，和喙一起，逐渐变成了成年时期标准的白色宽条纹。所以，我一听叫声便知道它们受到了惊吓。它们僵硬的灰色双腿惊惶地拍打，溅起阵阵水花，从浅滩奔向安全的深水区。

"胆小鬼，你跑到哪儿去啦胆小鬼？"

"她才不会这么做呢。"

他们的交谈声被小溪潺潺的水声所掩盖，变得模糊不清。这条溪流正在一小段瀑布的作用下加速下落，冲进涵洞。这条深黑的砖砌隧道从猪圈下面穿过，随着水流的前进，它的速度越来越快，直到穿过树丛，变成一条宽阔的水道。那里是另外一个禁地，但我却很熟悉。

"只管做就是了，跳下去。"

我站起来想要离开谷仓，慢慢地向远处走去。暖风吹皱了我的 T 恤，我抬起双臂去感受风带来的凉意。以前我和我的堂兄弟们在涵洞里玩儿，他们也没发现。所以也许……

爸爸穿着靴子的脚步声一响，我就知道他来了。我完全能想象到暑假剩下的日子将会如何度过。爸爸从来不会严厉地责罚我，我只需要默默承受母亲日复一日失落的目光，面对母亲无声的责备。

"你们这帮家伙在干什么？你，从那里下来。快点。"

也没什么好损失的。放手一搏，或维持现状，结果都是一样罢了。

　　我挣扎着坐起来，双手向前够着，试图把脚上的麻绳解开。当我好不容易挣脱出来时，我感觉鸟儿就在我身边。当它从屋梁下俯冲到田野里时，它的翼尖擦过我的胳膊。气流急促，但时间仿佛在那一刹那停止了。我抬头看到那只仓鸮正自在地遨游天际，我也想和它一起。

　　摆脱恐惧，自由翱翔。

土地

"我不知道你为什么会问我，我的手机只是用来发短信和打电话而已，我怎么会知道呢？你问问汤姆，他肯定会。"茂斯在床上坐了起来，喝着一杯我给他沏的茶。这时我才意识到，十一点半了，他居然还在睡觉。

"嗨，汤姆，我完全不知道推特怎么用。它都快把我逼疯了，帮帮我吧。"

"很简单。如果关注你的人发的内容你也感兴趣的话，你就可以回关他。"

"关注谁？"

"我不知道你要关注谁啊。但任何人都可以。都有谁关注你了？"

"这个人怎么样？我猜想他住在河的上游，而且他好像读过这本书了。"

"好啊，可以啊，关注他。"

我关注了他，几个小时后收到了一条私信："我很喜欢你的书。你现在还在康沃尔吗？我有一个做苹果酒的农场。如果你还在康沃尔的话，我想和你见面聊聊，我可以打电话给你吗？"

"妈妈，你在想什么？你不能随便把自己的电话号码告诉别人。"

"我知道，我知道我不该这么做，我觉得自己像个傻瓜。但是……我不知道，你觉得我应该屏蔽这个号码吗？"

"不用，反正都已经告诉他了，看看他想干什么吧。"

我们站在山顶上，这片土地被夏日骄阳炙烤得像岩石一样坚硬滚烫，我们从来没有看到过这种情况。涨潮时，小船随着河水漂流，日光透过树荫照在河岸上。但山坡上却是另一番景象，干裂的土地沿着宽阔的山脊铺展开来，地里的草已经被牛羊们啃得光秃秃的。圈养的动物们也不想用干枯焦黄的野草委屈自己，所以不得不以树篱为食。它们还奋力抓挠下面的土壤，试图找到一个可以遮挡烈日的地方。原本繁茂的绿色树篱，是野生动物赖以生存的田野与公路之间厚厚的天然屏障，现在却变成了一片片稀疏的枯叶，树根赤裸裸地暴露在干燥的空气中。大地屈服了。

"虽然还是仲夏，但他们已经开始喂青贮饲料了，那原本是冬季的饲料作物。但这不是个例。如果能保持正常湿度的话，农民们还勉强可以保证牲畜的高质量生长。一旦温度稍有变化，就只能出此下策。今年整个南方都是这样：过度放牧，导致土地承载力下降。但让我很难过的是，这里也没能幸免。"萨姆用手指向田野的另一边。他的手似乎从来没有摸过泥土，从来没有摸过母羊身上厚厚的羊毛脂，也没有铺过篱笆。那是一双办公室工作人员干净柔软的手。"我不是不了解这片土地。我父母都是农民，我在德文郡的农场长大，但我们不是这样种地的。这只是为了获利而使用土地，并不考虑土地的未来。我一直在伦敦金融城工作，所以分析损益是我的工作日常。但是如果你卖掉你的基础资本，就没有什么后续发展可言了。环境也是如此。我不能再坐视不管了。"他用手捋了捋头发，调整了一下自己的名牌太阳镜。

茂斯看向我，一脸"我们刚才在做什么？我们现在又在做什么？"的表情，但我也说不好。我知道推特会给我带来一些麻烦，果不其然，现在我们就站在了这里，站了一个陌生的、干旱的山坡上。这就是我不会用手机软件还非要用的结果。

那座光秃秃的小山远离河流，一直延伸到宽阔的山脊。对面是一个安静的山谷，一条狭窄的单行道贯穿其间。绵羊在这片土地的每个角落里探寻着青草的气息。路边有一个农场，农场对面是一个摇摇晃晃的、用波纹铁板建成的简易工棚，用旧电线杆和绳子支撑着。

"我热爱这里，所以我买下了这个地方。"萨姆指了指沿着山谷走势生长的灌木和矮树。"不仅是为了土地本身，也是为了果园。我在金融城工作了 30 年，等了 30 年才买下了这个地方。"不知不觉中，这个城市男孩内心的天平开始倾斜，摩天大厦背后到底还是有一些真实的东西在闪闪发光。那是一些关于土地的，一些我能够理解的东西。

"我觉得这些树很特别，你看它扭曲的树干，都是时间刻下的印记。据说几个世纪前这里就有苹果了。我认为人类与苹果酒酿造的联系，还有与这些树木的联系，都是不同寻常的。再加上这令人叹为观止的山水风景。在伦敦的那些年里，我一直有这样一个梦想：有一天，我能买下自己的农场，回到这片土地，找到我的根。现在我做到了。在城市里的生活有时候太过灰暗，以至于我对乡村的渴望就像心痒难抓。在那些日子里，只要想到我的农场会在这里等我，我就可以渡过难关。但现在的情况和我想象的完全不一样。这里的问题太多了，我解决不了。"

"我不明白，如果这是你梦想中的地方，那你为什么不住在这儿呢？"我看了看农场对面，干枯的小草在腾腾热气中闪着微光。这个人真是莫名其妙。我仿佛又回到了小路上，带着无家可归的心情路过海尔海滩（Hayle Beach）上空荡荡的夏日小屋。那些小屋被关起来过冬，而它们的主人却在别处逍遥快活。如果他这么需要与土地的连接，他为什么不住在这里？如果我是他，那什么困难也阻止不了我。

"别误会，我非常想住在这里。我的家人也都很期待来着。本来我们都已经开始准备要搬过来了，但后来我妻子那边出了点问题。"

"那是什么意思？她改变主意了吗？"

"不是。前些年她被诊断出患有乳腺癌，这完全改变了我们的生活。治疗需要时间，恢复的时间更长。我们不能在她生病的时候搬家，所以我就一直把农场租出去。一年又一年，生活的重心自然而然地就转移到了其他地方，孩子也在不知不觉中长大了。等瑞秋痊愈，就已经过去了很多年。现在孩子们马上就要参加 GCSEs 考试[1]，这个时候我不能让他们转学。"

"孩子们毕业后你会搬到这儿来吗？"

"不会那么快就搬来。我也不知道具体什么时候，但至少这几年不会。瑞秋和孩子们都过着稳定的生活，他们很开心。如果我能让这里的一切都好起来，我就心满意足了。"

破旧的谷仓里堆满了 6 英尺高的陈年动物粪便，周围是金属储存罐、破损的机器和成堆的各种塑料垃圾。谷仓外面是一个更大的用波纹铁板围成的谷仓，里面也堆着杂乱的稻草和动物粪便。在它们之间，肥料几乎和谷仓屋顶一样高，臭气烘烘，流出的臭水在谷仓边上形成了一大摊棕色液体。夏日的高温对农场里的各种液体都一视同仁，臭水在它的帮助下加速蒸发扩散着。汤姆是对的：我也许不该把我的电话号码给他。他为什么要叫我们来这里？我们总不能直接说让他叫当地的拖车来清理下这些垃圾吧。

"这些问题我早就招架不住了。我已经起了要卖掉的念头。"他的脚在尘土中踢来踢去，把太阳镜推到鼻梁上，看着地上脏水形成的小溪。"但一想到要卖掉它我就难受。如果我卖掉了农场，我就放弃了回到土地上的梦想，我不能那样做。这就是为什么我这么喜欢《盐之路》。我一读就知道你们和其他人不同，你们会理解我的。"

---

[1] 英国普通中等教育证书考试。

我来到宣传现场。房间里静悄悄的，落满灰尘的书架上摆着圣经和其他各类书籍，墙边的支架上架了一排折叠椅。旁边还有一堆盒子，里面装满了很久以前活动的广告。两个女人坐在房间里，平静地谈论着她们的共同好友，似乎对将要发生的一切无动于衷。我都紧张到无法呼吸了，她们怎么还能像没事人一样呢？我跌跌撞撞地走到门口，碰翻了架子上的椅子，汗湿的手在黄铜门把手上滑了一下，不过我终于出去了。但我又能去哪儿呢？通往对面厕所的路是我唯一的逃生路线。我砰的一声将门甩在身后，锁上隔间的门。整套动作一气呵成，终于能喘口气了。

德文郡（Devonshire）海滨小镇的石头教堂规模很大。如果我从后门进来，我就看不到那一排排能同时坐下400多人的长椅，看不到的话我也就不会慌忙地跑进厕所了。我已经很多年没来过这个小镇。上次路过时，我还是个无家可归的人，沿着这条小路从沙滩上走到城外。我记得那天晚上，茂斯和我从酒店的窗户探出身子，看着人们在昏暗的灯光下沿着小路行走，这仿佛就是几天前的事。我还能闻到红土的味道，它染红了大海，把海滨映成铁锈色。那时我们饥寒交迫，筋疲力尽，迫切地想在夜幕降临前找到露营地。所以我们爬上栅栏，来到了高尔夫球场周围唯一的平坦的地方——16号洞旁。第二天早上，我们看到了日出，阳光从红色的悬崖反射出来，透过厚厚的海雾，把空气染成粉红色，好似一片世外桃源。球场管理员和他的狗指责我们不该来到此处，并急切地要求我们在高尔夫球手到来之前离开。对我来说，那个早晨比现在这种拥有温暖的床、充足的热水和免费的早餐的生活来得更加真实。那天晚上我们听到的滑坡震动还在耳朵里隆隆地响着。哦，不，如果那个管理员也来了怎么办？

距离开始还剩 5 分钟。门外传来一阵嘈杂的说话声。

我走出小隔间，在洗手台边俯下身，把水泼到脸上，忘记自己今天涂上了以往很少用到的睫毛膏。我想象着茂斯坐在前排长椅上，平静地等着我出来，我试着调整呼吸，也许房间里没有多少人呢。也许他们把地点搞错了，没几个人会来呢。我的呼吸逐渐平稳下来，但镜子里仍然映出一张苍白、惊慌的脸，还有一道道黑线。我试着把睫毛膏洗掉，但它纹丝不动。我慌忙在包里翻找着能把它溶解掉的东西，一盒唇膏。就像橄榄球运动员准备争球前先在脸上涂油彩一样，我把油腻的凡士林涂在脸颊上。正在清洗的时候，我的手机响了，又是萨姆。"你考虑过我的提议了吗？"

我怎么会考虑那件事呢？哪怕只是想想他说过的话，我们都深感力所不能及。这件事需要付出信任，而我们可能再也无法体会这种感情了。我们应该把过去抛诸脑后，忘却背叛带给我们的痛苦，并希望这次会有所不同。但我们做不到。伤疤太深，难以痊愈，以至于我们永远不会忘记这惨痛的教训。茂斯已经在不知不觉中跌落到了生活的阴暗面，此时的他疲惫地坐在长椅上，记忆力也大不如前。他需要空气，需要风，需要狂野的天空，需要坚强的意志。他每天都需要在绿色的原野上行走锻炼。他需要大自然给他披上一件属于他的绿色斗篷，以此来重新获得那股在路上找到的力量。

还有两分钟。谈话声逐渐在洞穴般的屋顶空间周围形成响亮的回声。只有几个人而已，但回声久久不断。

回到祭衣室，几位女士都站了起来，静静等待着。

"你去哪儿了？时间差不多该开始了。"

"我只是想透透气。你们准备好了吗？我们开始吧。"

山谷弯曲成一段下落的弧线，形状像一滴倒置的泪滴，向山下的小溪倾斜。在新种植的果园的一边，我听到小溪潺潺的水声。小溪在荆棘、灌木和卷曲的铁丝网后面，听得到却看不见。那是运动的声音，水循环的声音。从陆地到海洋，从海洋到天空，然后再回到陆地。周而复始。

"这里应该是肯尼斯·格雷厄姆创作《柳林风声》的灵感来源之一。看这本旧书。"萨姆从他的包里拿出一本《野林之外》，那是一本关于作者生平的书。"几年前我从一家慈善商店买下了它，因为我喜欢这幅画——画中是一条小溪，背景是农场里最高的田野。我当时都不敢想有一天我会拥有这个地方。就像我说的，它是个梦。"

封面上的插图确实和一个地方很像。站在他背后的茂斯突然扬起眉毛，好像在说这个人是谁？我们跟他到底在干吗？

"但是自从我买下农场以来，事情并没有像我希望的那样发展。没人理解我对这个地方的看法，直到我读了你的书。"

他想要什么？一只巨大的秃鹰挥动着翅膀将热气带到山谷上方，闷热的气流煽动了树上的叶子。它在空中平稳地划过，直至掠过山顶，消失不见。

"所以，如果你的生活已经步入正轨，或者你单纯地认为我是个疯子的话，那就拒绝我吧。我想说你们愿意来这里住吗？来帮助这个特别的地方恢复原样。让这片满目疮痍的土地重新变得生机盎然，让野生动物重新回到树篱之中。住在这里，把它变成你的家。把我对这个地方的愿景变成现实：一个具有生物多样性的农场。养几只羊，制作苹果酒，但总归是环境第一。你们能帮我实现吗？你们怎么想？"

我们怎么想？我们没法想。但坐在阳光下，坐在焦黄的草地上，四周一片寂静，没有鸟儿的鸣叫，没有昆虫的嗡嗡声，甚至没有草籽在风中摇曳的沙沙声。只有炽热的、静止的、令人窒息的沉默。一片没有野生动物生存的，空旷寂静的土地。在这里，小羊被圈养在苹果树下，金属栅栏深深地插在干裂的土壤里，原本绿油油的青草地被啃得只剩下石头和树根。干土粘在羊毛上，看起来脏兮兮的，它们在篱笆上抓来抓去，饿得咩咩直叫，一心等待着食物的到来。秃鹰在山上盘旋，转瞬出现在我们身后的天空中，然后飞进山谷之中。它那长长的哀鸣在寂静空旷的山谷中回荡。你问我们怎么想？

"你是说你想野生化这个农场？"

在农业圈里，"野生化"可能是一个颇有争议的词。大多数人认为这意味着让自然顺其自然。打开圈养的大门，让食草动物自由漫步——无论家养或野生。许多农民认为这是生态保护人士和环境保护狂们所追求的东西。这种土地利用方式，没有足够的空间以生产足够的粮食来满足国家所需，并且农民也几乎没有任何利润。但是生物多样性可以用一种平衡两方观点的方式恢复，具体来说，有减少杀虫剂的使用（只在紧急情况下使用）、不使用硝酸盐肥料以及减少库存量这几种方法。这样可以在保证食物生产的同时，为生物多样性的恢复创造条件。这种"类野生化"对双方都大有益处，但很可惜，人们找不到一个像"野生化"这样朗朗上口的词来称呼它。

"不，不是让它完全野生化，而是一直敞开回归自然的大门，然后朝那个方向努力。"

"好的，听起来更像是复原，恢复性耕作？"

"没错没错，就是这样。"

我们对他一无所知。所以这可能是令人惊喜的一条提议，也可能只是一个疯子的胡言乱语。他显然在网上查到了关于我们的信息，然后读了我的书。可能有各种各样的不可告人的动机。尽管我们躲在教堂后面的生活很安全，也很安静。但我双手下的泥土很温暖，短草尖利却脆弱，闻起来有股干草的味道。那是我童年时，在干草仓里闻到的那种阴暗发霉的独特气味。有那么一瞬间，我觉得自己的脚被捆麦子的麻绳绊住了，温热的风把我的衬衫吹起了层层波纹。不，不，不。我们学到的教训和失去的东西还不够多吗？我们再也不能允许自己相信任何人了。我们还有什么底气去相信呢？我看着茂斯，他佝偻着背，时常头晕目眩，说东忘西。他急切地需要过上野外的自然生活，而不是让他整天面对四面八方的压力和无穷无尽的问题。他只需要一段简简单单的田园生活而已。

"我们得考虑一下。"

"当然。我就知道你们是最合适的人选。我觉得这好像是命中注定的。"

明晃晃的灯光打在舞台中央，刺眼到我几乎看不到前两排的观众。但刚刚站在侧面的柱子后，透过教堂光线昏暗的光线，我看到最后一排都坐满了人。我尽量不想这些，试图把注意力集中在提问的女士身上。但胸口处一阵怦怦跳动分散了我的注意力，导致我在回答问题时总是磕磕绊绊。无论谁在回答问题，只要我一坐在聚光灯下时，我的大脑就被持续不断的恐慌浪潮所淹没。我关掉了手机的响铃模式，但它还是在口袋里震个不停。肯定又是他，我就知道是他。别再打了，我都不知道我的想法是什么，我要怎么告诉你呢。尤其是当我在这个陌生的地方，被审问灯似的刺眼灯光弄得头晕目眩的时候。我突然明白了为什么波诺[1]总是戴着墨镜。我的思绪随着背景音乐，消失在了 U2 歌曲的兔子洞里，就像一条小溪奔向大海。

"雷，你愿意和大家分享书里的一个片段吗？雷，雷？"

就算带上波诺的太阳镜也不能阻止我双手的颤抖，但当我开始朗读时，我感受到了一种诡异的平静。相信这些话，相信这条路，它带你走了这么远。当我继续读下去的时候，我已经不在舞

---

[1]　爱尔兰摇滚乐团 U2 的主唱兼旋律吉他手。

台上了，而是回到了海滩上，潮水涌了上来，淹没沙滩，冲向帐篷。茂斯穿着内裤，踩着柔软的沙子，把帐篷举过头顶。那时的我们总是面带笑意，总是心怀希望。当我环顾四周的观众时，他们也和我们一起去了海滩。我们一起在悬崖脚下搭起了帐篷，那时我们憧憬的未来有着无限可能，每一天都想要好好生活。那一瞬间，我就知道我想要答应。好的，萨姆，那太好不过了。但这个决定是鲁莽的，也是愚蠢的，而且显得我们丝毫不长记性。我们难道还没有认识到真相吗？真相就是事情从没有那么简单，没有人可以信任，总有一个终极挑战在背后蠢蠢欲动，等着在你卸下心防的时候给你致命一击。

"好的，能听到你们俩谈论各自的著作真是太棒了，但我想是时候把时间交给我们可爱的广大观众了。有人想要提问吗？"

当灯光暗下来的时候，在场黑压压的观众占据了我的全部视野。我看到了他，在茂斯的后面，站在石柱旁边。是那位球场管理员。

"那么，我想问一下你在高尔夫球场露营的事……"

鹿过

我们在给橱窗里的书拍照时，反光的封面上映出了我和茂斯的轮廓，身后的鹅卵石街道，对面的商店，还有是蓝天下特鲁罗大教堂的尖顶。但当我们拿起它来，就什么也看不到了。我们只看到面前高高堆起的淡蓝色的书。封面是一张手绘的海报，燕子从书脊上翩然飞下，书中的引文穿插在海浪与海鸥的图画中。

"你敢相信吗？"

"不，这感觉一点也不真实。你不觉得封面上的照片和我们在兰兹角露营的地方很像吗？"

"真的很像。谁能想到几年后我们会站在这里啊。"

"我要和书合影，帮我再拍一张。"

"我们上楼到咖啡厅去喝杯茶，吃个茶点，庆祝一下好吗？"

我们来到二楼，一边喝茶，一边看着楼下穿着 T 恤和短裤的人们来来往往，穿梭在初秋的暖风中。

"我们要是答应了这个人，那我们还真是不长记性。又要把好不容易攥在手里的主动权交给别人。看看我们都被坑成什么样了？我们俩现在都无家可归了。"茂斯在茶点上涂了一层薄薄的黄油。

"但这次不同，这次不涉及任何钱财交易，我们能有什么损失呢？反正租谁的房子也是租，稳定的生活还不是要看房东心情。我们现在签的是滚动合同，所以只要安娜哪天告诉我们不再续约了，两个月之后我们就得卷铺盖走人。虽然我肯定她不会这么做的，但世事难料。所以我不觉得这两件事能相提并论。"我把一小罐黄油全部涂在了茶饼上。不明白为什么我一想不通就会吃那么多。

"你说的没错，但在我们开始维修之前，要把这个地方打扫干净还得花很多工夫。而且我们也要考虑如何吸引顾客前来，更别提盈利了。没准等我们好不容易把这个地方恢复了原样，那人就要赶我们走了。"

"我知道这有风险，也可能出错，但我觉得我们至少应该考虑一下。"忽然间我看到窗外的天空乌云密布，街上的人们都纷纷穿上了套头卫衣。尽管我向来嘴硬，但茂斯的预言从未出错，我害怕这次也是。

"但区别在于，我们在兰兹角的时候，全身上下只有一块玛氏巧克力棒，根本没有什么好失去的。但现在我们至少有了一套公寓，我们不能轻易离开。而且安娜在我们走投无路的时候帮助了我们，我感觉我们必须对她保持忠诚。这起码是脚踏实地的生活。好比我看到一只秃鹰在空中盘旋，它沿着山的轮廓自由翱翔，但其实我比地球上任何生物都更想去那里。可是我不能让我们再受到如此严重的伤害，全部努力付诸东流的感觉，我不能再感受一次了。我也必须考虑你，如果我的病情持续恶化的话，我将无法胜任任何工作——我都不知道我现在还行不行。我本不想说，但如果我在未来几年内去世的话，你会陷入非常困难的境地。"

"别这么说，我们不说这个。我不能让这种事发生。"

"雷，我们不是早已经习惯了吗，有些事情是你无法控制的。"

街上撑起了雨伞，人们冲进商店躲避突如其来的大雨。

"很抱歉我们见面时我身上没带钥匙，不过我会把它寄给你的。先去房子周围看看吧。"

在他放弃说服我们之前，我们还能拖延多久呢？我们会回到农场，仔仔细细再看一遍，看看我们看到房子里面会有什么感觉。

太阳渐渐消失在地平线上，夜晚变得越来越长，但白天的温暖久久不散。站在农舍外面，风从下面的小溪吹过废弃的果园。进屋之前，我们觉得有一股强大的吸引力，诱使我们来到茂密的草丛和纵横交错的树枝间探索一番。几个世纪前，僧侣们划船来到小溪岸边，从船上带下来一袋袋谷物和一瓶瓶产地不明的朗姆酒，然后把它们存放在泥滩边上的小修道院里。这一小群人，在树木繁茂的山谷里过着一种不同寻常、与世隔绝的宗教生活。而且很可能他们还会种苹果树。萨姆发现了一些相关资料，证明几百年前，在签署大宪章[1]的时期，这家农场就已经开始生产苹果酒了。

那些僧人很有可能除了祈祷和钓鱼之外，整天无事可做。也许某天他们在山谷里漫步时灵光一现，发现这可是种苹果树的好地方。也难怪他们会想到制作苹果酒。一些历史学家会说，苹果酒是用来交换从海上运来的非法物品的，他们的僧侣生活也并不平静。但那可能只是康沃尔版本的历史。修道院早已不复存在，一幢乔治王朝时期的房子矗立在那里，保留着历史的痕迹。秋日午后，我们静静端详着那些苹果树，心想这很有可能就是僧侣们种下的。树枝上结满了瘤，长满了裂痕，熟透的苹果压弯了枝条。至少现在我们知道了掉落在河里的神秘苹果的来源：根本不是树林里的孩子所为，而是乌鸦从果园里收集了一顿大餐，但可惜在过河时分了心，把它们叼来的午餐不小心掉在了路过的独木舟上。在我们往回走的路上，我们发现了一棵与众不同的古树，它的根折断扭曲，只好作匍匐状躺在地上，显然这种形态已经保持了很多年。一边的树枝已经枯死，但剩下的树枝笔直地伸向天空，垂死挣扎，仍在向太阳伸手求救。我们看到倒下的树干上分布着一些完全对称的洞，好像是用电钻钻出来的。

"这太奇怪了，难道是有人在测试新钻头？"

"还是虫子？某种蛀木虫？"我们盯着那些洞看了一会儿。

---

[1] 大宪章也称《自由大宪章》。英国封建时期的重要宪法性文件之一。

“我等不了了，我们去看看屋里什么情况吧。”

　　这栋房子是用灰色的康沃尔石材建造的，这些石材看上去像一块块狭窄的片状石板，但两边粉刷的颜色都是我在 20 世纪 70 年代的许多浴室里见过的桃红色。虽然牲畜还会在这片土地上再待上几个星期，但萨姆打算卖掉农场的计划使这所房子周围显得空空荡荡，没有人气。门窗紧闭了好几个月，所以我们在转动钥匙时都屏住了呼吸。塑料前门通向一条桃红色走廊，走廊两边铺着花纹杂乱的地毯，我们一踩上去，地毯就会渗出湿气。主卧墙上的水泥已经有了裂纹，桃红色的墙纸勉强阻止了墙皮的脱落。次卧里有一个烧木头的炉子，几块斑驳的地毯，地毯下面是湿漉漉的、腐烂的硬纸板，墙角还有一摊积水。厨房宛如一个棕色的盒子，地板和墙壁上都铺着棕色的瓷砖，墙上只开了一扇很小的窗户，在傍晚微弱的光线下什么也看不清。推开滑动的硬纸板门，我们来到隐藏的入口楼梯处，然后进入另一个小房间。

　　“我们为什么要来这里，这儿显然已经很久没有人住了，但是以前有人住的时候……”

　　“以前的人很喜欢桃红色。”

　　“没错了。”

　　楼上弥漫着一股发霉的味道，地毯吸收的潮气不断上涌，使得天花板上布满了黑色的霉菌。双层玻璃的密封圈也已经老化，两层玻璃之间的缝隙变成了水珠、霉菌和死苍蝇的大本营。

　　“天啊，我受不了这里的味道。”一股刺鼻的潮湿气味灼烧着我的喉咙。

"打开窗户看会不会好一点。"

"要根除这种味道，除了通风，恐怕很还有很多工作要做。"

"你说得对，不过一时半会解决不了。"茂斯把头伸出窗外，塑料窗框像断头台的闸刀一样悬在他头上。萨姆的提议对我们来说会是无期徒刑吗？"哇，雷，快过来看看这个。"

我在他旁边的窗口探出身子。穿过苹果树，越过牲口棚和牛粪堆，我看到一条小溪。夕阳的余晖洒在水面上，映出两岸树木的秋色。远处轻柔微凉的晚风，裹挟着小溪的潺潺水声爬上山坡，穿过寂静的枯死的田野，带来了泥滩上捕牡蛎的人的叫喊声。

"我敢打赌，你从这儿就能看见杓鹬。"茂斯的脸上闪过一丝喜悦。

也许吧，如果妥善管理这片草地，这里可能会成为它们的觅食场。

"我不知道你能不能让这片草原恢复生物多样性，毕竟这里的基础太差了。"

"我们得花很多工夫。"

"要干的活太多了。"

天色渐凉，我们一直在窗边徘徊。房子里越来越冷，湿气更浓了。一层薄雾开始从小溪里升起，穿过河岸的树木，沿着山谷一直飘散到果园。我们收拾好东西，准备回教堂去，但当茂斯转身关上窗户时，狭窄小路另一边的树篱里有了动静。一只狍子悄无声息地出现在路上，沿着一条它每天晚上都要走的路，慢条斯理地来到了房子前面。它在石头院子的边上犹豫了一下，环顾四周，确认这附近只有它自己之后，低下头啃了一口矮草，然后就消失在了夜色中，就像消失在黄昏中的海市蜃楼一样。

我们关上窗户，锁上门，驱车回到了小教堂。没有必要交谈，也没有必要去检验这个选择是否明智。我们一起经历了生命中最美好和最糟糕的时光，做过一些最终走向成功的选择，也做过一些灾难般的决定。但我们已经明白，没有什么是永恒的，任何事情都可以或将会改变，生活中唯一永恒不变的只有我们紧握的双手和孩子们电话里的声音。只有在还输得起的时候，风险二字才有意义。在这个寒冷的夜晚，我们本应站在教堂外面，穿过黑暗的水泥走廊到教堂后的门口，实际却流连在仲夏温暖柔软的干草上拖着脚步不想离开。信任是一件很玄的事情，我们可能再也找不到真正信任别人的方法，但我们拥有比信任更重要的东西。西南海岸小径带领我们走出痛苦和绝望，来到一个充满希望和可能性的地方。现在，我们在文字里行走，《盐之路》把我们带到了农场。一阵暖风吹过我们的皮肤，我们的脚踩在捆草的麻绳上。我们手拉手，打算勇敢地交出我们的信任，一往无前。

黄鼠狼

我既害怕，又紧张；既兴奋，又充满希望，说不确定，但又很坚决。我从萨姆手里拿过笔，在租约上签了名。这是否意味着我们将不再担心下个月或是明年的住所问题？是否意味着茂斯再也不用担心无家可归？我诚心祈愿，希望这段时间他能够专注于农场，将其所学付诸实践，创建一个可持续的项目。他在这片土地上的生活，也将成为我观察和盼望的日子。

"房子就像海绵一样不断渗出水来，下雨时疯狂吸水，雨停了又把水挤出来。我们不能马上搬进去，我们得先想办法把它弄干。"

"地毯，我们得把这些臭地毯处理掉。"

十月末的温暖阳光照射到墙壁上，我们把滴着水的地毯拖到外面堆成一堆，从没有防潮布的石灰地板上剥下了软软的纸板。我们在屋里点燃炉子，熊熊燃烧的火焰把房间变成了桑拿房，地板里的水汽向上蒸腾，墙壁上挂满了水珠。

日子一天天过去，我们清理墙纸，把每个缝隙里的黑色霉点都擦掉。每天晚上离开家，我们筋疲力尽地瘫在小教堂里，在黑夜里怀疑人生。最后，所有带有湿菌气味的东西被我们一一清除，地板变得清爽干燥，窗户也被擦得洁净透亮，我们还在门口摆上了一盆植物。当我们关上门返回小教堂时，我们嗅到了一丝希望的气息。或许我们是可以做到的。

　　一个清冷的早晨，引航船正在引导一艘船驶出河口，我被它的喇叭声吵醒，便裹上一件厚厚的毛衣，穿上拖鞋，下楼去泡茶。罗恩在上班路上发来了短信，她每天都是如此。"嗨，妈妈，我迟到了，祝你今天过得愉快，晚点打电话给你。"不过今天还有另外两条信息。一个出版自然类书籍的小型独立出版商告诉我，他们正在重新出版一系列经典作品，每一部都有专业作家为其撰写序言。"希望您能考虑为沃尔特·默里所著的《科普斯福德》作序。"我怔怔地说不出话，然后不由自主地跪在了地板上，小声啜泣着。长久以来，我一直把压抑的情绪尘封在密闭的盒子里，我以为我在这里无比安全。我把自我憎恨、悔恨、失落，以及不可否认的、无法抑制的悲伤统统塞进盒子，然后死命地拧紧螺丝。但突然间，盖子被一阵痛苦风暴无情地掀开，所有情绪在一瞬间喷涌而出。我爬到沙发上，裹紧毛毯，试图把这杯热茶咽下去。写一篇导言就意味着要重读这本书。我能行吗？这样的短信让我回忆起那段在医院的日子。我有足够的力量再次面对这一切吗？茶水喝了一杯又一杯，我久久缓不过神来。

　　第二条消息是萨姆发来的。我一点开就后悔了。我闭上眼睛，看向别处，努力不让这些话在我本就支离破碎的思绪中找到一丝容身之地。但是短信已经发来了，事实就明明白白地摆在那儿。"雷，很抱歉发来这样的消息，但我觉得我应该在你亲眼看到之前告诉你。"我按下锁屏键。不，别说了，求你别说下去了。我硬着头皮往下看。"邻居打电话给我说房子被人破坏了。但它是可以修复的，只需要一个高压清洗机再加上一桶油漆应该就可以复原。"我把毯子拉上来盖在头上，不由得一阵发抖。都是我的错。我救不了妈妈，在医生办公室里我主动放弃了治疗；现在我又把茂斯拖到了农场。我们本该待在小教堂里，过着安全、温暖、顺其自然的小日子。不再活在疾病的恐惧之下，自由自在地过好每一天。但现在来不及后悔了，我毁掉了一切。在医院时，我签了妈妈的死刑令，在签租约的时候，我也签了茂斯的。我把水壶放回去。我必须告诉他农场被破坏的事，我猜他会说："我告诉过你我们不该这么做，都是你的错。"他说得没错。我把茶端上楼去。

"嗯，我不明白你为什么这么不安。我们还没有亲眼见到呢，情况可能没那么糟。"

红灯亮起，我们把车停住。所见之处都是一片绿油油的生机盎然之景。以往在干爽晴朗的日子里，我们对此毫无察觉，但那天下着毛毛细雨，我们走出面包车走进田野时，突然眼前一亮。褐色的残茬消失不见，地里冒出了一缕缕纤细的青草。即使是在秋天，树篱上的叶子也在改变颜色，被剥光的树枝同时也在试探性地重新长出嫩叶来。在没有人类或动物干扰的仅仅两个月后，大地开始复苏了。甩掉了过度放牧的枷锁，重新站了起来。这片土地可能要过几年才能重现生物多样性的迹象，但如今哪怕一丝绿色也充满了无尽的希望。

如果绿色代表希望，那么红色应该是停止的信号，让我们转身离开，回到教堂。

"你敢相信吗？"

"真是一团糟。什么样的黄鼠狼[1]会做这种事啊？"

"黄鼠狼？"

在我们搬进来之前就发生了这种荒唐的事情，这一点足以让萨姆终止租赁协议。桃红色的底漆上、门上、塑料框窗上的玻璃上、屋前院子里乱七八糟的杂物上、矮墙上全部被喷满了黏糊糊的红色车漆。这是某些人故意用喷漆罐完成的涂鸦，但可以肯定的是，绝不是班克斯[2]干的。红色油漆在雨中顺着墙壁流下来，就像是兽用消毒剂那种红药水一样。在面向道路的山墙一端，一副艺术作品给人沉重的打击，上面写着三英尺高的两个大字："败类"。

我拾起门边花盆的碎片。那株植物不见了，也许有人把它当成纪念品带回家了。

"天哪，真是一团糟。我要是没费劲巴力地擦窗户就好了。"

"咱们进去泡点茶吧，我还得把火生上。"茂斯试着在锁里转

---

[1]　英语中指卑劣的人。
[2]　英国街头涂鸦艺术家。

动钥匙，但并不管用。仔细一看钥匙孔附近有一滴干了的胶水。

"小混蛋们，他们把门锁粘上了。我再去后面那两个门试试。"这栋建筑后面的外屋扩建部分有两扇门。面对马路的那扇已经完全被他们漆成了红色，钥匙孔也被干胶水完整地包裹着。只剩下面对着花园，藏在小屋后面的一扇门了。好在它成了破坏者的漏网之鱼，钥匙轻轻一拧，我们就进去了。

炉火摇曳，不到一个小时，地板上就开始冒起了蒸汽。我们坐在旁边，安安静静地喝了两杯茶，吃了一包无花果卷。

"今天早上我收到一封电子邮件，要我为《科普斯福德》写一篇前言。我不知道我能不能行，我的感受太私人了，我不知道我能不能客观地评价它。"

"哇，这个巧合可太出人意料了。你不是把路上的每一个小小的巧合都看成是一种征兆吗，没准这也是一个征兆。"

"什么征兆？"

"就是要告诉你，已经过去很久了，你必须正视自己的感受，然后放下它。"茂斯添了一根柴火，我第三次把水壶放上去。

"败类——别人就是这么看我们的吗？很抱歉我鼓励你来这里。都是我的错。"

"这是什么话，谁也没错。只不过是周六晚上的傻孩子们喝太多了，他们以为没人住在这里。嗯，它本来就是空的嘛。但要是他们没带胶水就好了，胶水可真烦人。"

"我觉得这足以让萨姆跟我们解除合同，就当我们从没来过。"

"别傻了。我要去拿刷子，趁还在下雨的时候把它刷干净。"

硬硬的刷毛撕咬下红色的油漆，把桃红色的部分也顺带着刷了下来，墙面变得斑驳不已。

"剩下的地方不知道怎么办好，涂层那么厚，跟黏糊糊的发胶似的。"

"一定是有人读过那本书了，他们知道我们无家可归。所以他们喷上'败类'两个字，牢固到我们都洗不掉。我就不该让它出版。这就是你让别人了解你的世界的结果。就像当年的水鼠一样。"

"雷，虽然我爱你，但有时我真不知道你到底在说些什么。如果你这么困扰的话，我们就用刮纸器把它刮掉。"

一个小时后，红色油漆被我们仔仔细细地抹掉，可"败类"两个字的留痕在桃红色背景的映衬下好像更显眼了。

"好了，我受够了，我的肩膀疼死了。如果这里有张床的话我肯定马上躺下。我现在就要回教堂。"

茂斯和这片土地都被捉弄了，他们都处于各自的低潮期，在黑暗中散发着微弱的光芒。我站在苹果树下，等茂斯关掉灯，锁上房门。雨势渐渐变小，变成了一阵阵的毛毛细雨，山上雨雾缭绕，乌云密布，一直到傍晚雨才停了下来。雨水从树梢零星几片叶子上滴落下来，在大风中冰冷地拍打着我的皮肤。院子里堆满了湿漉漉的金属和塑料，它们形态各异地扭曲着，反射着雨后的阳光。地上长满了荆棘和荨麻，锈迹和含油残留物造就了有毒的土壤。一群麻雀在高高的、光秃秃的树篱树枝上为几颗山楂浆果叽叽喳喳争吵个不停，两只乌鸦飞进甜栗树的顶部落脚歇息。树下面的地上散落着带刺的绿色小球，但里面只有皱巴巴的小种子，这里的鸟儿和老鼠恐怕要饿肚子了。但在果园里，苹果落入齐腰高的草丛中，虽然对人类来说不值一提，但对于生活在荆棘海洋里的生物来说，这可是天赐的午餐。乌鸦紧紧地握住高高的树枝。这一地区唯一的鸟类似乎找到了罕见的苹果大餐，它们坚守阵地，随风舞动，突然间，它们冲破乌云，拼命向东飞去，飞往那一片灰扑扑的岛屿。

我们本可以直接上车离开，忘记我们见过这个地方，继续我们以前的生活。茂斯状态好的时候就散散步，静静地等待着他的灯慢慢熄灭。这是我们可以预见到的生活。但我仍然能听到它的声音，来自一片曾遭受苦难的土地的低语，虽然沉闷，但它随着希望的萌芽，随着成熟的果实落地而逐渐变得高亢。那是一种声音，一种节奏，一种呼唤。风吹过小山，吹到寂静的山谷里，发出一种低沉的回响，那是我与大地的共鸣。

茂斯慢慢地走回面包车，他的动作僵硬而笨拙，饱经风霜的脸上满是疲倦。我坐上车，但那微弱而安静的歌声却始终萦绕在我的脑海里。

"我们明天路上买一罐油漆好吗？"

老鼠

我再次拿出《科普斯福德》，一手端着茶，一手翻着书页，重新阅读熟悉的段落，寻找隐藏在书页中真正的默里。但我找不到他，文字有些空洞，就好像在欣赏康斯太勃尔[1]的一幅自然主义绘画一样。说实话，作者的描述在一定程度上可以说是精准和完美的，但却缺少一丝生命的真谛，缺少了他所深知的那些更为黑暗、更为痛苦的边缘时刻。我合上书。除了说这是一本描写年轻人乡村生活的书之外，我还能说些什么呢？

回到农舍，我们开始没完没了地从墙上刮掉发霉的墙纸。在整间房屋没有一处完好、处处都需要维修或加热除湿的情况下，这项工作看起来好像毫无意义。但说实在的，这里问题多到不知道从哪里开始。

"我认为我们应该拆除硬纸板墙和推拉门。如果我们把它们

---

[1] 英国皇家美术学院院士，19 世纪英国最伟大的风景画家，代表作《干草车》《麦田油画》等。

挖出来，把房间复原成初始的样子，可能会有助于房子那一边的空气流通，消除一些湿气。"

"你确定吗？我不应该先把墙纸刮完吗？"

"有那么多事情要做，先做哪个其实没什么区别，不是吗？"

我们点着篝火，用锤子叮叮咣咣忙活了大半天，然后在满是灰尘的开放式楼梯上坐下。我们安静地不说话，一切都是静止的，但房子里的什么地方仍传来一阵轻微的刮擦声。

"什么声音？"

"我们不会挖断了水管吧？"

"不，你听，它在动。它跑到另一个房间去了。"

我们顺着声音进了屋，现在不仅仅是抓挠声，更多的是许多小脚哒哒哒的奔跑声。

"老鼠的量词是什么？"

"一堆，一群……？"

"一窝。"

"远不止一窝，起码是一整个村子的老鼠。你觉得我们的敲敲打打的声音打扰到他们了吗？"

通往屋顶的小门只是一块楔在阁楼上的胶合板。当我们把它推开的时候，一大堆老鼠粪便砸在我们的头发和楼梯平台上。

"这是个老鼠镇。"

高大通风的屋顶上结满了蜘蛛网，几卷绝缘材料在房间的中央一块块地展开。两只麻雀惊慌地飞到了屋檐下。隔热层上铺着厚厚的一层老鼠粪便，但屋顶寂静无声。老鼠们听到我们的脚步声，立刻僵住了，随后迅速躲进了粉红色的纤维小窝里。我们从房间里退了出来，小心地更换了胶合板，掸去头发上的棕色小颗粒。

"好多老鼠啊。"

"怎么办？"

"不知道。先确保他们没法从阁楼里钻进去吧。我们把水管补好，然后再看看其他地方有没有通道。"

我站在帕尔小镇（Par）的月台上，向驶往东方的火车挥手，像一个孩子离开心爱的玩具一样哽咽着。茂斯的学位帮他巩固了毕生所学，他又另外学习了设计技能，现在200英里之外，一个意想不到的客户需要他过去工作。我们为此苦恼了好几天。他能独自旅行吗？他会记得要去哪里吗？他到那里后能胜任这项工作吗？我应该和他一起去吗？他终于收拾好了行李，写好了一张包含火车换乘信息、电话号码、地址和姓名的清单。他决定，如果不能独立完成，那就干脆不要做。现在他上了火车消失在我眼前，离我越来越远。

我回到农场。进门之后我才意识到这是我第一次一个人待在这里，一种奇怪的、潮湿的、与世隔绝的感觉笼罩着这个地方。茂斯不在时，那些似乎充满了可能性的房间现在被剥去了所有装饰，露出了它们的真实面目。宛如一个寒冷、潮湿、沉闷的霉菌培养皿。我想离开，回到那个温暖而熟悉的小教堂，关上身后的门，待在那里直到茂斯回来。但严格来讲，我并不孤单。老鼠们还在这儿：在屋顶上跑来跑去，抓来挠去。房子还是有生气的，至少屋顶是。我放下包，找了点引火的东西生火。楼下的我冷得瑟瑟发抖，房顶上老鼠们的粉红色绝缘小窝必定要舒适得多。我倒了一杯茶暖暖手，老鼠们也坐下来打盹儿——或者是烟囱漏出来的烟使它们镇静了下来，我也不知道究竟是哪个原因。我从包里拿出那本《科普斯福德》，又静静地翻了一遍，感受沃尔特在树篱中度过的夏日时光。在他住在小屋里的最初日子里，在他开始采药之前，我终于开始对沃尔特究竟是什么样的人有了一些了解。在与那座破败房子的战斗中，这个年轻人身上隐藏着一些勇敢刚强的品质。

刚来到科普斯福德的第一天，沃尔特·默里说那里与世隔绝的状态令人震惊，好像小屋也在全力抗拒他的到来。他站在房子里，被弥漫在残垣断壁上深深的孤独感所笼罩，这种感觉挥之不去。我往火里添了一根木柴，心想绝不能让这种事在我们身上发生。茂斯不在的时候，我会控制住自己不要后悔搬来，我要把家里所有看起来不欢迎我们的东西全部搬走。我不能成为另一个沃尔特，赖在冰冷的、讨厌我们的房子里不走。但他要处理的事情可比一群可爱但臭烘烘的老鼠们要多多了。科普斯福德到处都是老鼠。老鼠从墙壁上爬下来，从壁炉里爬出来，晚上在他的床上跑来跑去，他点燃的火把，能在一千多只眼睛里看到反射的影子。

对付几只老鼠应该不成问题。小时候，我家的农场遭受过鼠患。白天一只也看不见，一旦天色开始暗下来，它们就像瘟疫一样窜出来。成千上万的老鼠便钻进堆满小麦、燕麦和大麦的谷物仓库里大快朵颐。它们啃食玉米，糟蹋饲料，变得又肥又懒，以至于后来到白天都懒得躲起来，而是挑衅地坐在谷仓的梁上看着我们。我跟在爸爸身后，看着他布下捕鼠器和鼠药，还找来了一群猫。然而老鼠的数量并没有减少。尽管我一再辩解，他还是相信老鼠是从河堤的洞里出来的，他会毒死每一个会动的毛茸茸的小动物。晚上它们成群结队出来时，他只好用气枪来猎捕，我总是跟在他身边，用手电筒瞄准老鼠，他不停地射击，不停地上膛。最后，他不断增加老鼠药的毒性，直到老鼠的数量骤减，就连一些小猫小狗也没能幸免。所以，除掉一窝老鼠对我来说应该问题不大吧？

沃尔特通过养狗解决了他的心头大患。一只借来的名叫毛毛的狗，在一个喧闹、血腥的行刑之夜结束了老鼠入侵的闹剧。但这种办法在我这里行不通，毒药也不行。因为我们的目标是增加野生动物的数量，毒死它们岂不是和我们的初衷背道而驰。肯定还有别的办法。我回复了茂斯一条信息，提醒他应该把火车时刻表放在哪里。但我必须找点其他事做，否则在接下来的一个星期里，我只会忧心忡忡地不停地查看手机。我继续刮墙纸，直到光线开始变暗，我跑到屋外，看到一只猫头鹰正在夜间飞行。当它径直向我飞来时，宽大的展翼中间夹着一张苍白的小圆脸。对啊，猫头鹰！办法显而易见，我只需要把老鼠赶到室外就行，但我要怎么让它们出来呢？

"我马上就要成功了，我已经等不及要回家了。今天早上我跌了一跤。我正在勘察花园的最后一部分，当时我一动不动地站在一片完全平坦的草地上，但没有任何征兆地，我就摔倒了。我控制不住自己。"

"你想要我开车去接你吗？我现在就出发。"

"不用，我没事。我已经买了回家的车票了，今晚就到家了。"

我坐在屋外的小墙上，空气仿佛凝滞住了，没有微风，没有鸟鸣，周围一片寂静，压得我喘不过气来。这就是没有他的生活，听不到喋喋不休的自言自语，古灵精怪的奇思妙想，看不到他劳作的身影。疾病改变了他，不是像野火一样迅速蔓延，而是缓慢吞噬人的精神。我在冬日的阳光下瑟瑟发抖。没有他的支持，我对生活提不起任何兴趣。

距离他到家还有几个小时，我不能一直坐在围墙上干等。不行，我得去解决鼠患的问题。眼下状况十分明了，杀死它们并非最优解，我只需将它们赶出来，窗外伺机而动的猛禽会帮我善后。我拿着手电筒，戴着严严实实的面罩来到了阁楼上。我可以拆掉所有的隔热层，把它们全部抖出来，但更有可能发生的是，它们会因此四散而逃，活动范围从小小的阁楼顶部遍布整间屋子。最后我决定一层一层的清理。我踩着横梁，掀起第一层绝缘材料，抖上一抖，偶尔会看到一具棕色的尸体落到下一层纤维上，直到我掀起最后一层。我抬起一端拖到屋檐上，然后将其对准排水沟，从另一端开始卷起，边走边摇晃。只见棕色的毛茸茸的小东西们向四面八方散开落下，直到水沟里挤满了老鼠，它们顺着落水管滑到地上。我跑到外面，散落在草地上的老鼠们惊慌地跑开，不一会就消失在了荨麻丛中。我心中满是得意，居然在没用一粒老鼠药的情况下就解决了我们的心头大患。我把水壶烧上，上楼去了浴室，一切又归于寂静。过了一会，我的头顶上又传来一阵微弱的脚步声，难道还有幸存者吗？也许我们必须要学着和他们相处。我找到玻璃胶枪，仔仔细细地堵上水管上的窟窿。只允许它们住在屋顶，这是我最大的仁慈了。

我又拿起《科普斯福德》，思考要如何为其作序，但还是毫无头绪。在默里笔下，沃尔特是一个值得信赖的、外貌特征极具特色的20多岁的年轻人，他住在一幢废墟般的房子里，积极拥抱生活中的不确定性与挑战。但当他写到沃尔特开始从事一项新的职业——收集草药卖给制造商，并把沃尔特带进田野和树篱，让他在战后苏塞克斯郡的乡间自由穿梭时，这个年轻人就被赋予了一种独特的精神品质。那片土地上长满了名目繁多的草药，开满了颜色各异的鲜花，美丽的蝴蝶在花丛中飞舞，在那里，和平与宁静是生活的主旋律。这能有什么可写的？我写不了，实在写不出什么深奥的东西。我总不能说："沃尔特比大多数人幸运，因为他几乎没有亲眼见过战争的惨烈。他在英国乡村采摘鲜花，度过了一段美好的时光。"

我高兴得像个小孩子一样，开车来到火车站，在站台上满怀期待地踱步。直到火车进站，我紧紧盯着车门，有那么一瞬间，我居然会期望看到我们第一次分开时在车站等我的那个年轻人，那时我才是坐在火车上希望火车开得更快的人，希望火车能早几秒钟把我带回他身边。一下车他就紧紧抓住了我的手跑出站台，发誓再也不分开。但这次，我没有看见他。

茂斯疲惫地从火车上走下来，弓着背，慢吞吞地挪着步子，脸色苍白而疲惫。

"你终于回来了，我太、太高兴了。快把你的包给我。"

"我真的回家了吗？我以为再也回不来了。"

"是的，没错，你真的回来了。我们回教堂去。"

"我们圣诞节后再搬去农场吧。那之前我们肯定没法把这里完全整理好。我们就享受一下在暖气屋过圣诞节吧，然后再搬家。不过我们还能再付两个月的房租吗？"长途奔波之后的茂斯已经筋疲力尽，当务之急是让他休息，而不是搬家。

"将将够吧。"突然间，我觉得这是我们做出的最荒谬的决定。我们签订租赁协议的时候，根本没有解释我们会花了两个月的时间来打扫房子，消除湿气。两个月的租金啊。书的预付款总会花光，我也没有办法知道销量是否会增加，也许都卖不出去呢。"最晚一月中旬我们就得搬进去了，再拖就没办法了。"

"好的。我已经刷够油漆了，我现在要去干点修剪的活儿。如果我还记得怎么启动机器的话。"茂斯正在摆弄一把我们存放在一个朋友谷仓里的旧割草机，他掸去上面的稻草、蜘蛛网和灰尘，并给它注满油。

"你怎么能拿得动它呢，肩膀会疼的。"

"我不知道，但我要试试。"

我走开了，我不忍心看。我回到屋里继续刮墙纸。突然我的手机收到了一封电子邮件，让我不再专注于那台拒绝工作的电机发出的不情愿的咔嗒声。如果我闭上眼，它就会把我带回我们在威尔士的家，回到阳光明媚的下午，那时山毛榉树上满是蜜蜂和燕子来回环绕。但还好，我正睁着眼睛读着邮件。

"嗨，雷，我想知道《科普斯福德》的序言写得怎么样了。这本书马上就要下印厂了，所以等你写好……"

我同意要写了吗？显然他们觉得我是默认了。但我要怎么写，我能写点什么呢？最近我买了一本篇幅不长、名字也不太起眼的默里的生平传记。也许等我读完这本书，我就能更深入地挖掘《科普斯福德》的深层内涵，而不是简单做出一些无关痛痒、流于表面的评价。

剪草机嗡嗡作响，茂斯消失在灌木丛中，身后留下一条整齐修剪过的小路。这本传记就在厨房的橱柜里，几周前我把它寄到了农场。我放下刮墙纸的工具，烧上开水，找到那本书。这本书的作者显然很喜欢默里的作品，书中探讨了他生活中的大小事件和他基督教信徒的身份。在这本传记中，默里热爱自然，但不允许这种感觉超越他的宗教信仰。我读不太懂是怎么回事，但他人笔下的默里和他在《科普斯福德》里描写的人物有些矛盾。我很难相信这是同一个人，但我还是继续读了下去。

一个小时后，茂斯站在一片修剪过的草地上。泥泞杂乱的土地上长满了荨麻、蓟和丛生的野草。一个花园初具雏形了。他走进屋里，摘下护目镜，坐在火炉前的帆布躺椅上，倒头就睡着了。我怎么会觉得来这里是个好主意呢？我静静地看着他，他的下巴抵在胸前，脑袋随着呼吸有节奏地上下移动着，我合上书。我意识到我已经找到他们了：默里和沃尔特，作家和他创作的那个年轻人。我终于明白了，其实他们毫无二致，却又彼此独立。夜幕降临，噼啪的火光在映在墙上，一窜一跳地闪烁着，我打开笔记本电脑，敲下"序言"两个字。

鼹鼠

秃鹫宽阔的羽翼苍白灰暗，与绵延在冬末天空上的缕缕层云几乎融为一体。然而它深色的翅膀、尾巴和头部塑造了一个清晰可见的深棕色轮廓，使它的身体看起来几乎是半透明的。山谷是它的地盘。每天早晨，它都从北飞到南，穿过农场，沿着种植着古老落叶树的路线，在新果园上方的篱笆，或苹果酒仓库旁的电线杆上休息片刻，再斜向西飞去。但是今天早上，它被房子后面那一小块地里的什么东西惊动了，可能是田鼠，它们的地下隧道建成了一片隐蔽的啮齿动物公路网。

就在几周前，我们最后一次关上了小教堂的大门，把安逸稳定的生活抛在身后，搬进了农场。对一个被忽视、需要全力关注的农场来说，我们怀揣着疯狂的设想，要做出不平凡的挽救行动。但我没有意识到，在短短几周的时间里，《盐之路》就会变成平装书，图书活动和采访时间则占据了我大部分时间。我想让茂斯看一看那只几乎一动不动地悬在空中的秃鹫，但是他没空。在长期被人遗忘的果园里，腐烂的树枝扭曲地垂在地上，杂草丛生，长满了一堆堆 15 英尺高的荆棘。茂斯每天早上都要努力走动，晚上要睡 12 个小时。他的一天如此短暂，还要全部消耗在锯木、堆垛、修剪和割草上。慢慢地，我们的果园里长出了一些健康的树木，与此同时，茂斯也日渐消瘦，皮带上多钻了好几个孔洞。剥落了枯死的、折断的或不健康的树枝后，松弛的树枝开始向上抬起一点，多年来垂死的树木重新焕发生机。他继续前进，有节奏地把机器从一边摇到另一边，在荒草丛中挖出一条隧道，让多年来不见光的地方重见天日。

有光的地方就有了生命。小鸟们搬进了树林，其他的生命也陆陆续续向这里移动。地面上冒出了一堆一堆的鼹鼠丘，沿着绿油油的小径，一路走出树篱，爬上了小山。商业农学家把鼹鼠列为最高级别的害虫，它们以每天 20 米的速度挖地，挖地时产生土堆，破坏大片草原。为了保护草原，世世代代的农民都会把它们挖出来，用毒药毒死再集中处理掉。但话说回来，鼹鼠以蛴螬、臭虫、蛞蝓和各种各样有害的地下生物为食，这些生物同样可以从根部向上啃食并摧毁庄稼。如果这些害虫没有被鼹鼠吃掉，它们就会被毒药毒死，而这些毒素紧接着就会杀死以害虫为食的鸟类。先毒死害虫，再毒死它的捕食者鼹鼠，这显然是合乎逻辑的行动。秃鹰像飞镖一样从空中坠落，在草丛中犹豫了一会儿，然后猛地起飞，爪子牢牢抓住了一只深黑色的鼹鼠，它的鼻子从鼹鼠丘的表面被拔了出来，脚还在绝望地在空中扑腾着。捕食链在正常运转着。

无论是作为年轻人，还是一位成熟的作家，沃尔特·默里都会欣然接受这一时刻。几个月过去了，书中的沃尔特发现自己变得淡然平和，以一种"比接触更亲密的连接，几乎是融为一体"的方式拥抱自然。默里在描述这个年轻的自己时用到了"自然精神"一词，带有些许天真幼稚的特点，不过后来的他却变成了一位虔诚坚定的基督徒。就好像以这样纯粹的方式拥抱自然只能被放在玩具盒里一样，不能追随他一起进入成年生活。我曾看着自己的孩子们在毛茛花丛中奔跑，站在齐膝深的泥水里试图抓住顺流而下的幼鳗，或者在某个下午坐在树上无所事事地打发时间。他们与自然世界亲近的连接只是生活中再正常不过的一部分，而不是会被打上幼稚的标签然后被抛弃的东西，那是他们成为成年人的基础。后来默里成为一名自然作家，但他的其他作品都没有提到他在《科普斯福德》所写的那种难以捉摸的联系。后来我终于找到了这本书的灵感来源，究竟是什么赋予了它深度和光芒，他究竟在草药说明书中寻找些什么。而这些问题的答案在他其他的书中甚至连暗示都没有。

　　默里是在离开科普斯福德很久之后才写下了这本书，但当时他唯一的儿子迪克刚刚去世不久，当时迪克只有 15 岁。他在书中没有提到他儿子只言片语，除了对自然的描写，他很少谈论自己的情感。除了记录某类蝴蝶的灭绝，他也甚少提及死亡。尽管他从来不说，但大家都知道，他写下这些话时，他从未忘记过迪克。细细品读书中的每一页，就好像他通过《科普斯福德》为迪克刻画了一副青春画卷，来弥补他没来得及经历的人生。沃尔特在科普斯福德生活的那一年里，迪克也活了下来，永远地奔跑在战后苏塞克斯的花丛与林间。

　　我终于明白了为什么我对《科普斯福德》如此着迷。这不仅仅是和沃尔特一样对自然的迷恋感同身受，更是对默里的将心比心。有了这本书，默里就总能找到迪克，总能回到他身边。

　　茂斯回到房间里："天哪，累坏我了，汽油也用完了。"茂斯把剪刀放在了水泥地上。尽管室外寒风凛冽，他戴着塑料护目镜和耳套，还是热得满头大汗。他解开安全带，脱下套头衫，一气呵成。"烧水了吗？"

　　每每在我焦头烂额、犹豫不前的时刻，茂斯总能干脆利索地提起背包，迎风而立，从不退却，从不迷失，总是鼓励我翻开下一页，迎接下一个冒险。

　　"我们只是想穿过田野去看看鱼鹰的巢穴，希望你们不介意。"一位身着国家名胜古迹信托 T 恤的男子开着四轮摩托车停在我们院子里，另一个刚从一辆载满树枝和铁丝的四驱车上下来，站在门口。

　　"鱼鹰的巢穴，什么鱼鹰的巢穴？"

　　"呃，准确来说，还不能叫巢穴，现在还只是一个平台而已。"

　　"它在哪儿？我怎么从来没见过。"

　　站在门口的那人指着远处地平线上田野里的两根杆子。我原以为这古怪的玩意儿只是两根废弃的电线杆罢了。

　　"据我所知鱼鹰每年都会回到原来的巢里，不会再搭建新的巢穴。"

"没错，事实上，小鱼鹰们在寻找第一个筑巢地点时会看到这些平台，并认为这些是老鱼鹰的巢穴，它们会选择重复使用其中一个旧巢。现在我们要上去拿掉那些折断的树枝，换上一些好的。"

"鱼鹰来过了吗?"

"没有，我们只是希望能吸引一只从非洲迁徙回来的鱼鹰。附近有很多苍鹭，所以这条河对捕鱼为生的鸟类来说是个不错的捕食地点。"

"我还以为苍鹭只是涉水鸟呢。"话音未落，那辆四轮摩托车已经踩下油门，准备离开了。

我们沿着山顶的圆形山脊线，穿过山顶处的田野。我们从靠近鱼鹰巢穴的最高点出发，沿着陡峭的山路下山，来到一扇破损的大门和一片长满齐腰高的荆棘和荨麻的田野。这片土地坡度十分大，我们很难走下去。所以我们绕开荆棘丛，爬上篱笆，来到了一片黢黑、茂密的狭长林地，一直延伸到河边。我们扶着树干慢慢向下溜，很怕突然一个趔趄就摔下山去。期间我们多次停下来休息，一边犹豫我们是否还能坚持走下去。直到发现地面渐渐变得水平，我们才发现已经来到了林地与小溪边泥滩的交界处。

溪边种了很多美国梧桐树和多节瘤的橡树，其中还有一群枝干扭曲的老树，它们扎根在这片泥滩上起码有几百年。这个地方好熟悉，我们肯定在报纸上看到过这泥泞的褐色河岸的照片。那照片中，岸边长满了繁茂的柳树。丝毫不见河鼠和鼹鼠的踪影，只有搭建在粗壮树枝上的结实的巨大巢穴，在强风的攻击下纹丝不动。偶尔有一只苍鹭孤零零地站在岸边，静静地观察着泥土，伸长了脖子，准备抓住任何能动的东西。在国家名胜古迹信托组织的人离开后，我们进行了一番搜索，这才知道我们正住在康沃尔郡苍鹭巢穴最多的区域里。的确，树上是有许多鸟巢——虽并不像河流研究员们想象得那么多，但我也没有在其他地方见过数量如此之多的巢穴了。但是这里只有 3 只苍鹭。按理说，繁殖期结束后，苍鹭分散在乡村各处，过着孤独的生活，但会在二月份回到巢中，开始为期 3 个月的群居生活。现在是二月中旬，所以它们应该都在这里，这个时候雄鸟应该在修补它们的巢穴，并向雌鸟展示出它们最好的一面。我们用双筒望远镜搜遍了那一地区，但再也没有看到更多的苍鹭。也许它们随着退潮顺流而下了？也许并不是所有的巢都能用得上，也许有些是春天从爱尔兰和法国飞到这里的候鸟，停留在海峡对岸的某处，在等待适宜的天气条件？又或许它们的数量远没有人们估计的那么多，人造树枝平台的恢复能力可远比栖息在上面的物种强多了。

　　"我们过几个星期再来。现在还有点早，到时候肯定能看到它们是否在筑巢。"

　　"我不确定我们还会不会来，爬山太累了。"

　　"下次我们坐船来好吗？"

　　自古以来，鸟类一直被视为是吉兆和信使。在《伊里亚特》[1]

---

[1]　相传是由盲诗人荷马所作史诗。主要内容是叙述希腊人远征特洛伊城的故事。它通过对特洛伊战争的描写，歌颂英勇善战、维护集体利益、为集体建立功勋的英雄。

中，当奥德修斯在夜间进入敌营执行一项危险的任务时，雅典娜送给他一只苍鹭。据说，苍鹭的叫声会为夜袭者提供慰藉。但如果这只空空如也的巢穴也是什么预兆的话，那应该不是什么好事。

　　在二月末清晨的晨光中，我看见房子外面的电线杆上站着一个"预兆"。河上的薄雾吞没了果园，但随着太阳升起，薄雾开始消散，树林中出现了一条新的鼹鼠丘小径，而且那不只是一只鼠在孤军奋战，而是一个大家族在鼎力合作。在土堆的上方，房子附近的电线杆上，一只巨大的鸟静静地坐在那里，环顾四周。它的胸部是白色，背部为深棕色。会是鱼鹰吗？我想用谷歌搜一搜，又想叫醒茂斯让他也看看。但我不敢离开窗户，生怕稍有动静就会惊动它。它用黑黑的钩状的喙随意地梳理了下羽毛，伸展出巨大的拱形羽翼，慢慢地从杆子上腾起身飞走了，是鱼鹰无疑了。

　　"哇，茂斯，你必须得看看这个。快起来，一会就看不见了。"

　　茂斯在无人帮助的情况下坐了起来，在床上打了个挺，几秒钟内就站在了我身边，而此时，鱼鹰盘旋着飞过谷仓，掠过小山，向内陆飞去。

　　"那是鱼鹰吗？"

　　我看着空荡荡的床，看着站在我身边的茂斯。他身上穿的T恤和短裤，足足大了两个尺码。他居然成功地独自站了起来，没有借助我的帮助。

　　"不，我觉得那是一个吉兆。"

獾

傍晚时分，一只体型硕大的狐狸在空旷的田野斜坡上漫步，他那红褐色的皮毛在阳光下闪闪发光，光滑锃亮的身体在浓密的草丛中穿梭不停。它心不在焉地沿着小路走，一会把头低下去埋在草丛里嗅一嗅，然后又抬起来，呼吸着新鲜空气。

狐狸的主要食物来源是小啮齿动物和兔子。但狐狸是机会主义的猎手，如果它们的天然食物来源消失了，它们就会到能找到食物的地方去觅食。众所周知，在狐狸有一窝幼崽要喂养的情况下，它们偶尔会杀死春天出生的小羊羔。我曾站在威尔士的田地里，看着两只狐狸把一只羔羊撕成两半，那场景可怕极了。我驱赶过一只狐狸，那时它正叼着家里最后一只母鸡跳过篱笆，那一整晚它叼走了鸡舍里所有的鸡。我也跟着爸爸穿过田野，看过他射杀野兔，这个地区兔子的数量在狐狸被赶走后的几年里呈指数型增长，给玉米地造成了巨大的破坏。我还看到过爸爸给老鼠下毒，哦对，还有水鼠。

但是相较而言，獾比狐狸和兔子受到了更惨烈的迫害。牛结核病是一种存在于英国牛种群的疾病。人们会定期对牛进行感染检测，任何检测呈阳性的动物都会被无情地宰杀，这就导致农民们不得不忍受失去牲畜而带来的经济和情感上的双重痛苦。和人类一样，獾也会感染结核病，这种疾病对牛、人类和獾都是致命的。虽然我们大多数人都接种了这种疾病的疫苗，但为了防止这种疾病在牛中传播，我们没有使用疫苗，而是大规模捕杀獾。人们普遍认为是獾把结核病传染给了牛，所以政府批准了一场全国范围内的大型捕杀行动，导致这种自冰河世纪以来就居住在这个岛上的物种局部灭绝。小时候，我们饲养的纯种牛群被打上了"合格"的标签，在 20 世纪 60 年代和 70 年代，这意味着牛群已经检测证明没有结核病，可以在树林环绕的田野里自由地生活和漫步。獾也住在这片树林里，它们健康、安全，静静地过着自己的生活。事实上牛痘苗是存在的，但我们没有给牛接种，因为显然我们无法创造出一种测试方法来准确区分接种了疫苗的牛和感染了结核病的牛。虽然我们鼓励母亲为自己的孩子接种疫苗，以预防所有可能的疾病，然而，　头从出生开始健康状况就可以被追踪的奶牛，并不被允许注射现成的疫苗，尽管疫苗记录就像人类的医疗记录一样，可以被轻松查证。因此，捕杀仍在继续，但感染牛结核的牛的数量并没有下降。可能獾压根就不是感染源，而是像普通感冒一样，它们彼此之间相互传染。

獾很少露面，它与在路边被汽车撞死的动物不同，也和纪录片《赏春》[1] 里在獾穴周围玩耍的同类不同，它们始终保持低

---

[1]　BBC 的固有栏目，意在展现英伦三岛四季不同的自然风光和野生动物。

调，隐藏在树林或树篱中。它们以幼虫、老鼠和成熟的果实为食，只在黑暗的夜晚才冒险进入田野，暴露在危险的环境中。

从什么时候开始，置身事外的心态渐渐磨灭了我们的本能？从什么时候我们不再享受雨水打湿脸庞的惬意，而开始忧心忡忡会被淋湿衣裳；不再惊叹獾在暮色中钻过草地的奇观，不再倾听清风带来的回音，不再相信广播中年轻的活跃分子们的主张？从什么时候开始，我们从自然世界的一部分，变成了自以为能够控制它的冷眼旁观者？

默里在写《科普斯福德》的时候，他停下脚步，回望沃尔特——一个二十多岁，终日奔走在田野里采摘草药的年轻人，并画下了一幅在已逝的风景中发现生命与自然的图景。现在的人们几乎体会不到穿过一片绿油油的草地，摘下一大把洋地黄和矢车菊的喜悦。听说过矢车菊的人少之又少，更别提有多少人曾见过它开满草地和荒野的辉煌历史了。即使创作背景在第二次世界大战结束后的几年里，在他躲在灌木丛中看着他喜欢的女孩采摘黑莓的几十年后，他仍然可以看到乡村正在发生巨变，动植物种类在未被察觉的情况下快速下降。就在人们失去与自然的联系、成为纯粹的观察者时，他们对眼前消亡的一切便视若无睹。

早春时节，空旷的田野上绿毡铺地，碧草如茵。上一位房客的最后一只绵羊在去年初冬便离开了，所以这块土地在冬季的几个月里得以恢复。但是，在刚刚露出嫩芽的土地上，或在即将绽开紫色花蕾的树篱下面，却始终没有獾的踪迹。叽叽喳喳的麻雀在树枝间争吵，秃鹰在它的领地上空盘旋巡视，嘹亮的叫声传遍田野。所以就算这一带有獾出没，它们也必定不会穿过农场。我们停了下来，往下游看，涨潮的河水在阳光的照射下像钻石一样闪耀，流向远处的教堂塔楼与树林。

"你还记得耕种这么大一块土地需要多少设备和牲畜吗？"茂斯此时正仰面躺在潮湿的草地上，盯着天上一团团聚拢又散开的云彩，但显然他的思绪不在于此。

"不太记得了，我想我已经把它从大脑中清除掉了。我们步行的时候，我就试着不去想这些，因为想起家的一切都会让我很伤心，所以现在就算我刻意回忆也想不起来了。"

"我记得，我记得很清楚。"我转向他，看着他的脸，他闭着眼睛。我全神贯注地看着他细数机械和牲畜数量清单。"现在草已经长出来了，我们不能视而不见，但我们买不起牲畜。"

"那你还记得你四十岁生日那天，我们在海滩上，当时下了一下午的雨吗？"他怎么能这么清楚地记得牲畜的数量呢？

"当然，我们穿着潜水衣打板球，孩子们不想回家。不过跟这件事又有什么关系呢？"

"没什么，不过你记得就好。"我侧过身来，平躺在草地上。他还记得。

"我想我们得和萨姆谈谈，得想办法利用好草地。我们可以专门负责恢复果园、酿造苹果酒和监督农场的生物多样性计划，但我不认为我们有能力亲自耕种整片土地。"他站起身来，环视了一下田野，又看了看树林。我明白他的考量，原因显而易见。"我也需要一些私人时间来做其他事情。如果我们买下了在这片土地上放牧的牲畜，那么我们每天就都被拴在这片土地上了。我必须得保证有时间和你一起参加你的售书活动，还有其他一些事情。"

"什么样的事情？"

"我一直想再去徒步旅行。"

我跟着他走下山，回到农舍。他的步子仍有些不稳，但至少双脚已经能稳稳地踏在地上了。阳光穿透云层，青草长得郁郁葱葱。我看到树篱底部，一株雪花莲从地里钻了出来。不过树篱已经有好几个月没有被人修剪过了。

在一个沉闷的清晨，整个村庄就像密不透风的罐子，让人喘不过气来。本应是春光大好的日子，但春天的气息好像只停留在山的另一边。我沿着果园里一条新踩出来的小径，观察着周围的一切，苹果树的枝条上抽了新芽，地面上青草也长高了不少。一只狍子和一只怀孕的雌鹿慢慢地小跑到小溪边，而后钻进了旁边古老的落叶林中。我找到了我一直在寻找的那棵树。树干上带有无数钻孔的那棵贴地生长的树。在候诊室翻阅杂志时，一篇文章吸引了我的注意，那篇文章讲的是一种飞蛾的幼虫会啃食树干形成孔洞，那些洞看起来和我之前亲眼所见的一模一样。覆满新芽的新生枝条顽强地向上生长，极力远离倒下的树干。孔洞里流出的黏稠汁液，引来大批嗡嗡作响的昆虫。其中一只红色的海军上将蛱蝶早早地便闻讯赶到，落到树干上，收起翅膀，大快朵颐，无法从免费的自助早餐中抽身离去。但在树干的另一头，树液已经干涸，在洞周围凝结成了坚硬的树脂。

芳香木蠹蛾体型巨大，是国内最大的蛾类之一，而且近些年来数量急剧减少。人们很少在如此遥远的西部看到它，它的主要栖息地在英国南部。成虫会在湿地树木、梣树、桦树、赤杨还有苹果树上产卵，幼虫可以在树上生活长达 5 年之久。在一条近 10 厘米长的鲜红色毛虫爬出森林、暴露在夏末的阳光下之前，它们已经咀嚼和消化了五年的木材纤维素。之后它很快就会爬到草丛中，化蛹过冬，最终变成羽翼丰满的蛾，它是天生的伪装好手，我们几乎无法从树皮上将它分辨出来。五年来它躲避光明，积蓄力量，为生活做准备。我们无法得知树上生活着何种昆虫，除非等到它们主动现身的那一天，来到耀眼的阳光下，准备摆脱旧躯壳，拥抱新生活。但这个日期很难讲，或许就是明天，又或许是 5 年后。5 年的时间足够长，即使是最沉默寡言的昆虫，也足以完成蜕变，并最终张开翅膀。

汽车开进院子的嘈杂声是那么熟悉，我开始变得慌乱紧张，恨不得一直躲在果园里不出声。希望茂斯没有睡着，能去看看那究竟是谁。我仍在努力摆脱对他人根深蒂固的猜疑。尽管很少有人来参观农场，偶尔会有来自波尔鲁安的游客，但更多时候，人们只是因为导航带错了路。我深吸一口气，朝房子走去。我还要在这里躲上多久，还要远离这个世界多少时日，才能让我彻底摆脱过去，展翅重生？

癞蛤蟆

月色朦胧，天边来了一阵风，吹出片片碎云。一只猫头鹰站在房子后面的枯枝上叫了一声，发出了休息的指令。果园里最后一朵苹果花也落了，枝头结出了小小的苹果，空气中充满了淡淡的夏日气息。我坐在倒下的树上，看着木头上的孔洞，夜晚的树林里万籁俱寂，一切归于平静。我把来信一一摊开在树干上。我收到了这么多信，这么多读者的来信。

在《盐之路》精装本出版后的几个月里，第一批信件陆陆续续到达家门口的信箱，但自从平装本出版后，我每周都会收到来信。寄信人大多是那些误入歧途、生活已经支离破碎的读者。包括失去家园、家庭和事业的人们，以及病人和濒死者。他们与疾病抗争时所担心的不是自己，而是家人，担心他们的家人将如何面对这一切。我还收到了一些已然失去亲人的家庭的来信。但不论他们正面临何种处境，所有人都无一例外地向茂斯伸出了充满关怀的双手，为我们送来了四面八方的祝福和希望。每一封信里都写满了同情与关切，他们主动提出可以向我们提供帮助和住所，我仔仔细细看过每一封信，每一封都为我增添了一丝恢复健康的信念。

与此同时，各种活动的邀约也越来越多。这意味着我要登上更大的舞台，面对更多观众。可每当灯光打在我脸上，每当台下观众向我提问，我心头就不由得升起一阵恐惧。但读书会结束后的签名售书环节，我从来不会害怕。

我会劝说自己，这只是一个故事罢了。这不过是关于生活、关于失去的爱和改变人生信念的一场徒步旅行罢了。但是长龙般的队伍让我意识到，一些事情发生了改变。与拿着书耐心等待的人无关，而是关于我。当我不停地在扉页上签下我的名字的同时，我感受到书中的故事和我自己已经牢牢地绑在一起，凝聚着希望、恐惧、创伤和痛苦。这种感受就像人性一样深不可测，就像我们走过的悬崖一样古老，是复杂的存在问题中的一部分。但这种感觉将我们所有人团结在一起，轻轻地把沙发从墙边移开，把那个害怕见人的小女孩带到外面光明的世界之中。

茂斯在树林中漫步，手里端着一大杯茶，穿过及膝高的杂草和荆棘，看到晨光中，成千上万只蝴蝶破茧而出，落在荨麻丛和高茎草的种球上。草地褐蝶可能是英国最常见的一种蝴蝶，它个头不大，蝶翅整体呈褐色，外缘有白边，翅上有假眼。

"你在这下面干什么？我本来想烤些面包，但我想先找到你。"

"我在等。"

"等什么。"

"芳香木蠹蛾。"

"你在这等蛾子？你在说什么呢？"

"这是一种幼虫期长达五年的蛾子，我觉得这棵树上可能就有。"

"那你打算在这里坐五年？"

"还真没准。"

"快过来，趁茶还没凉，吃点烤面包吧。"

我一边在烤面包上涂黄油，一边把最新的信件铺在桌子上。边吃边念给茂斯听。"……我知道我这个星期就会被捕，所以我做了些准备，找了本可以在牢房里读的书，而你的书似乎是我的不二选择……"

"虽然我不太确定，但继续往下看，我觉得这是一个关于把野外带进监狱的故事。现在看来，我觉得我写的主题根本不是自然。"

"这我不敢肯定，但这书绝对是受众广泛，非常适合读书俱乐部会员、探病和越狱的人来看。如果不是自然，那你写的是什么？"

"你。从头到尾都是为了你。我动笔的时候只打算给你看，这样你就不会忘记我们的小径，但现在我想不止如此。我想我是为了我自己，我想让你永远走在那条路上。就像默里对迪克那样。这样我就能留住这段时间，留住你和我在一起的时光。总是这样，即使以后……"

他紧紧握住我的手。

"你真是个白痴，《科普斯福德》看多了吧。我想我们应该再来一次，再计划一次徒步旅行，也许这次不走那么远了……那是什么声?"

"可能是老鼠。"

"不，不是老鼠，是别的什么，更像是青蛙呱呱的叫声。"

"在哪儿，在房子里吗?"

"不确定，现在没有了。"

"你想要去哪里徒步，有想法了吗?"

"我还没有仔细考虑过，但也许我们应该找个朋友一起去，你明白的，以防万一。"

"以防什么万一? 和谁一起去? 我想不到谁会愿意跟我们一起去。"

"戴夫和朱莉怎么样? 如果能再和他们一起步行的话，就太好了。"

"我听到了，就是呱呱的声音。"

它红棕色的皮毛深深隐藏在高高的草丛中，但白色臀部的出卖了它。狍从灌木丛中走出来，走到小路上，开始吃果园里肥沃的矮草。那里是它理想的家园，草料充足，位置隐蔽，危险的时候马上就可以躲起来。它需要这样一个安全的地方。一只狍的幼崽在它身后毫无章法地跳来跳去，它幼小虚弱，浑身通红，但跳跃中却彰显着生命和夏天的力量。我看着它们慢慢地走到小溪边，感受着花香与微风，一些密密麻麻的小飞虫被它们吸引，围

绕在身边嗡嗡地叫着。那是一种低沉的嘈杂声，像一种低语，在
纯净的土地上传播着。那是大地的气息。

牲口棚里还有最后一堆塑料：从小鹿饮水的小溪里捞出来的
塑料桶和饲料袋，与生锈的电线和其他垃圾掺杂在一起。再运走
最后一批东西，被污染的土地表层就被清理得差不多了。现在我
们就可以期待大地能再次振作精神，滋润万物生长。

"萨姆什么时候来？"茂斯把一辆满载青贮饲料的手推车推到
垃圾堆边上，这是从土壤中清理出来的最后一批垃圾。我们把旧
轮胎压在上面，以防它被风吹走。在青贮饲料包和打包机出现
前，农民们经常将这些新鲜割下的草料堆藏起来，用来喂牛过
冬。青贮饲料上通常会覆盖一层塑料布，以保护草料作物，并压
上旧轮胎以防止被风吹走。轮胎通常会分布在农场各个角落，算
不得什么稀罕物。但现在只剩下最后一个，它孤零零地立在谷仓
里，等着被一起带走。

"真不敢相信这就是最后一批垃圾了。两点钟，最晚两点他
们就到了。"

"别相信你的眼睛，每天都会有垃圾从土里冒出来。"

一辆老式的凯旋摩托车停在门口，骑摩托车的人的手还放在
车把上，戴着头盔，但打开了面罩。他慢慢地环顾四周，还在轰
着油门。

"我不敢熄火，因为可能再打就打不着了。""哇，我不知道
说什么了。"他是要从摩托车上下来，还是就一直这样待着？"我
刚把摩托车从仓库取出来，电池没电了。我不能熄火。我转一圈

马上回来。"那是他的眼泪，还是头盔里的汗水？难道他对我们的成果不满意吗？他觉得我们做得不够吗？凯旋号加速驶上小山，消失在视野中。

租住的地方有一种与生俱来的脆弱。放任自己过分喜爱租来的房子宛如一场赌博。这是一种单方面的关系，就像一场扑克游戏，对方掌握着所有的牌，而你却只能一厢情愿地付出，还要忍受着随时打水漂的恐惧。

"他有点奇怪。"

"非常奇怪。"

我们没必要讨论这个。几个星期、几个月以来的清洁、整理、修剪工作让我们投入了巨大的精力和时间成本。但好在大地终于挺直了脊背，在多年的负重之后，清了清嗓子，找到了自己的声音。一群金翅雀降落在草地上，种球里的种子在被剪掉之前已经掉了一地。十一只耀眼的小鸟吃种子时也叽叽喳喳，吵个不停。在这片田野里，青草不像常规耕作里那样早早就被除掉，它们在夏季里仍然茂盛地生长着，为鸟类提供食物，为随风摇曳的昆虫提供一丝栖息之地。狍子偶尔会在草丛中抬起头来，在继续吃草前测试一下空气质量。即使是在地上筑巢的云雀也有时间养育它们的雏鸟，并在割草者挥舞着割草机进入田野之前，看到它们长出细小的羽毛。

"现在感觉有点脆弱。"我坐在房子外面的矮墙上，不仅觉得自己很脆弱，而且突然觉得自己很愚蠢。

"我们是租房子的，我们一直都很脆弱。"

"我知道，但那只是一个房子。如果萨姆想让我们离开，我们肯定没问题。过去几年里，我们学到了很多关于生存的知识，我们总会有办法的。但现在问题不是这个房子，是这片土地。它又开始呼吸了，我几乎能听到它重新活过来的声音。我担心他会改变主意，说他手头紧张，然后把它卖掉。"

"它不属于我们，雷，你得记住这一点。不要让自己投入太多感情。"

"我知道，我知道。"

狍和它的孩子从草丛中跳了出来，跳到一条水沟里，水沟穿过一片较低的田野，然后流进了灌木丛。

一辆标志性的淡蓝色野营车停在房子外面。是萨姆的车，不过这次里面还有三个乘客。他下了车，再次环顾四周，这次没有戴头盔，所以他的表情无法隐藏。

"我得再说一遍：天啊。"

"萨姆，你觉得还好吗？有什么问题吗？你认为我们现在还要做些什么吗？"我无法克制自己，小心翼翼地、旁敲侧击地围绕着我的恐惧提问。在我进一步被这片土地施下的魔法所迷惑之前，如果他"打造生物多样化的农场"的想法已经被我们达成，那我需要马上得到肯定的回应，不容一丝犹豫。

"你在开玩笑吗？我太吃惊了。我从没想过这里能恢复成这样，我想都不敢想。你们付出太多了。谢谢，谢谢你们。"

在他身后，那群金翅雀腾空而起，形成了一朵叽叽喳喳的云，集体落在电话线上。他的妻子从露营车里走出来，她身材娇

小，紧致匀称，然后给了我一个拥抱，不知怎的，我从这个拥抱
中竟然感受到随性、自信与坚韧。

"你好，我是瑞秋。这是孩子们，杰克和洛蒂。很高兴认识
你，虽然几个月前我断然不会这么说。"

"噢，这是为什么？"

"我想让萨姆卖掉农场。我坚持认为他应该放手，摆脱所有
的问题，然后一走了之。所以当他建议你搬进来的时候我很生
气。这里的情况一直让他很失望，我不忍心看着他再变得那么沮
丧。我想他再也受不了了。自从我被诊断出患有乳腺癌后，我变
得只考虑当下的感受。至于农场，嗯，它是一个巨大的经济黑洞
和情感黑洞。我想活在当下，享受和孩子们的时光，而不是留在
这里，继续他的梦想，或者说，继续我的噩梦。我甚至拒绝读你
的书。但我现在明白了，我想我终于明白了。你和萨姆，你们都
热爱自然，都曾彻夜未眠地担心你们的爱人。难怪他会觉得自己
和《盐之路》有这样的联系。所以我后来才同意不卖掉农场。我
想我终于明白了。"

在瑞秋观察这片土地的时候，我看着瑞秋，她同时拥有终结
梦想以及煽起火苗的力量。我本可以怀疑她的这个决定的持久
性，但当她挽着萨姆的胳膊时，我想我明白了她为什么打开炉
门，让充足的空气接触到尚且弱小的火苗。

"哦，好的，太好了，我们一起喝杯茶吧？"

"刚才我骑摩托车来的时候，我都下不了车……"

他们的两个孩子遛达进了果园。小一点的那个男孩，杰克，

正跟小狗玩扔球游戏。洛蒂在后面踱来踱去，用手轻抚着紫色薄雾般的约克郡绒毛草。

"我知道，你说过。你找到充电器了吗？"茂斯把茶壶放在桌子上，平静地坐着，好像这只是平常的、无关紧要的一天。难道只有我一个人缺乏安全感，整日生活在恐惧中吗？我还会真正信任任何东西吗？

"找到了，但不是因为那个。我不能摘掉头盔，我在门口哭得像个白痴。"

"这是什么意思？你是不高兴了吗，是不是我们没做到你想象的样子？"

"不，这太完美了，比我希望的还要好。就像瑞秋说的，在我读到你的书之前，我们还打算卖掉农场。请你们俩来这儿简直是放手一搏。但是今天……今天，我很高兴我这么做了。我没想到这么快就会发生变化，我以为这片土地可能要过上好几年才能恢复生机呢。"

透过窗户的阳光经过镜子的反射，投影在对面的墙上。镜子前的架子上堆着一堆信件等待着我一一回复。信中每个人的故事都不尽相同，但他们却有着相似的软肋和铠甲。

"茶里要加牛奶吗，萨姆？"

皎洁的月光洒在小溪上，波光粼粼，闪烁如星光。我从卧室的窗户探出身子，看到苍白的光线下银蓝的薄雾笼罩着山坡。窗外一片寂静，以至于"呱呱"的叫声显得格外清晰。

"不是青蛙，你看。"月光下，一只又大又肥的棕色癞蛤蟆在房前的花盆间跳来跳去。

"癞蛤蟆！谁能想到是它呢。"

小溪上空开始升起一层薄雾，渐渐地扩散到了整个山谷。

"这么好的夜色，要是待在帐篷里就太好了。你刚才是说要再去徒步旅行吗？我们计划一下吧？夏末的时候我们会有一个空档，虽然只有两周，但时间应该足够了。"随着天气变暖，我一直在观察茂斯，他待在室外的时间越来越多了，而且他一直有节奏地、耐心地在地里工作。土地恢复了生机，他的行动也更加自如，记忆力也开始恢复。我默默地看着他将一个很小的、紧紧盘绕的弹簧成功地换到割草机的转头上，这是一项对精准度要求很高的工作，必须得十分专注和灵巧才能完成。也许我们再步行一次，几个星期的时间就足够，这样等冬天一来，漫长的黑夜将他困在屋内的时候，他可能会更好过一些。

"好，就这么办。你记得你一直丢在家里的那本书《远足史诗》吗？里面记录了一段很棒的徒步旅行，就在冰岛。"

|第四部分|

终点，抑或是起点

如果我说出那个单词——
它可以使活在世上的人
悉数消失，
将世界归还世界。
换作是你，
你会否将其吟诵？
你会否将其高声咏唱？

———《如此这般骑行者经过》，西蒙·阿米蒂奇

兰德曼纳劳卡

"嗨，我是戴夫。你还记得吗，戴夫和朱莉。你们近来还好吗？"

"戴夫，再收到你的消息真是太开心了。"

"我们一直想着什么时候能再出去走走，我是说去徒步，去露营，怎么样，有没有兴趣加入我们？"

我记得初次遇见戴夫和朱莉时这二人正在停车场里惬意地吃着冰淇淋。在西南沿海小径徒步时，沿途我们遇到的野营背包客算不上太多，而和我们年纪相仿的就更是寥寥无几了。遇见戴夫和朱莉时，我们一下就注意到这对中年夫妻以及他们放在地上的硕大的背包。戴夫是个典型的北方男人，外表粗犷，寡言少语，且极为勤劳肯干，在空闲时，他会给自家的鸟屋做隔热层，再不然就是在湖区丘陵独自散步，戴夫深爱着朱莉，可总是装出一副满不在乎的样子。朱莉是个沉稳安静的人，待人谦逊温和，她是个社会活动家，在需要为弱势群体争取利益时她总是表现得坚定甚至可以说是强悍，和平日给人的印象大相径庭。在我看来，这对夫妻之于彼此就像是世界上的另一个自己。由于当时我们两对夫妻的徒步路线极为相近，所以有好几次我们都不期而遇。在行进至多塞特郡（Dorset）南海岸附近一片炎热而安静的地带时，再度相遇的我们干脆决定一起走一段。

"天啊，我们也太心有灵犀了，我们也一直盘算着什么时候和你们相约再去徒步。你觉得冰岛怎么样？"

"冰岛？说真的我想去冰岛好久了！"

说走就走。到达冰岛的时候迎接我们的是倾盆大雨，雨水沿着机场圆顶如注而下，我们在带有遮雨棚的出口通道处暂时站定，远处建筑物和停车场的灯光与水汽融在一起，为一切都蒙上了一层迷蒙的滤镜，使得城市的夜色看上去像是一副色彩氤氲的印象派画作。给放在行李车上的背包罩上防雨套，背上背包，我们又要出发了。老规矩，茂斯将一只手伸进背带时我双手托着他的背包底部好为他减轻一些重量，再然后我帮他把另一根背带拉到他另一侧常年被疼痛侵扰的肩膀上，一切便大功告成了。我们冒着倾盆大雨穿过停车场，在进入对面的酒店后，将背包取下，放在酒店大堂的地板上。

近几周以来茂斯对于再度出行的意愿愈加强烈。他意识到自己的身体和从前不同，他也逐渐了解到现阶段它的需求，他知道它不能如以前一样总是迅速地作出反应，它也总是很容易就觉得疲乏，它的不听使唤总是时不时让茂斯感到烦躁。不过他并不打算完全依着身体本能发出的指令，当身体告诉他需要躺下休息时，他偏要走动走动；当身体说"静下来吧，别做无谓的挣扎"

时，他偏要高声大喊。这次出行前，茂斯满心欢喜地为自己的靴子重新打了蜡，还购入了我们在西南沿海小径徒步时使用的同款帐篷，过去的那顶帐篷支架上早就缠满了胶布，茂斯认定它绝对抵御不了冰岛凛冽的寒风。这次旅程原本可以和西南沿海小径徒步一样的方式进行，我是说如果我和茂斯执意要这样做的话。可我的上一本游记《盐之路》销量还不错，对我们来说这绝对是意外之喜，正因如此我和茂斯能够在抵达冰岛后安心地在酒店休息一晚，而不必冒着大雨在机场附近的某处草坪手忙脚乱地扎帐篷。一切收拾停当后，我们拉动窗绳转动百叶窗的叶片，并透过其中的缝隙打量窗外的夜色：当晚最后一架航班缓缓降落在小型跑道上，停机坪上的灯光照射到窗户玻璃的一瞬间便溶解在雨水中。

"所以我们现在真的在冰岛了——人类可居住的国度中的最北端，再往北便是极地，往南顺着地球的弧度温度渐升，尘嚣渐上，直到接近南极的地界，一切又和这里一样了。瞧瞧我这是在想些什么，真是不可思议。"我一边这么说着，一边把脸贴在窗户上，透过玻璃和雨水努力地想看清眼前的一切。

"我们出发时机舱外可是八月的热浪，一下飞机马上步入初冬，这才是不可思议吧。我在别处读到过，这里没有秋天，夏天一结束便是冬天了。依我看我们现在所处的季节还不能算是冬季，准确地说应该是这里的夏末。"

"负重走路感觉还可以吗？"

"倒是还好，不过毕竟我只走了从停车场到宾馆这么一小段路。"

　　曾经陪伴我和茂斯完成西南沿海小径徒步的两个背包此刻正安静地被放置在冰岛一间宾馆的墙角。茂斯的背包被塞得满满当当，我的背包更甚。在赶往机场前我发现自己的背包裂开了，于是匆忙找了一块鲜绿色的补丁把裂缝缝了起来，可由于补丁打的不牢加上背包里的东西太多，经过这一路折腾，那块绿色补丁已经连同书包内衬露了出来。这次我和茂斯额外准备了一些装备，包括防寒服、各种防雨装备、滤水器以及十天的口粮。我们不确定在接下来的旅途中是否能够方便地获得食物，但我们确定的是即便能获得食物，价钱也一定不便宜。冰岛的大部分食物都依靠进口，所以价格远高于英国，到了山地价格只会更高。我们能够被允许携带至冰岛的食物总重只有 3 公斤，所以选择并不多。我和茂斯原本打算购买那种预先包装好的徒步旅行盒餐。可计算下来在英国本土购买这种盒餐也并不便宜，再加上运输成本，还不如干脆在冰岛当地购买食物来得划算。在背包中翻找牙刷的第一步是要把打包好的食物袋移开，我试着不去想袋子里究竟有些什么。要知道在那次徒步结束后我以为我再也不会去吃这些东西了。我不想给自己徒增烦恼，便自我安慰道，反正是两天之后的事了，现在何必去烦心呢。睡前我和茂斯泡了茶，吃了我们在机场买的饼干。

　　"站在康沃尔的果园中时我对这一切是充满期待的，但是现在我不知道自己能不能完成这次冒险。如果在我进入山区后发现自己根本做不到，那该怎么办呢？"

此刻康沃尔的果园和农田对我来说遥远而令人思念。在萨姆来访后，我和茂斯认为是时候可以让自己放松一下了，我们可以不必像以往那样担惊受怕，害怕什么突发事件会将平静打断。可谁想到打断这一切的是我们自己，我们自发地踏上了另一次旅途，又一次奔赴荒野。对于这一次的徒步，我仍旧没有十足的把握，我甚至觉得我们根本不可能完成它。

"我们大可以慢慢来，你看我们有这么多食物呢。但凡我们需要休息，我们就停下来，到能够继续行进的时候我们再出发。我们还有戴夫，别忘了他是个硬汉，我们可以把你的背包交给他。不管怎么说，我们知道自己和写攻略的那位先生不同。我们可以缩短路线，也完全不必按照他的速度行进。"

茂斯随身携带了一本徒步指南，指南其中的一页画出了劳加维格路线（Laugavegur Trail）[1] 的起点，茂斯在这一页上做了标记。这本指南很是小巧，有着防水封皮，刚刚好可以塞进茂斯外套的口袋。指南的名字是《在冰岛跋涉》（*Walking and Trekking in Iceland*），作者仍旧是帕迪·迪利翁。其实我们本可以去找一本更加轻薄的，或者是和我们路线更契合的指南书，再或者一张地图也不是不可以。但帕迪的另一本指南书曾经指引我们穿越一处又一处海湾和丛林，使得我们顺利地完成了西南沿海小径之旅，对于我们来说带着他的书就像是拥有了守护神一般。只要翻开指南，我们就仿佛是看到帕迪一般，他系紧登山靴的鞋带，起身，

---

[1] 劳加维格路线是冰岛内陆高原著名的徒步路线之一。该路线的地图与详情，可参考 https：besthike. com/europe/Caugavegur/。——编著注

向我们指明前行的方向。这本茂斯口袋里的指南是我们徒步旅行不可或缺的伙伴。

"嘿，我们到了，雨中的雷克雅未克（Rekjavík）[1]。谁会想到，之前是沿海小径，如今我们竟到了冰岛。我们到了，没什么比这更让人兴奋的了。"

戴夫和我第一次在西南沿海小径遇见他时几乎没怎么变，仍旧是一样的大嗓门，也依然体格魁梧。当戴夫一把搂住茂斯时我立刻意识到了茂斯身体的变化，在沿海小径的西海湾，我们和这对夫妻作别时戴夫也用力拥抱了茂斯，只是那时二人的体格相差还并不那么悬殊，很显然茂斯瘦了不少。我想不光是我，戴夫和朱莉也一定意识到了茂斯的变化。我在想是不是由于茂斯的病程长且恶化程度慢，以至于我在平日里压根不觉得他有什么变化。或许他明白自己终有一天会屈服于病痛，不再有能力跋山涉水，于是强迫自己在身体仍旧可以活动的情况下与我一起再度走入旷野，这一次出发的动机完全是为了我，他想要尽可能延后那个我不得不去面对的一天——他不得不屈服于病痛的那一天。

"嘿！朱莉，看看吧，你能相信我们如今身处冰岛吗？"

"这确实太让人难以置信了。我们说要一起来冰岛时我其实不认为这次旅程当真会成行。看看现在，我们竟然在雨中，拿着手杖站在冰岛的街头。"朱莉回应道，这位生性温和的女士背着

_____

[1]　冰岛首都，也是冰岛第一大城市及第一大港口。

硕大的紫色背囊一路由英格兰北部前来，站在身材魁梧的戴夫身边她显得尤为娇小，戴夫背囊的容量足有 70 升，他与他硕大的背囊一起占据了不少空间。

"好家伙，70 升的背囊，你都塞了些什么进去啊戴夫？"

"12 天的口粮，还有一些我们需要的日用品，大概就是这些。"

"可我们在路上的时间只有 6 天不是吗？最多也多不过 8 天。"

"计划是计划，可你永远不知道路上会发生什么突发状况。如果下雪，我们被困在山里，我们一定需要额外的口粮，再或者我们当中有谁受伤了，然后我们不得不在原地等待救援，那么旅程肯定就要被拉长；如果单单是由于我们的行进速度没那么快而使得在山区的时间变长，多准备一些口粮也没错。若是我们能够按时完成，那吃掉多出来的食物对我来说也不成问题。"

听罢戴夫这一席话，朱莉一边打量了一眼她丈夫硕大的背囊一边挑了挑眉。我和茂斯跟着发笑，虽然戴夫的准备实在是完备的有些过头，可他的理由也是充分的。说起来，此行我们需要担心的可不仅仅是茂斯，我们每一个人都不确定自己是不是能够顺利走完全程，毕竟我们早过了正值壮年的时候。站在接近北极圈的地界，头顶大雨如注，我不禁有些怀疑我们的决定是否正确，要知道我们即将要前往的是一条被帕迪·迪利翁描述为"陡峭而崎岖，伴随着狭窄裸露山脊"的攀岩路线。重走帕迪之路，天晓得我们哪来的勇气和自信。

　　在订好前往兰德曼纳劳卡（Landmannalaugar）[1] 的巴士票后，紧张的情绪在我们一行人之中弥漫开来，这冲淡了我们刚下飞机时的兴奋。我们此次攀岩路线的起点便位于兰德曼纳劳卡，说实在的为这个地方起个地名实在有些多余，它不过就是供人们在地图上定位的一个点罢了。作为冰岛南部高地的一处攀岩营地，这里没什么其他可供游览。我们计划先是由此前往索斯默克（Þórsmörk）山谷[2]，根据帕迪的指南，走完这段路需要花费 4 天时间。再然后我们要穿越菲姆沃罗豪尔斯高地（Fimmvörðuháls）[3]，其间会绕过埃雅菲亚德拉火山（Eyjafjallajökull），该火山曾经在 2010 年喷发，喷发时的烟尘一度使得欧洲甚至欧洲之外的机场都被迫停运。这一段路需要两天工夫。如果在出发前我们对冰岛的天气状况了解得更多，恐怕我们会更加紧张。在冰岛各个景区游客中心提供给游客的当地指南中，冰岛无一例外地被描述成是四季分明的国度。可这显然与事实不符，据古冰岛历法记载，冰岛只有两个季节——夏季和冬季。冰岛本地人对于冬夏两季的分界日期了如指掌——即每年九月的第一个星期天。我们将行囊在巴士的行李架上放妥准备出发时距离九月只有 5 个整天了。也就是说还有 5 天便是冰岛的冬天了。

---

　　[1]　兰德曼纳劳卡意为"国民温泉"，位于冰岛高地南端，是冰岛夏季最受欢迎的热门徒步景点之一。

　　[2]　索斯默克山谷以古维京雷神的名字而命名，气候温和，常常下雨，成为冰岛植被最丰富的地方，被誉为冰岛的后花园。

　　[3]　冰岛南部的高地，是著名的登山区域。

在我们乘坐的巴士离开主干道的那一刻，我终于理解了为何这部车子的轮胎如此之大。在这一段 4 个小时的路程中，其中前两个小时车子都在柏油碎石路面上行驶，柏油路的尽头便是山路，而横亘在前方的山峰是我前所未见的。这里没有任何平缓的丘陵，目之所及只有由平坦荒凉的河谷地带以及拔地而起的如锐角般的尖峰。一些当年随岩浆和灰烬滚落的巨石如今安静地躺在长眠火山的山坡处，由远处看就像是平滑的黑色的瓷器表面。除了翻山，涉水也是必不可少的，我们的巴士因体形庞大得以顺利渡河，几辆吉普车则没那么幸运了，它们的引擎盖被掀开，引擎则被河水无情地冲洗着，也不知它们还要搁浅多久。沿路偶尔看得到沿山坡展开的草地，散落其上的是圆滚滚的绵羊，不过仔细端详，绵羊的腿脚极为纤瘦，是蓬松的羊毛造成了其滚圆体格的假象。

一只北极狐前爪撑在一块岩石上，就这么孤零零地出现在空旷的山坡处。它背部的皮毛仍然是棕色的，只有在夏季北极狐的皮毛会呈棕色，而其胸部和腹部的皮毛已经开始发白，这说明冬天就要到了，北极狐已经准备好换上一身银白色的"外衣"作为其专属于冬日的伪装。显然它知道寒日将近。作为冰岛唯一的"土著"哺乳动物，北极狐比任何气象学家都要更了解这片土地。尽管巴士里的空调温度被调得很高，可我还是感受到了寒意。我开始后悔为什么自己只带了一个 40 升的背包出门，要是我也带了和戴夫一样的大型背包出门，那我就能够塞下应对各个季节的不同厚度的睡袋、应对极地气候的保暖套头衫以及更多的食物。

　　我们的车子爬升至两座山峰间的一道隘口，由此处可以看得到如梳齿一样尖锐指向天空的巨石，巨石中间一条小径向远处延伸，至山谷处踪影全无。历经几千年降雪、冰霜以及雨水的山谷地带就好似一长条"页岩河"一样蜿蜒至远方，而两侧是有着暧昧色彩的山峦，在阳光的照射下，它们反射出桃色、沙色和翠绿色的光芒。远处的火山口曾经有黑色的岩浆带着山坡的碎石和火花来势凶猛地喷涌而下，随着海拔降低它逐渐冷却平息。在此处熔岩喷发形成了熔岩原地貌，这种地形形成的原因或许是岩浆受到河流撞击而骤然冷却凝固，而后在地表形成了起伏的黑色表面，这种黑色表面就像是长在河床上的扭曲的面孔一般。这处熔岩原叫做劳格胡朗熔岩原（Laugahraun），于 1477 年成形，在我看来它的古老程度远不止于此，甚至无法以时间概念衡量。不远处便是兰德曼纳劳卡了。附近随处可见棚屋和帐篷，前来徒步旅行的人们在厕所和营地的信息站之间来往，也有人的目的地是营地附近的几辆绿色的旧公共汽车，它们看上去就像是美国学校校门前聚集在一起的校车，随时有青少年会出现在周围使出一些恶作剧式的小把戏。

　　巴士停稳后我们下车，经过两个小时在山路上的颠簸我们四人浑身僵硬酸痛，拖着疲惫的身子将背包从巴士的行李舱里拖出后站定，眼前是一望无际的熔岩原，对比之下我们原本不算太小的背囊就像是四个手提包，它们看上去太过微不足道，似乎无法帮我们应付即将到来的熔岩原徒步之旅。我们效仿其他人，将帐篷搭在了裸露的石板之上。我们将碎石堆在帐篷边缘处，以期起到稳固作用，不过显而易见的是这几块石头根本抵御不了强风，它们最多是个心理安慰罢了。

雨持续在下。

"那些人还要坐在闷热的巴士里往回赶。"其实我忽然有些羡慕那些已经结束旅程的人，此刻的我反倒更想要去一个更安全的、环境更好的、我更加熟悉的地方，而不是奔赴前方令人担忧的未知旅途。

"我们本来可以去科孚小径（Corfu Trail）[1] 这样的地方徒步，这么一来我们只需要带着短裤就好，在那儿我们可以每晚都去小酒馆喝酒，你们懂的。"

很显然，不只是我一个人对于前路充满担忧。

"我们要不要拿着炉子到公共帐篷里做饭？坐在这里淋雨总不是办法。"朱莉说道，和往常一样，她总是那个专注眼下的人。

朱莉说的公共帐篷是位于营地厕所后的一顶白色帆布帐篷。它的位置让人有些费解，毕竟这是用来做饭的厨房，而当我走到近处时，我一下子明白了一切。营地的主要混凝土建筑都集中在这顶帐篷前方，这儿显然是这一带最隐蔽的角落，帐篷可以避免被强风侵袭，再加上大铁钉子和绞盘带的固定，这顶白色帐篷几乎没有被摧毁或是吹飞的可能。由于火山的存在，这里的风比一般山地区域的风要强劲得多，对比之下，我们在英国遭受过的强风不过是小巫见大巫。如果有任何一位冰岛本地人告诉你马上要

---

[1] 位于希腊科孚岛上，小径贯穿岛屿南北，全部走完需要 8—12 天。

起风了，那你可一定要当回事。

如果真有点风那倒也不是什么坏事，毕竟那顶公共帐篷里实在是太闷热了。我们四人冒着冰冷的雨来到公共帐篷前，穿过塑料门的当下我们就仿佛进入了一间潮热的桑拿房。帐篷里摆有约10张野餐桌，它们几乎占据了帐篷所有的空间，桌子前是围着煤气炉做饭的背包客们。帐篷防水布上挂满了因蒸汽产生的水滴，聚集到一定程度后，水滴汇成水流由帐篷顶端流到地面。我们在帐篷最里面发现了一块空处，穿过人群挤了过去，待我们架好煤气炉，帐篷内变得更加潮热。双脚如同灌铅一般疲惫的我们把食物由背囊中掏出，然后放在桌上。茂斯一边取出一只碗来一边深重地叹了一口气。

"来吧，开饭。"

我们在西南沿海小径徒步的时候曾经连续多日只吃面条，因为那时候我们根本买不起其他食物。之后随着经济状况略有好转我们算是有了做选择的能力，我们大可不必再把叉子伸进一碗黏糊糊的面糊里。不过我们的选择也并不多，我本来是打算买一些极轻的冻干食物作为此行的干粮，它们可以经由沸水浸泡几分钟后恢复水分。而在出发前我也确实这么做了，我买了几大袋冻干米饭、冻干蔬菜以及冻干大豆肉糜，我原本认为这些食物易于烹饪，几乎不必耗费太多燃气，我也可以节省不少气力。可后来我发现，冻干米饭是冰凉的，大豆肉糜吃上去味如嚼蜡。到最后，我们还是得选择煮面条充饥。无奈地深吸一口气后，我将面条放入锅中，再加入一些冻干蔬菜、水果以及坚果。除此之外，我还加入了一些提前备好在塑料保鲜袋的肉丝，这么做无非是使得原本单调的白水煮面条看上去更可口一些。加入热水，盖上盖子，再然后便是等面条软化变热，这便是我们的一餐了。此时的帐篷里挤满了因为即将到来的徒步旅行兴奋不已从而喋喋不休的人们，他们忙着比较各自的装备，忙着搅拌手中的食物，忙着干杯畅饮。而我们四个只是盯着眼前的面碗一言不发。有那么一瞬间我甚至有种自己仍然在西南沿海小径跋涉的错觉，眼下我即将迎接的不过是在旷野有风的岬角边缘的又一次日落。

"你还记得吗？当时我们每一晚几乎都饿得要命，我们根本不在乎吃的是什么，只要有的吃就是好的。"

"没错，那时候我们太饿了，那感觉太糟了。"

"来吧，再吃一回吧。"我边说边把叉子伸进碗里，我一方面极不情愿，可同时也有些期待自己所做的改良是否能够让面条的味道有所增色。

"味道倒是不差……"

"没错，比我记忆中的白水煮面好吃不少，大概是无花果干的味道起了作用。"

面条不那么难以下咽让我和茂斯都有种如释重负的感觉，饭后我们煮了茶，在等水开的功夫我们开始有机会打量周遭的环境，戴夫和我注意到了同一件事。

"看看吧，来这儿的都是些孩子们，二十几岁的年轻人们，大人们呢？"

环顾四周，我们几乎看不到三十岁以上的面孔。待大多数人用餐完毕，帐篷里剩下的为数不多的年轻人悉数向帐篷另一头移动，似是要故意离我们四个远一点。

"你说这是怎么一回事儿？难道我们身上已经开始有什么味道了吗？"

"当然不是，原因再显而易见不过了"朱莉接着说道，"我们让这些孩子们联想到他们的父母。而他们自己呢，要么是趁着间隔年出来旅行的学生，要么就是单纯热衷于冒险的年轻人，他们对未知满怀欣喜和期待。而我们就好像是在春游巴士上的老师一样，压抑、克制、对生活无还手之力"。

"好吧，难保他们将来不会走我们的老路，而我们也绝不会受困于当下的生活，我们必然会走出困境的。"对于朱莉那番关于中年人的生活盖棺定论的言论茂斯表现出不解。我认识的人算不上多，可说实话没有几个像茂斯一样总是表现出一种对一切都不愿意妥协的劲头。往往别人让他向东，他便要往西。"大家要不要去泡个澡？"

"泡澡？"

"在那边的河里。那是温泉，人们都往那儿去了。"

在此前我从没想到过自己会在接近北极地界的暗夜中褪去衣物。自打抵达冰岛后我们就没有摆脱过冷空气的侵扰，在滑入温泉水的一瞬间，寒意和疲惫一下子得到了缓解。

在一条灼热的溪流注入冰凉河水再往前一点的地方，冷热水混合达到的温度正好适宜沐浴。前来泡温泉的人们在水中排成一排，那画面让我想到了被某种屏障阻隔、暂时不能涌向上游而聚集在一起的鱼群。随着蒸汽一同浮在温泉池水面上的还有人们以各种语言交谈的余音。而大家都自觉排成一排的原因是再往前水温便会过烫。说实话，如此这般坐在开阔谷底处齐胸的温泉水中，我隐隐感觉到一种荒诞的虚无感。头顶上的群山以及由其顶部涌出的黑色岩浆形成的巨大黑影与多云的天空对峙着；天空和群山之间则是温热的、和缓的热水坑。夜色渐暗，温热的水流洗去了行者们长途旅行的疲乏，随着温泉池里的人们三三两两地离开，这里又逐渐恢复到了原本的野生状态。深色的如糖浆般的含硫的溪水一边向前流淌一边将蒸腾的水蒸气推送至河岸处稀疏但尖利的草丛中。我们漂浮在约两英尺的水中，如春天池塘水面的水蜘蛛一样缓慢悠哉地划着水移动，在这期间，夜空忽而变得明亮了一些，由云层中透出的稀疏的月光使得漂浮在锯齿状山峦顶端的云团的轮廓看上去更加清晰。

"所以我们明天启程吗？"

"要是明天还下雨怎么办？"

"我们可以在这里多留一天，反正我们有时间。"

"明天我们还是可以像这样待在这儿泡温泉。"

早知如此我本该拒绝这次旅行的。处在冬夏交替间的冰岛的气候对于患有神经退行性疾病的末期病人来说绝对是个考验。上次西南沿海小径徒步帮助茂斯增强了体质，说来我们本可以选择前往平宁步道（Pennine Way）或者位于英国境内的任何一条长距离徒步路线的，那样的话我们可以在返程时坐上火车，不费什么时间便回到环境舒适的家中。我越想越觉得将茂斯带到一个陌生国度，让他面对陌生的旷野，面对恶劣且不可预测的天气可能并非明智之举。一旦出发我们就算反悔也来不及了，因为供我们在中途返程的机会并不多，也许甚至一次这样的机会都没有，对这一切我完全没有把握。也或许只有远方的未知世界才是对茂斯具有吸引力的。巨大的雨滴如乒乓球一样打在帐篷的篷布上又弹起来，在我的搀扶下茂斯从帐篷中艰难地起身，佝偻着身躯冲进雨中向远处的厕所走去，他边走边回头冲我大声说道：

"我们在厨房见，把粥热上。"

我太了解茂斯了，即便他不说我也知道他心里在想什么。我们两个一直默契十足，他时常能够在我还未开口时便说出我心中所想，我们时常会不约而同哼唱同一首歌曲，在很多时候我无须开口茂斯便会提前察觉到我需要什么并第一时间递给我，这么多年我们的生命默默交织融合在一起，我太清楚茂斯在想什么了。"热粥"不仅仅是关于准备早餐的一句吩咐，更是在对我说："我觉得一切都糟透了，但是这并不代表我们要就此放弃。无论如何我要完成这次徒步，你只需要在一旁给予我支持。在任何情况下，都不要让戴夫和朱莉觉得我完不成这次任务。"

"好，厨房见！"

雨水由帐篷顶端倾泻而下，在公共厨房门口形成一层水帘。帐篷内挤满了二十多岁的年轻人，烧饭的炉子上煮着各种食物，这些孩子们有些忙着吃麦片，有些忙着对已经塞得满满当当的背包做最后一次调整。我在角落的一张桌子一边打开速食粥的包装，一边不时瞥一眼周遭忙乱的场面。一群年轻的芬兰人在倒了最后一轮咖啡后，把咖啡壶、手工雕刻的木制马克杯以及被用作坐垫的驯鹿皮悉数打包。我实在是有些觊觎那些驯鹿皮坐垫，即便现在我穿的并不少，下半身穿着防水登山裤，可坐在长凳上仍然觉得凉飕飕的。在我烧水时，帐篷里有两个男人正为谁应该背着煎锅而争吵，还有一个穿黄色比基尼的女人从我身边走过。随后朱莉和戴夫便从帐篷口穿过各色人等走到桌边，坐了下来。

"外面的雨更大了。那位女士要么是没有干衣服了，要么就是刚刚去河边泡过温泉。我可不愿意在大白天泡温泉，不愿意直视自己的肉体。"

"说的没错，那会让我觉得自己已然衰老。"

茂斯穿过水帘进到帐篷内，他边走边摘掉帽子，环顾四周，然后打招呼似地和那些年轻人们寒暄起来

"所以你们都是打算今早出发？"茂斯问道。

来自帐篷各个角落的背包客用着不同的语言对茂斯的问话作了应答。

他们一边回话一边忙着给背包罩上防雨罩，很显然大家都是要今早出发的。茂斯重重地坐在长凳上，身上的水滴随着他大幅度的动作被甩到了炉子上。

"外面很多帐篷都被收起来了，他们都打算冒雨出发，我不知道你们怎么想，我倒是很乐意在这里多待一天，等等看明天天气会不会有好转？"

"完全赞同。"朱莉完全没有犹豫便表达了支持，如此一来，这便意味着戴夫也不会有任何异议。在平日的生活中戴夫是个戏剧张力十足的人，朱莉则更理性，是做决断的那位。

"现在来喝粥吧？"

冰岛位于大西洋中脊。大西洋中脊即贯穿大西洋的海底山脉，其北端向上抬升，露出海面的地方便是冰岛了。冰岛恰恰也是欧亚大陆板块与美洲板块的交界处，两个板块反方向拉扯形成一道裂缝，这道裂缝以每年都在以可测量的速度变宽。板块之间的张裂作用造就了多处火山地貌。这种相互作用带来的原始的不可估量的能量使得火山地貌处在缓慢却恒久的新旧更替中。

第二天待雨停后我们便动身去一探熔岩原的面貌。地表以下的岩浆的沸腾滚动是地表对自身进行更新的一种形式，而熔岩原地貌便是这种更新的产物之一——黑色的岩石随着地壳的运动被粉碎成数百万个锯齿状的晶体，然后随着沸腾岩浆的滚动重新被黏合在一起。而如今，距离地球大量喷射出具有摧毁性力量的岩浆不过几千年的时间，这块由板块撕扯形成的土地正在悄然发生新的改变，一切都逐渐趋于平静。岩石和火山喷发带来的灰烬在雨水和日光的作用下被分解，一切在不知不觉中被重构：火山灰和泥岩悄然融于黑色黏稠的泥炭状的土壤，风儿将孢子和种子携带至此，于是土壤中生长出短而坚韧的绿草以及苔藓。覆盖在岩石上的苔藓远看就像绿色的软垫一样，它展现着生命最原初纯粹的样貌。我们沿着一条曲折的小径向前，小径起起伏伏，在延伸至河床时被逼入狭窄的峡谷处。这条小径的一侧是沿水的熔岩流，另一侧则是不规则的岩石隆起，很显然这些岩石在时间长河中被抬升、被挤压，从而形成了如今的面貌，给我们的感官以极大的新鲜感和冲击力。经过长时间雨水抛光的黑曜石下是层叠的泥岩和页岩，而其上是玄武岩与流纹岩岩浆露头，在层叠的岩石上是平滑但厚重的一层火山灰——所有这一切见证了这块土地曾经以及正在发生的变化。黑色调的岩石后赭色、奶油色、蓝色和绿色的裸露的山丘展现在我们眼前，彩色的山尖就仿佛是撒在灰色天际的未经打磨的宝石。

背包客三三两两地离开了，留下的只有零星几个帐篷。随巴士旅行的常规活动不过是在停车时下车上厕所，穿着塑料雨披在附近四处走走，拍照然后离开。与常规操作不同，我们四个此时此刻正与一群野马站在开阔的冰原河谷附近，与周遭的一切面面相觑。落日余晖照在马儿栗色的皮毛与金色的长鬃毛上使得它们拥有了与不远处流纹岩山一样的颜色。在数百万年前这些山丘原本被冰川覆盖，而如今它们却无所遮蔽地暴露于日光之下。山丘的色彩在一天之中随着日光的变化而变化：晨光熹微时，其色彩温润金黄；当太阳倏尔从乌云中射出时，山丘的颜色乍然明亮；而随着暗夜来临，它们则披上黑衣。如云团聚合在一起的硫磺蒸汽由火山口向着空中升腾，这蒸汽的存在让我们以更直观的方式见证了大地的呼吸。我们随着大地的呼吸一同呼吸，我们的口鼻中吸入硫磺蒸汽与火山灰。我们如此这般站立于陌生的旷野之中，站立在地球孕育新生的场域。

　　似乎并非所有的面条都是一种味道。我们这次带来的面条和上次不同——不再是一团黄色糊状物，而且味道也算过得去。我把一袋已经开包的坚果全部倒进一碗日式照烧面里，味道闻上去好极了。茂斯坐在桌子的另一头等着使用煎锅，他脸上带着自责的神色望着面前的一罐烤豆子。我向茂斯那边瞥了一眼，一时不知是该生气还是发笑。茂斯在山地巴士商店购物时一时间想不起冰岛克朗和英镑之间的汇率，稀里糊涂地付给店主 5 英镑，只为了买一罐烤豆子——这便是他感到自责的原因。我们边上两个年轻的德国背包客把他们背包内的装备全部取了出来挂在帐篷顶的横梁上。

　　"是要晾干它们吗？"

　　"我们本身要去赫拉芬提努斯克[1]的，但天气实在太糟糕了，我们就掉头回来了。"

　　"你们走了那么远然后又回来了？为什么不待在那儿呢？"事实上离这里最近的大本营就是赫拉芬提努斯克，那儿有不少供徒步者们休息的小屋。赫拉芬提努斯克距离此处有约八英里，一路上全是上坡的山路。我实在想象不出他们究竟经历了什么才会放弃之前所做的努力中途折返。

　　"如果由赫拉芬提努斯克再往前，路途只会更加艰难，而且天气实在是太差了。我们打算回雷克雅未克租一辆吉普车，接下

　　————————

　　[1]　这里是一片开阔的火山熔岩地带，山体色彩缤纷，地貌奇特，是世界上最"活跃"的地热熔岩地貌地区之一。

来的一周都开着它，我们放弃徒步了。"

"哇，你们这一天可够折腾的。好吧，祝你们接下来的吉普车之旅一路顺利。"

"谢谢你，我们想我们会的。往后再也不用徒步，这简直是让人再高兴不过的事了。"

茂斯在手中来回滚着那罐花 5 英镑买来的烤豆子。如果对于像刚才这两位年轻健康且装备精良的朋友来说前路都是不可被征服的，那么我们前行的资本又在哪呢？

"你们不该往那边去。对于你们这样的人来说上面实在是不安全。"听到这话，茂斯把那罐豆子轻轻地放在桌子上。

"我们这样的人？"边说他又把罐头往一边推了推。

"是，我是说老年人。那对老年人来说不安全。"

我把煎锅递给茂斯，好让他把豆子倒进锅里。

显然，无论如何我们明天都要开始我们的徒步之旅了，无论天气会是如何。

夜色渐凉，露营者三三两两地来到河边，在热气升腾的温泉池中用不同的语言闲谈着。雨停了，两只绵羊在河边吃草，它们以侧卧的姿势一边咀嚼一边好奇地观察着不远处的人类。几个小时过去，我们四个的皮肤被水泡出了皱褶。我和茂斯背靠背地坐在水中，企图挑战自己的耐热极限。我们看着人们三三两两地离开，到后来戴夫和朱莉也离开了。只剩下我和茂斯，当然还有那两只绵羊，我们一起看着云朵随着日落西山而逐渐褪色。浮在水中比睡在帐篷里要暖和得多。即便我和茂斯带着的是充有羽绒的多季节睡袋，可很显然它们不足以让我们应付冰岛的寒夜。我完全不知道我们到了海拔更高的地方该如何保暖，或者我们甚至可能连高海拔地都到不了。但不管怎么说，我们总会找到解决办法，也或者我们压根没有办法。就像我们先前从未想过自己能够完成西南沿海小径的徒步旅行、从未想过自己会住在果园里，如今在冰岛的温泉中泡澡也自然是我们从未想过的。而正是从这些"不可能"中我们学到了知识和经验，它们如同珍宝一样被我们带入了后来的日子中。如此想来，我们是否能够穿越菲姆沃罗豪尔斯高地、能否征服埃雅菲亚德拉火山都不那么要紧。时间会在某个时刻解答一切，所以我们何必费心现在就得到答案呢，现在我们要做的应该是安静地将身体浸在温水中，蜷缩在暖意中。就这样，我们呼吸着混合着硫磺味道的空气，不知不觉中在水中睡去，又在水中醒来。

赫拉芬提努斯克

天色渐亮，晨风将帐篷顶部的防雨布吹得上下翻动，我躺在充绒睡袋里，身上裹着三层衣服，为了保暖我的头上还戴着厚实的羊毛帽，这使得我的听力受阻因而难以确切地判别帐篷外的声响，不过在我听来似乎是没有雨声的。为了确认，我把帽子摘下，再仔细听，终于确定当下没在下雨。踉跄地爬出帐篷后，我穿过四散在营地各处的登山靴和煤气炉前往卫生间。茂斯新买来的这个帐篷和过去的那个构造有些不同，帐篷中缝处的拉链向两侧延伸制造出两个小的三角形缺口，这便是帐篷的出口，由于出口较小，想要迅速爬出帐篷绝对不是件容易的事情。在帐篷中蜷缩了太久我的腿脚僵硬，在跑向营地卫生间的路上它们有些不听使唤。可我又实在心急，只得弓着背，绷紧大腿力求让自己以最快的速度前进。冲进厕所的第一个隔间后，坐在马桶的一瞬间我长舒了一口气。如厕后我又来到了一个可以淋浴的小房子里，这里有一整排公用的洗手池和镜子，晾衣绳上挂着滴水的浴衣和毛巾，站在屋子一角我察觉到站在镜子前的全部是二十几岁的年轻人，每一个都是皮肤清透，头发柔顺，她们站在镜子前梳妆，想要使得一切看上去更好。瞥了一眼自己，我惊觉自己看上去就像是已经在北极待了一个月一样——头顶上，头发随意地被抓在一起绑成一个结，皮肤上不知何故出现了更多的皱褶。我抵达这里不过两天而已，甚至还没开始任何艰苦的跋涉。可预见的是，旅途正式开始后我大概会一直维持这副样子。我背对着镜子刷牙，身边的女孩们仍旧忙着整理衣服，忙着梳理本就顺滑的头发。我在完成清洁工作后立刻离开了这里，以免久待下去产生自怨自艾的情绪。

待我折回帐篷，茂斯已经醒了，只不过他仍旧把自己裹在睡袋里，还没有起身。

"我没听到雨声。"

"的确没有，外面没下雨。天朗气清。我猜，昨晚的大部分时间我们是睡在河里的。"

"把我从这儿拖出去。"

我伸手用力把茂斯从睡袋里拽出来。我们从帐篷出来时正好戴夫也从帐篷出来，对比茂斯起身时的吃力，戴夫的动作看上去流畅极了，戴夫的体格比茂斯大得多，而他们夫妻的帐篷却比我们小得多，真不知在这种情况下他如何能够如此顺畅地钻出帐篷。

"看样子今天可以出发了，怎么样伙计们？"

"我们来这儿不就是要徒步嘛，肯定是要走的。"

"听上去你兴致不高嘛，快些振作起来。"

"朱莉在哪儿？她去煮粥了吗？"

"没，我还在这儿。真不想出去，待在里面太舒服了。"朱莉透过帐篷说道。

"看来不止我一个人不愿意起来。"

我们不急不缓地吃着早餐，看着营地仅剩的几个年轻人收拾炊具打包行囊，然后三三两两地离开。终于轮到我们了，我们慢吞吞地收着帐篷，对于即将踏上征途、将自己置于荒野之中并不十分情愿，毕竟在营地的这两天的确是惬意的。茂斯心不在焉地折叠着帐篷杆，眼睛盯着远处的地平线。他的目光里承载了太多，那是一种对过往经历恍惚却又难忘的目光，茂斯似乎想到了那些被病痛折磨而痛苦的清晨，也想到了几年来他不得不佝偻着僵硬的身躯彳亍独行的画面——那是一种对于自我怀疑和犹豫的眼神。从茂斯手里接过帐篷杆时我恰好和他的眼神对上。我察觉到，虽有怀疑和犹豫，可他的目光中仍旧带着希望，尽管它如微弱的鼻息一样，不易被察觉。我看得出茂斯仍旧带着一种念头，他不愿意把这次旅行单单看作是完成旅行心愿清单上的一项这么简单。前来此处，他希望能够把所有曾经困扰他的苦痛和恐惧都抛诸身后，像上一次在西南沿海小径上一样挑战体能的极限。他在为自己创造机会好强行克服那些因病痛而生的、禁锢着他的思想和行动的枷锁，这种枷锁之于茂斯就好像是超市货架上用来塑封鱼类的保鲜膜，它看似无形，实则将一条鱼完全禁锢并与世界隔绝。在经过一间用作收取露营费用的小屋时，里面的人对我们说道：

"如果打算去索斯默克山谷的话，那你们最好快一点。"

"为什么？"

"巴士周六晚上就停运了。"

"为什么停运？"

"因为冬天要来了。"

"什么时候，周日就是冬天了吗？"

"没错，周日就是冬天了。"

我托着背包底部协助茂斯将背包背好，整装待发的我们在这里拍了拍照，深吸一口气怀着希望和不安正式出发了。开弓没有回头箭，我们将热气蒸腾的温泉留在身后，向着冰岛南部高地的硫磺火山进发。

一路上我将注意力集中在眼前的熔岩流、山岩斑驳的色彩和所有奇异景观之上，尽可能地不去在意因肩膀过分负重而产生的疼痛和不适。我们此次携带的食物重量远超越以往任何一次旅行，这使得背包出乎意料的沉重，背在肩上我能感到脖子以下有极为明显的拉扯和下坠感，想必茂斯和我有一样的感觉。虽说他的额外负重只是我们一路上的早餐，可我还是决定在吃掉我背包里的一部分食物后将他包里的东西转移一些过来。

太阳从山谷底部朦胧的雾气中爬升至半空，驱散了天空中仅剩的乌云团，群山霎时被条状的光束所装点。我们身后闪着波光的河流分开又汇合，如同银色的丝线一样装点着广袤的大地。前方呈白色、蓝色和绿色的糊状熔岩土表面不断冒出蒸汽，在高温的作用下水汽和蒸汽混杂在一起发出嘶嘶的响声。一辆巴士在低处的营地停下，一群穿着色彩鲜艳的长雨衣的游客从巴士里一个接一个走了出来，他们沿着山坡向上走，每走几步就停下来拍照，然后立即跑开，寻找着下一处合适拍照的地点，在巴士要再次出发前急匆匆地跑回到车上。一些穿橙色外套的志愿者弯着腰忙着从山坡上挖出一些大块的石块，这些石块会被砌成石阶，便于这些乘坐巴士前来的游客更轻松地爬上高处。其中一个志愿者将三个浓汤罐头放在一张网里，然后将其放进沸腾的硫磺水中，并以一块石头压住网的边缘以防其沉入水底，再然后便又掉头回去挖石头了。当下差不多是吃午饭的时候了。

走到一个路口处，一个游客匆匆跑过，他是最后一个上巴士的乘客。我们把背包从肩膀拿下，打算歇歇脚。刚站定，两个背包客从我们身边经过，他们慢速向上攀爬着，在巨大背包的重压之下，两个人都不得不弓着腰，双腿微微向前屈，双脚向外分开。其中的男孩一头姜黄色的头发，看上去有些像艾德·希兰（Ed Sheeran），恍惚间我甚至以为是艾德·希兰本人在背着包徒步。男孩身边是个身材矮小、皮肤黝黑的女孩，在硕大背包的重压下她整个像是马上要被由上至下压扁了一样。她的背包太过硕大，如果她要是坐下的话她的头可以直接枕在背包上，可矛盾之处在于她的背包底部过大、垂得很低，背着背包坐下是根本不可能的事情。

"老天，你说他们的包里都装了些什么，怎么会有那么大的背包?! 我以为我们就算东西带得多的咧。"

"或许他真的是艾德·希兰，那么也许他的包里装着一把吉他也说不定。"

"还有一套架子鼓。"

"不可能，他肯定不是艾德·希兰。艾德·希兰要是真的来这里也肯定是乘直升机的。"

前方的群山如一块起伏的彩色地毯一样向四面八方延伸铺展开来。我们沿着一处缓坡向前进，每跨越一处起伏，眼前的风光都会有所变化，这里的山地似乎是没有边界的，山丘永远处在向远处延伸。下午时分，山丘在阳光的照射下映射出桃色、黄色和赭石色的光彩。在黑色熔岩原上依稀可以看得见荧光绿色的光斑，那是原始苔藓和草丛的色彩，它们是干燥山脉上最早存在的生命体之一，即便在冰原中被封存了数千年，它们仍旧展现出生命力。我们边走边分享着随身携带的葡萄干和燕麦棒，还会常常停下来拍照，走走停停中一下午的时间过得很快。正当戴夫把茂斯的背包扛到自己肩上时，一个女孩在我们附近停了下来。

"嗨，这儿的景色棒极了，不是吗？"像大多数徒步者一样，我会和沿途经过的背包客打招呼。我遇到过用着各种各样语言的背包客，尽管有时我压根不懂他们的语言，可我大致知道其回应的内容几乎都是对我所说进行肯定的附和，这是背包客之间的默契。这种默契无须语言相通便可达成，它充斥在我们穿行而过的旷野的空气中。这女孩是个例外，对于我的寒暄她并没有回应，只是自顾自地从背包中拿出一个相机拍起照来，那相机的镜头甚至比我的靴子看上去还要大。迅速按了几下快门后，她便收起相机继续赶路了。不一会儿这个穿着鲜红色裤子的女孩的身影便消失不见了。相较于女孩的步履矫健，我们的行进速度可以说是缓慢了。

"幸好我专门进行过训练，如果我愿意的话，我完全可以和她走得一样快。我是为了大家所以才放慢了步子。"

"当然，我们当然知道，戴夫，谢谢你迁就我们。"

随着气温逐渐降低，山坡上开始呈现灰色的斑块。尽管当天是晴天，可我们仍旧穿着防水外套行进。

"你说那些灰色的是冰吗？好像冰的颜色比那要浅些吧？"朱莉指着不远处山坡灰色的斑块问道。

"那应该是去年冬天积在山上的残雪，后来结成了冰，我是这么认为的。"戴夫往前走了走以便将灰色斑块看得更真切些。

从一个小山脊的顶部下来后，我们来到了此行遇到的第一处冰原，一条曾经处于冰冻状态的深邃的雪沟在太阳的照射下开始逐渐融化。雪沟下，一条河流穿透由冰形成的拱形结构和洞穴结构肆意向前奔涌。在一处小的峡谷地带，一座由冰形成的桥状结构横跨其两端。我原本以为这里的冰应该是雪白的，是晶莹剔透的，而出乎意料，这座冰桥颜色灰暗，还有一道道泥状污迹。茂斯站在我旁边的一处冰块上，用靴子的后跟踢了踢其表面。

"你说这些黑乎乎的是什么东西？是被吹到这里的火山灰吗？"

"也许，我是说一部分或许是火山灰。但这看上去更像是冰尘（cryoconite）。"

"你说什么？"

茂斯不应，只是小心翼翼地踩着冰向前走。总有些这样的时刻——茂斯的一些言行会让我忽然间意识到在我住在教堂的那段日子里，我的注意力全在自己的思绪上，对于茂斯在大学里做了些什么几乎一无所知。"冰尘"？那又是什么？

冰尘大约是一种会导致世界各地冰川加速融化的物质。被风雨卷起的灰尘、灰烬、烟尘颗粒、细菌以及微生物落在冰川和冰原上，在与地表融水混合在一起后，在冰面上形成了黑色的斑块。和地球上的其他物质遵循的规律一样，黑色的冰川比白色的冰川表面更容易吸收热量，热量越多，融化速度越快。只要冰川存在就会有冰尘的出现，这是一种自然现象。在冰岛这更是不可避免，这里广袤的火山地貌决定了地表必然会不时喷射出火山灰。导致冰尘形成的不仅仅是火山灰，全世界范围内因碳排放产生的烟尘在地球表面循环，这些烟尘会随着降雪或降雨散落在类似我们所处的这些原始地貌之上。冰川的体积不仅决定着海平面的高低，也会影响地球整体气候的平衡。

茂斯费了好一番功夫向我解释冰尘的形成，这期间我们跨越了一片广阔的高原地带，其四面八方都是起伏的山峰，彩色的山峦几乎占据了地平线的绝大部分，剩下的一小部分则被向侧面和前方延伸的冰坡占据，冰坡后是冰山，而这些冰山恰恰是凛冽寒风的始作俑者。沿途一条小径上有一座由土丘砌成的纪念碑，碑上有一块金属铭牌。我们走近打量，得以知晓这座碑是为一位因暴风雪在此处遇难的年轻男子而建，由碑文可知他在遇难时只有

25 岁。事实上这里距离较为安全的山间的营地小屋不到半英里的距离，这让我们意识到这片山地不是任何生物的避难所，它只容得下岩石、冰原和硫磺。在这里，与夏季有关的迹象可以在转瞬之间消失得了无踪影，严冬和夏日之间的过渡时间之短甚至容不下一个登山者去看看地图、弄清前路的方向。

我个人对于手杖没什么兴趣，我一直觉得这东西对于徒步者来说是个累赘，较之帮助行动不便的人移动的助步器来说登山手杖更是无处安放的存在，即便其分量不重，可对我来说哪怕是多几克重量也是恼人的。茂斯近一两年开始使用手杖，毕竟他走路有时会重心不稳，手杖是个很好的帮手。我则不同，我对手杖仍旧十分抵触，因为在我的潜意识中一旦开始依赖手杖便意味着对于衰老的屈服，对于膝盖关节退化这一事实的认证。不过鉴于Youtube 视频中徒步者在过河时基本都是需要依赖手杖的，所以我在出发前还是买了一支，就一支。到目前为止，这支手杖还一直绑在我的背包上，完全没有派上用场过，途中我看到不少二十几岁的年轻人都挂着两支手杖，那架势让人不禁想起越野滑雪运动员。站在倾斜的冰盖边缘处时，我的手杖第一次派上了用场。冰盖从半山腰的高处一直延伸至以下几百英尺的深处。戴夫和朱莉率先行动，戴夫只带了一支手杖，他将手杖撑在斜坡上，然后借力轻松地跨了过去。紧随着戴夫，朱莉撑着自己的两支手杖也顺利地越了过去，甚至丝毫没有打滑。再然后是茂斯，尽管茂斯的步态并不十分稳健，可借助手杖的支撑作用他还是完成了任务。站在对面的茂斯站定后转过身来，挥着他的手杖对我说道：

"来吧。把重量支撑在手杖上，然后跨过来。"

我向四周看了看，从背包下取出手杖。把手杖拿在手里的那一刻我并没有什么实感，跨上冰面时我格外小心。说实话我并不愿意把自己的安危托付给除自己双腿之外的任何东西。最终我也顺利跨了过去，也完全没有打滑。

"哦，她过来了。欢迎来到这儿——属于老年人的地界。"

"谢谢你的欢迎，朱莉。手杖这东西主要是帮助预防意外发生，说实话没有它我照样没问题。"

"那是当然，你不用手杖也绝对不会打滑。"

冰盖边缘处的灯塔射出的光线照亮了前往赫拉芬提努斯克山地小屋的路。这些山地小屋就像是路标一样沿着徒步路线排列延伸，背包客可以在里面休息，他们只需要打开睡袋，便可以在小屋安然度过一晚。一些小屋还提供食物，无论如何所有小屋都具有避寒的功能，在极寒天气条件下它们就是背包客的避难所。沿途所有的小屋几乎都被预订一空了，但凡还有空置的小屋，住宿的费用一定是非常昂贵的，我们的计划是在这些小屋附近安营扎寨，当然前提是我们能够一口气走到赫拉芬提努斯克。这样一来我们就可以使用小屋附近的公共厨房以及那些被建造在大自然鬼斧神工处的公共厕所了。在接近下坡处的最边缘，红绿色相间的小屋出现在我们眼前。从高处向下看可以看到这些小屋附近有一些用石头围成的圆圈。这些石圈让人想起某些原始文明的废墟，每个石圈有 1 到 2 英尺高，每个圈中都竖着一个帐篷。这些石圈可以保护这些暴露在半山腰上的帐篷，使其脆弱的尼龙布外层不至于被山间的狂风摧毁。

在看到石圈中的一个外立面是金属的小棚屋时，我猛然意识到自己已经有 10 个小时没有小便过了。深吸一口气后，我钻入了棚屋，也就是这里的公共厕所。任它的内部再怎么气味刺鼻，在这里如厕也比在脱下裤子蹲在冰天雪地中小便要好多了。奇怪的是，我从没担心过自己在冰天雪地中会出现脱水的状况，在极度干燥和寒冷的空气中我甚至想不起来要补充水分。方便过后，我关上厕所的门，如释重负。

我们在仅剩的一个空着的石圈内，在页岩和黑色的火山灰上搭起了帐篷。我们的帐篷在较低处，距离高处的帐篷有大概 50 米左右的距离。之前遇到的穿亮红色裤子的女孩儿也在这儿，只见她沿着小屋附近的小径快速向上攀爬着，途中和其他背包客擦肩而过。在我观察女孩儿的间隙，茂斯忙着为床垫充气，完成后他立刻瘫倒在上面。

"我不行了，我不知道自己还有没有力气走到上面的公共厨房吃饭。我们能不能就在这儿吃饭？"

"这也不是不可以，可戴夫和朱莉已经在那儿了；他们一定会等我们的。不然我上去告诉他们一声，然后我再回来。"

"不，不行，你先上去。我不能让他们感觉到我体力不支。你先去烧水，我随后就到。"

用于做饭的帐篷里面阴暗且潮湿，在满是灰尘的地板上有一张长条形的野餐桌。我进入帐篷时，朱莉和戴夫已经开始吃饭了。坐在帐篷最幽暗处的是我们早先遇到的那对年轻情侣，他们身前的桌面上摆着各种食物和大大小小的煎锅。再边上是那个穿亮红色裤子的女孩。

"哇！你们这是把所有东西都带来了吗?!"这包括一罐烤豆子、新鲜辣椒、一打鸡蛋、罐头装的香草、盐、胡椒还有刀叉。

"是的，太不容易了。"黑发女孩一边答话一边将鸡蛋打入锅中，近距离打量后我确认和她同行的男孩显然不是艾德·希兰，男孩的目光一直锁定在一旁的红裤子女孩身上，她正忙着煮面条。

"你们怎么会情愿背这么多东西？说实在的，我也不喜欢脱水食物，但我更不愿意背这么多东西翻山越岭。"

"这是我第一次徒步。埃里克要我一起来，他说我们必须把能带的食物都带上。我倒觉得还好，反正一路上我们总归会把它们都吃完的。"

"埃里克，那个姜黄色头发的男孩？他是你男朋友吗？如果是，我是说如果你们两个分担这些食物的重量，那么还说得过去。"

"哦不，他不是我男朋友，我们只是朋友。我从德国来，我来冰岛学习地热工程。我和他是在学校里认识的。他的背包已经很满了，几乎塞不下任何多余的东西了，他的睡袋很大，占了不少空间。"

"那你一定很喜欢他喽？"

女孩不应，只是自顾自地搅拌着锅子里的鸡蛋，很显然她对于男孩的感情绝不止于喜欢，否则她怎么可能愿意按照男孩的吩咐带这么多东西来徒步。要知道这些吃的东西即便是对于驴子来说也不是可以轻易驮起来的重量。

"我绝不会让我的行李超过10公斤，我在太平洋屋脊步道步行时带的东西甚至还要更少。你真是太傻了。明天我和你们两个一起出发，不过如果你跟不上，那么我也不会慢下来等你的。"穿红色衣服的女孩一边吃着面条一边编辫子，话说到一半她正好和正在出神地盯着她的埃里克的眼神对上。我看了一眼那个黑头发的女孩，她仍旧一言不发地搅拌着锅子里的蛋。看样子她明天势必要一个人上路了。

"我看你之前一个人先爬到高处去了。那儿风景怎么样？"戴夫显然并未察觉到这三个人之间微妙的关系，他的注意力全在食物上。

"没错，吃饭前我上去看了看。山顶的风景绝佳，我拍到了好几张不错的日落照。"

"你们有兴趣吗？我是说我们也爬上去看看，然后再回来。"

爬到山顶看风景？当下的我甚至连站起来都很困难。这是徒步的第一天，我的身体还没有做好准备，我的两条腿此刻就像是灌了铅一样。

"好啊，当然，为什么不呢？"最终我仍然没有拒绝戴夫的提议。

我们拖着沉重的双腿沿着一处满是火山灰的斜坡向上爬，来到了崎岖的山坡处。大块的云团逐渐遮蔽了日光，也遮蔽了在日光和水汽共同作用下呈现粉色和橘色的山顶，随着夜幕降临，湿气也将由高处沉降到山谷地带。石圈里的帐篷渐次亮起了灯，而不久之后随着夜色更深这些灯光会渐次熄灭。

"现在再往上走就没什么意义了。"朱莉一边说话一边从口袋里摸索出一个小袋子，然后问道："有人要吃软糖吗？"

我们在暮色中吃着软糖，眼前的雾气轻抚着大地，仿佛大地深处有什么神秘的力量在推动着它的起伏。这雾气的波动似是天地之间的沟通，缥缈而空灵。

雾气降至低处，受到电磁作用，在沉降过程中发出噼里啪啦的响声。大约是受逆温作用的影响，雾气在某个瞬间会变得更加浓厚，不过持续不了多久浓雾便会再次变薄，以若隐若现的姿态笼罩在大地之上。

入夜后气温跌得厉害，我们一边打着寒颤一边向营地的方向折返。虽然我们头上戴着探照灯，看清的可能也只有浓雾和石块。黑暗中我听到帐篷拉链被拉开的声音——朱莉和戴夫找到了他们的帐篷，我和茂斯四下打量，从这儿压根看不到我们自己的帐篷。夜里的凉风推着雾气前行，我们的视线更加模糊了。我一下子又想起了之前遇到过的那块墓碑——纪念那个 25 岁葬身于此的青年的墓碑，那个距此只有几百米的墓碑。在这里，在裸露的冰原、山岩和噼啪作响的雾气之中，生死只有一线之隔。我紧握着茂斯的手，摸索着寻找我们帐篷的所在地，最终在抵达石圈处时我几乎是要倒在地上。

"我从来没想过我还会经历这些，我本以为有生之年自己不会再进行什么冒险活动。"茂斯坐在他的睡袋上，一边戴上帽子和手套一边对我说道。

"可我们现在的的确确就在冰岛旷野中心的山坡上露营。对了，游客信息中心的工作人员说，星期天冬天就要来了。"

"我可不信有人能预测冬天什么时候来这种事情。"

"当然，可周六晚上所有的巴士都要停运了，我猜接下来它们会按照冬日的时间表运行。你感觉怎么样？"

"感觉就好像我现在躺下了就再也起不来了。"

"你必须振作起来。这些露营小屋还有一周就要关闭了。到了下个月月底我们要面对的是大约 2 米深的积雪。"

狂风呼啸着拍打防雨布，甚至由透气口钻进帐篷里，我和茂斯蜷缩在睡袋里，把能穿的衣服都裹在身上，睁着眼睛盯着帐篷的顶部。

"我很抱歉把你带到这儿来。我只是想着从沿海小径回来后你的身体状况有了好转，我只是希望这次……我一直在推着你向前，你一定已经开始对我厌烦了。我哪里像一个妻子的样子，我觉得自己就像是那些认为自己的孩子一定能够成为国家队队员的不切实际的父母……"

"雷，你在说些什么。来冰岛是我自己的主意。如果我自己不想来，任谁逼迫我，我也不会来的啊，快点睡吧。"

狂风猛烈地摇晃着帐篷使得支架相互摩擦、咯吱作响，我甚至有些担心帐篷会不会就此散架。

"你得意识到今天我们可是达成了极为了不起的成就。"

"听外面的风声！啊，我知道，我们来到了冰岛的山间。"

"我说的不是这个，这不算什么了不起。我想说的是帕迪·迪利翁用一天走完的路程我们也在一天之内完成了。我们的速度比我料想中快多了，我以为我们要用 3 天才行。"

"哇，你不说我差点没意识到，是啊，我们做到了。"

奥尔塔湖

临近清晨被小便憋醒的我连滚带爬地钻出帐篷，在帐篷外摸到了自己的靴子后，只是慌乱地踩了进去便着急地跑到石堆后去小便了。云层仍旧很低，湿答答的云团裹挟着山间被绿色映染的水蒸气快速地移动着。滚动的熔岩使得地表滚烫并不断冒出蒸汽，蒸汽升腾到半空中，在遭遇低温的瞬间冷却而后下沉。方便过后我又摸索着爬回帐篷，抖掉袜子里的熔岩灰和泥土，蜷缩进睡袋并将其边缘拉至头顶，把自己裹成一个蚕蛹。半梦半醒间，我感觉空气、大地和天空如同相互交织的分子流一般移动着。

我曾经在机场候机时读过一篇杂志上的文章，文章主要是在讨论海洋对于减少二氧化碳排放的作用。据文章所说，大气中三分之一的二氧化碳都被海洋所吸收。海洋表面的二氧化碳含量会随着大气中二氧化碳含量的增加而上升，而在温度更低的深海区，二氧化碳含量的上升速度是前者的两倍。也就是说，大量的二氧化碳积留在深海中，而使得该系统能够保持平衡的是海水当中的盐分。睡梦中我想起前一天目击的冰原下不断有冰块融进河水里的场景，不禁打起了寒颤，于是我摸索着在睡袋里又给自己套上了一层羽绒服。淡水不断流向大海，我在想若是冰川融化，涌入海洋的淡水骤然猛增，会发生些什么？这会打破二氧化碳和海水目前维持的平衡状态嘛。要知道深海中存蓄着大量的二氧化碳和甲烷。一旦这些温室气体由海水释放至大气中，会有什么后果？照现在这个趋势下去，这似乎是会一触即发的。我甚至已经可以感受到因温室气体而骤然升高的气温，想象到那种酷热难耐的场面，不过一切只是想象，所幸也只是想象，当下的我仍然在清晨的冷空气中裹着睡袋瑟瑟发抖。8月末北半球的高纬度地带仍旧是寒意逼人的。

其实我几乎一整夜都没怎么睡着，后来我索性爬起来煮茶煮粥，然后坐在睡袋里发呆，失眠就是因为那篇文章，事实上我对那篇文章的内容也是一知半解。在等水开的过程中我同时在思索，我在想地球终究不会按照人类的意志而活动，它强大甚至是可怕的力量是不能够被人类所左右的。若是人类完全打破地球和大气的平衡，地球也仍然会运转下去，只是不会按照人类的心愿罢了。身处旷野之中，在这里，大地呈现着其最原始的样貌，我能够强烈地感受到地球似是正在积蓄力量，恢复到其最原初的状态——它就好像是一只满身泥泞、焦躁不安地喘着粗气的大狗，看架势它早晚有一天要挣脱人类的束缚，恢复野性。

"要喝粥吗？"

"已经是早上了吗？我可以先来杯茶吗？"

"不行，先喝粥，不然粥会凉掉。"

"听上去情绪不佳嘛，昨晚没睡好吗？"

"的确没怎么睡好。"

无论是像我们一样在帐篷中瑟瑟发抖度过一夜的徒步者还是那些在温暖的露营小屋中安然温暖地度过一夜的徒步者大都选择一大早出发，浓雾弥漫，我甚至看不到他们离去的身影。又只剩下我们了。我和茂斯试着用手挥散弥漫在帐篷里的晨雾，一边喝茶一边等待雾气散去。从我们的帐篷向下看去，远处是山石起伏且被火山灰覆盖的山坡，在通向远处的黑色路径上散落着零星的路标，它们沿着看似平坦的山谷地带向远处的山脊线延伸。

"看样子前路走起来并不会太费力气。帕迪怎么说？茂斯，你找到眼镜了吗？我的应该是被塞在背包里的什么地方，也可能是裹在睡袋的某处。"

茂斯翻开帕迪的那本指南，仔细读了一小会儿，脸上的表情变得有些微妙。

"没错，帕迪说接下来的路只有 7.5 英里，完全没什么好担心的，是段轻松且令人愉悦的旅程。"怎么可能，我光是看茂斯的表情便知他一定是在说谎。

"你把书上的内容读出来。"

茂斯挑了挑眉，无奈地将原文一字一句地读出，一切一下子便明了了。

"他说，'夏季到来，冰雪消融，徒步线路由平滑的山脊间显现，这段路程漫长而令人疲惫'。"

我们站成一排向远处张望，前方的山谷的确看上去平坦易行，且没有任何风雪的阻挡，但按照帕迪所说的，很可能我们把问题想简单了。

"哦天啊！"

尽管黑色的徒步路线的确是在山谷地带起伏，可再怎么看前路也并不崎岖。直到后来一群穿着橘色和蓝色外套的人出现在徒步路线上时我们明白了帕迪的意思，在平坦的岩石层我们尚且看得到他们四散的身影，可过不了一会儿，他们的身影便消失了——这很显然是因为坡度陡降。

"最后一批背包客大概是什么时候离开营地小屋的？"朱莉举着单眼望远镜向山谷处张望。

"大概是 9 点左右的样子。"戴夫含混地答道。

"两个小时以前。"

"该死。"

茂斯用手紧紧地握住我的胳膊，我感知到他想表达的意思："我不知道自己能不能做到，或许行进到中途我会出现畏难情绪，不过千万别让人知道我这些想法。"即便茂斯不握住我的胳膊，我也对他的想法了然于心。在帮助茂斯把背包背上肩膀后，我们打算出发，我的双腿仍旧像是灌了铅一样沉重，除此之外，整晚的失眠导致我头痛欲裂。

站在即将跨越的第一条沟壑的边缘，我们意识到帕迪并不是在吓人。即便是他这样如此擅长长途跋涉的人都因前路难行而备感疲惫，我们怎么可能做到轻松应对。这些黑色的沟壑表面由灰烬覆盖，走上去略微有些打滑，沿途两侧看得到表面光滑的黑曜石露头。我们向下打着滑行进了大约 20 米，又向上攀爬，可脚下泥土打滑，像下行的电梯一样难爬。我疲惫极了。放眼望去，这些黑色的沟壑一直延伸至远处地平线的一处悬崖脚下结束。我很难靠肉眼判断实际距离，可能是几百米，也可能远比这要远得多。我们随身携带的旅行手册上的比例尺并不适用于衡量这些沟壑的长度。深吸一口气，我接着向前跋涉。在走了大约两小时后，我们距离远处的山脊似乎近了一些，可前面仍然有不少沟壑需要跨越。再向前，沿途看得到四散的彩色岩石块和间歇由地表喷出的硫磺蒸汽。在抵达最后一处沟壑时，一条沸腾着的地下河由地面的一处坑洞处涌过，河流流动的速度惊人，因高温产生的蒸汽发出"嘶嘶"的声响。我满怀敬畏之情注视着这奔流的热浪，一时间无法将目光移开。我意识到我们所居住的星球并不是安静的，也非一成不变的，它富有生气和活力，沸腾着的热能能够融化熔岩，永不止息的地壳运动能够使得山川改头换面。在冰岛，在板块的交界处，我有幸如此近距离地由地表的一个孔洞见识到了这无坚不摧的力量。这股力量同样存在于远离旷野的城市柏油路面之下。而就像我先前说过的一样，这种力量完全不受人类意志左右，而它却又实实在在与我们的生命产生关联，一刻不停地在我们的脚下涌动。

　　爬到山脊最高处我们回望身后的山谷。哪里是几百米，我们分明是跋涉了数英里。赫拉芬提努斯克的营地小屋从此处看来不过是一些模糊的红色和绿色的圆点。由远处冰川吹来的刺骨的寒风冻住了我们满是汗水的衣衫，而高海拔地区强烈的紫外线直射在我们的脸上又给我们带来了灼热的刺痛感。我们又走了一会儿，直到离开风口处，茂斯把背包扔在地上，筋疲力竭地瘫坐了下来。

"有谁要吃玛氏巧克力棒吗？"朱莉问道，她比我更能察觉茂斯的肢体语言传达出的意图。朱莉的口袋就好像是深不见底的宝物袋一样，她总是能够随时随地从里面中摸出好吃的零食。

"谢谢朱莉，没什么比巧克力棒更棒的了。当然如果现在有一整盘烤鹰嘴豆加吐司摆在我面前我也能立刻吃光。"

茂斯觉得饿了吗？我倒是一点儿都不饿，也许是寒冷削弱了我的食欲，我也并不觉得口渴——如此看来，人的身体很难承受这种极端环境带来的考验。我打开背囊，想要从中摸索出一些可以立即帮助茂斯充饥的食物。

"哦，见鬼。这简直难以置信。"茂斯把咬了一半的巧克力伸到我们面前。"看。"深色的巧克力棒上卡着两小块尖锐的白色物体。

"是什么？……天呐，怎么会？"

茂斯把白色物体从巧克力棒上拔下来放在手里——是两小块碎掉的牙齿。

"它们是从哪儿掉下来的。张嘴，微笑，让我看一下。"

茂斯咧开嘴做微笑状。原本茂斯的微笑是令人感到轻松惬意的存在，而在牙齿破碎后的当下这微笑让人想起被打落牙齿的拳击手。

"天呐，还不是后面的咀嚼牙。我知道你的牙齿不是那么坚固，可也没想到它们怎么会就这么碎掉。"

"它们到底是从哪儿掉下来的？哦天呐，是前排的牙齿，我感觉到了。"

"疼吗？"我开始发慌了，毕竟这可是在冰岛的荒郊野外，如果茂斯因此感到剧痛我该怎么办？在这种状况下布洛芬止痛片肯定是不够的。

"不疼，我没有任何痛感。"

我又仔细端详了茂斯的牙，一颗断了一半，另一颗从中线处裂开，裂缝一直延伸到牙龈。这怎么可能不疼？！

"茂斯，这怎么可能不疼呢？我的牙齿也碎过，我只记得当时我疼得要死，当下立刻去了医院。"朱莉一脸震惊地看着茂斯碎裂的牙齿。

"我也不知道是怎么回事，总之我没有任何感觉。"这几个月以来茂斯总说自己的脸和嘴时常发麻。有时他咬到自己的舌头都没有任何知觉，直到看到出血他才会意识到出了问题。对此我一直也没有太在意。但说实在的这的确是极其不正常的。

"这么看来，以后你不能吃冻过的玛氏巧克力棒了。"

茂斯把碎牙齿放在手心来回揉搓了几下，然后便又以侧牙咬起了手中吃了一半的巧克力棒。

"不要紧，我把它捂热就好了。我该拿这些碎牙齿怎么办？你们说我还要留着它们吗？医生是不是可能有办法把它们再装回去？"

"再把碎牙装回去？用强力胶粘一粘吗？别傻了。我们应该把这些碎牙埋在这儿，嗒，就埋在路标处附近的石堆中。"

茂斯按照戴夫所指的方向将碎牙留在一处路标周围的石堆下。

"永别了，我的牙，我身体的一部分就这么永久地被留在了靠近北极的地带。"

我在茂斯的碎牙上撒了一些火山灰，这颇有些祭奠的意味。说祭奠也许有些悲情，纪念——对，我是想要纪念，纪念茂斯在有生之年第一次也可能是最后一次来到冰岛并站立在这里的高山之上。除此之外，撒下的火山灰和被埋葬的牙齿提醒我自己记下刚才发生的一幕，这一幕关乎茂斯身体的退化，它见证了疾病悄无声息带来的改变，尽管我并不愿意承认这种改变正在发生。

我们再次进入五彩斑斓的山地，将被火山灰覆盖的山谷留在了身后。午后灿烂的阳光将山丘的色彩渲染得更加鲜明。这一段路算得上平整，小径的一侧是与之平行延伸的冰山，尽管阳光明媚，冰山地带的冷风还是使得我们不得不穿好防水冲锋衣前进。四周的大地持续不断地喷射硫磺蒸汽。途中我们遇到了两只绵羊，它们不疾不徐地在蒸汽中穿行，悠闲惬意。尽管在冰岛绵羊的数量是人的两倍多，南部高地的绵羊却不多。除了山坡上偶见的草带，这里没什么吸引它们的东西。即便如此，我们倒是也遇见过几回三三两两出现的羊群。为了寻找食物和水源它们往往需要跋涉数英里，毫无疑问这里的生存条件是艰苦的，可与此同时，在广袤的旷野之中，它们享受着无限的自由。绵羊是我们行至此遇见的唯一动物，它们的存在着实对我有所触动。除了偶尔造访的人类、零星的绵羊，这里再无其他动物，我没有见到任何鸟类和昆虫的身影。这片土地虽然广阔却也贫瘠，显然它没打算容下太多生命体。穿行其中，我们惊叹于自己的所见。于我而言，对比在西南沿海小径徒步时，此刻的我感觉自己距离真实的自我更加接近。这里万籁俱寂，只听得到大地的呼吸和我的呼吸。

在一处小山丘的顶部，小径沿着由页岩和巨石堆积而成的圆形山坡由上至下蜿蜒，我们被多色裸露的岩石所环抱。淡金色和赭石色的丘陵安然地向远处延伸，蔚蓝的天空中几朵云团白得突兀。这一切是我从未领略过的景色，它太过新奇以至于我的大脑一时间不知该作何反应。戴夫和朱莉已经抵达了另一面的山谷处，他们外套鲜艳的色彩在山岩温和颜色的映衬下显得格外跳脱。我眼前所见不正是摄影师梦寐以求的画面吗，我掏出手机拍照，只可惜我的老手机像素低，摄像头也已经碎了，我根本无法靠着它真实还原眼前震人心魄的景色。放下手机我一直盯着戴夫和朱莉，直到其鲜亮的身影消失在视野中，我试图将眼前这一刻永久地印在脑中。这是一块未经细菌、微生物或者是任何灰尘侵染的土地，这里有最原始和开阔的景致。我眼前摊开的仿佛是一张空白的画布，大地在其上泼上了野生的、不间断的色彩。这里看似贫瘠荒凉，实则容纳着无限，演绎着永不止息的循环。

在山脊的边缘处，景象骤然变化。彩色的丘陵延伸至此陡然下降，碎石子路随着山坡延伸至黑色的谷底处，山谷绵延数英里，湖泊和嶙峋的巨型山石散落在谷底处，再往前便是暗黑的咆哮着的海岸线，更远处仍旧是黑色谷地与尖峰的组合。植被与生命在此交叠。我还看见一座冰山，它渺远，可这并不影响它给予人的压迫感和寒意，这座冰山的尖峰如白色切片一样，突兀地横亘在天地之间。

行进至此，我们遇到了两个看上去体格健壮的硬核登山者，他们两个穿戴着最新一代的登山装备，他们打包背包的方式一眼看上去便是专业登山者的手法。我们四个站成一排，请他们中的其中一位帮我们拍了照，我们的身后是已知的世界，而前方则是不确定的未知，拍照结束，这两位专业登山者便继续赶路了，显然他们对于前方的旅程信心满满，义无反顾地朝着山下行进。

在远处，在一片湖泊的边缘处，日光照在以波纹锌板搭建成的营地小屋上反射出白色的光斑，那便是奥尔塔湖了。从这里看去，它就像是一片闪着亮光的绿洲，而这片绿洲距我们还有几小时的路程。在山地走下坡就仿佛是在下行的传送带上行走一样，再加上山坡打滑得厉害，我们只能以小碎步向下挪动，同时我们每个人的双腿都紧绷着与坡度较着劲，一旦放松肌肉我们的膝盖便有可能因震动而受伤从而产生剧痛。这陡坡似乎无尽头，任凭我们步履不停，离终点似乎总是遥远。中途我在一块大石头上稍事歇息，我大概估算了一下，我们只完成了整个下坡路程的三分之二。

我们四个早过了可以肆意使用关节的年纪，毕竟我们中有些人可是要接近 60 岁了。可有那么一瞬间，我恍然间觉得自己回到了 22 岁的年纪，那时的我和茂斯也曾经一起爬山：我站在湖区大山墙（Great Gable）的山坡处，茂斯穿着一条褪色的蓝色网球短裤站在我边上，那条短裤陪伴了他好几个夏天。我记得那是夏天的某个天色晴朗的早晨，在爬到山顶后我和茂斯躺下来盯着头顶的天空和天空中浮动的云朵发呆。下山时我们发现天色尚早，所以当时我们非常想要到山谷的另一侧，然后爬到斯科费尔峰（Scarfell）上看一看，斯科费尔峰是英格兰地区的最高峰。不过后来我们还是决定返程，毕竟第二天我们还有工作。下山时摆在我们面前的是一条陡峭的布满碎石的斜坡，它沿着山坡直通山底，而徒步小径从这条石子路的中段穿过，蜿蜒着向下。茂斯将挡在眼前的头发拨开，在他放手的一瞬间这一小撮头发恰好被一阵山风吹得向上飞起，这造型容易让人联想起电影里那些狂躁或是精神失常的人物形象。

"从这条石子路上滑着跑下去怎么样？"

"你说什么？"

"顺着这条石子路快步跑下去，这样我们还有时间在出发前去酒吧吃一顿午餐。"说罢茂斯便做好屈膝的姿势，双脚向下倾斜，顺着斜坡小跑了起来，在这过程中他脚下的岩石犹如经历了雪崩一样随着他的步子纷纷滚了下去。"如果不愿意的话你还是可以用龟速慢慢挪下来，只不过你就不要怪我先去享用馅饼和薯条了。"茂斯背对着我喊话道，就这样茂斯如冲浪选手一般飞速地向他的午餐进发着，背上的背包随着他跑动的姿势上下弹跳着。

我当然是选择跟上了，这绝对是毫无疑问的事情。无论他做什么我都会坚定地跟在他的身后。我摆好和茂斯一样的姿势，像冲浪选手一样张开双臂以保持平衡，然后任由脚下的石块滚动着将我带至下坡。弯曲膝盖，放松胯部，我借着这部石头扶梯享受着速度的快感。茂斯站在山脚下，他头发蓬乱、灰头土脸，他张开双臂随时准备接住从上方猛冲下来的我。

我时常在想我们是从何时起对自己的身体丧失信心的呢？从何时开始我们不再认为自己的身体能够被肆意使用？究竟是什么造成了我们心态上的转变？我仔细打量我正在下山的同伴，最年轻的戴夫速度最快，在所有人还在山腰时他已经接近底部了。茂斯小心翼翼地拄着手杖往下，几乎将身体的所有重量都托付给了手杖，很显然他不再完全信任自己的双腿和双脚。朱莉是我们四个当中年纪最大的，她和茂斯一样，谨小慎微地迈着步子，生怕一个不小心使得膝盖旧伤复发。紧绷着肌肉，双腿僵硬地拄着手杖，小心翼翼地前行——我们希望以此来保护自己脆弱的关节，避免它们因颠簸和冲撞产生疼痛。年轻时我们的肌肉松弛且富有弹性，它如同汽车内的液压悬架，在我们的身体遭遇颠簸时能起到很好的缓冲作用。我直起身子，弯曲膝盖想要试着放松大腿的肌肉。我想试试看，看看有没有可能像过去一样从碎石子路上快速滑跑下去。可惜的是眼前的山路太过陡峭，其向前延伸的角度危险到容不得一丝冒险的余地。即便如此，我还是把手杖收了起来，尽可能地屈膝，顺着山路起伏的趋势缓慢地向下滑。在到达底部时我有种恍惚的感觉，觉得自己似是找回了二十几岁敢从山顶滑跑下来的自我。万幸的是我以这样的姿势下山，身体并没有感到疼痛或是僵硬。你看，只要你不是一直想着"我老了，我做不到"，那么一切都不是问题。我在想对抗衰老最好的方式并不是使用昂贵的化妆品，也不是无休止地泡在健身房中，当然更不是寻求医疗美容云云，你要做的只是信赖你的身体，抱定信念认定它和从前一样强壮有力。比起每天耗费大量的时间在镜子前打量自己，到户外到旷野中行走显然对维持年轻的体魄更有益处。

翻山过后，我们要过河了。这是此行我们第一次涉水。这里不是那种踩着石头便可轻松越过的浅水，河水及膝，我们必须蹚水过去。河水冰冷湍急，可我们别无选择。我们脱下靴子，卷起裤腿，换上随身携带的专门为蹚水准备的氯丁橡胶鞋。小心翼翼地迈入水中，行进至一半，水流的力量冲击着我的膝盖，低温使我的双脚刺痛，犹豫许久，我最终还是拿出手杖，虽然我的双脚因低温逐渐发麻，可还好有手杖，我还能辨别出水底石块间的缝隙。抵达河对岸后，我把脖子上的方巾摘下，用它擦干双腿上的水滴，茂斯把背包翻过来坐在上面，他正用一条红色波点围巾擦脚，身边是从冰封的亚北极山脉奔流而下的河水。看着此情此景，我想起了当时在威尔士，医生坐在桌边告诉茂斯他大概只有两年好活，并说："不要劳累，不要走得太远，要小心楼梯。"当下的茂斯完全背离了医生的指示，此刻的他筋疲力竭，身上磕磕碰碰到处是伤，忍受着饥饿，可他的心情大好，一边穿上靴子一边开心地笑着。而从确诊到今天已经过去了四年。

"我在谷歌地图上搜索过，奥尔塔湖附近有一个咖啡厅。"

茂斯边说边傻笑着，我看得出他一直在等待合适的时机告诉我们这个信息，好让我们振奋起来。

"什么，是可以买到热食的真正的咖啡馆？"戴夫一边说着一边把鞋带系得更紧一点。

"我看指南上说的，有食物，而且咖啡厅里还有暖气。"

"离这里有多远？两英里吗？那我们得快点，不然吃的都该卖光了。"

才几天而已，我们就再次对干面条丧失了兴趣，咖啡厅的食物令人向往。前方是开阔的山谷地带，数英里的页岩和火山灰交叠在一起向远处延伸，我们身边是绵延的群山。在当下，无论是空间还是时间以及有关万事万物的可能性都在向着远处无限延伸。

我们又碰到了姜黄色头发的埃里克，他背着硕大的背包站在厕所外，来回换着脚站，双手插在口袋里，很显然他在等待他的同伴。

"嗨，背着这么重的包下山感觉怎么样？是不是觉得脚都软了？"

"嗯……"他甚至不抬眼看我，随便应了一声后便转身离开了。说不定他压根忘了我们昨晚聊过天这回事。

我们在一条很浅的河边支起帐篷，然后走到了对面的湖泊处。湖边扔着一堆衣服，一群露营者想要在其中游泳，他们已经走到接近湖边 50 米的地方，可湖水仍然只是没过他们的膝盖，再向湖中心走，直到接近湖直径长度的三分之一处，湖水终于没过了人们的胸口，他们开始互相向对方身上泼水，湖面不时传来欢乐的嬉笑声。这片湖泊一定是在近几个世纪内变浅至此。传说曾经有人淹死在这片湖泊中，如果是照现在这个深度，这是断然不可能的。传说中，一个男人在和他的女儿捕猎天鹅的过程中从马上坠落就此失踪，女儿在湖泊中搜寻了一圈也未能发现父亲的尸体。她回到村子求助他人帮助她一起寻找父亲，而在当天夜里，女孩的母亲说丈夫托梦要搜救队在悬崖下搜寻他的尸体。第二天村民们果然在悬崖下的湖底发现了他的尸体。这似乎并不只是传说，据厕所里的小册子说这实际上是个真实的故事。清扫厕所的当地女孩儿对我说，冰岛人相信死者会托梦。我在想，如果生者可以和死者在梦里对话的话，那位母亲倒是不妨问问丈夫怎么会溺死在刚刚及膝的湖中。

〰〰〰

茂斯说得没错，奥尔塔湖附近真的有一家咖啡馆。经历了山间刺骨冰风的洗礼，推开咖啡馆大门的一瞬间扑面而来的热气让我们感觉仿佛置身撒哈拉一般。我们把靴子脱在门口，心情愉悦地走进咖啡馆内。我们点了大碗的蔬菜汤和烤三明治来吃，对于任何一个在严寒中苦行的徒步者来说这绝对是奢侈的一餐了。由于地处偏远地带，这家咖啡厅的食材完全是依靠外部运输供给，承担运输任务的是那种拥有巨大轮胎的大型卡车。

"再过一些日子，卡车就会把那些可移动的营地小屋全部拉走。马上冬天就要来了，在暴雪季来到前，剩下的小屋会全部关闭，也就差不多还有两周时间吧。我们知道在这个时候还会有一些零星的客人会上来，就像你们这样，所以现在咖啡厅还开着，再之后上山来的背包客就只能靠自己了……说实在的，如果真有人疯狂到打算在冬天进山，我只能说希望他们做好万全的准备。"站在柜台后的德国男孩一边满脸笑意地将冒着热气的茶水倒进茶壶，一边和我们聊着天。他说自己已经打包好行李，很快就要回归人类社会了，"相信我，在这儿待上四个月你就会吃不消，风景再美也吃不消"。

我坐在窗边打量着外面的世界，暮日投射出的光芒在水波的作用下以更稀薄的色彩散落在水面上，同样的光芒照射在山间使得山坡披上了灰色和银色的暗影。咖啡厅外，埃里克坐在一张野餐椅上眉飞色舞地讲着什么，那个穿红色裤子的大眼睛女孩儿坐在他身边，与周围一群背包客一起聚精会神地听着他说话。而负责运输食物至此的"工程师"早已不见了踪影。待咖啡厅里的蓄电池灯亮起我才注意到刚刚我们路上遇到的那两个为我们拍照的徒步者就坐在我们旁边一桌。他们压根没注意到我，一心扑在指南上研究接下来的线路。灯光照在他们晒得黝黑的皮肤和一周没刮的胡子上反射出微弱的光亮。柜台后的德国小伙点燃蜡烛，除了将它们放在咖啡厅的暗角之外，还在这两个登山者的桌子上也放了一支。

"浪漫的烛火，适合谈情说爱。"德国小哥说道，其中一个登

山者抬起了头，只是冲他点点头。在向四周打量的过程中我留意
到这两个登山者的脚，他们脚上都穿着厚厚的羊毛袜子，两人的
脚交叠在一起。我忽然对自己作出武断的判断而感到内疚，我觉
得自己和那些在西南沿海小径上遇到的对我和茂斯妄下定论的人
没什么两样。和那些人一样，我断然按照自己的意志为他们的生
活定了性。我看到两个外表粗犷、看似历练丰富的硬汉登山者，
凭借着肤浅的印象我便在脑海中臆想了他们的人生，丝毫没想过
自己的臆想可能根本与事实完全不符。这就好比那些路人在得知
我们无家可归的瞬间便自动将我们和吸毒或是有精神问题的人对
号入座一样。我自动把这二人认定成是两个直男，认为他们各自
有温顺的女友，她们正在盼着他们在完成探险后尽快回家。事实
证明我错了，其实我早该想到，只有关系亲密的爱人才愿意一同
奔赴这种一生难有几回的旅程吧。还有，不得不说的是，我实在
太钟意他们脚上的袜子了。

　　"不好意思，方便问一下从哪儿才能买到你们脚上的袜子吗？
他们看起来真不错。"

　　"我们在兰德曼纳劳卡的山地巴士商店买到的，这些袜子由
冰岛当地的羊毛织成，好极了。"

　　"唉，早知道我也应该去买一双来，夜里我的脚冻得发麻。"

　　用餐结束后，我们依依不舍地离开了咖啡屋，在享受过室内
温暖的热气后，山间的风似乎更显冰冷。不过鉴于我们仍旧位于
低海拔地带，温度还不至于太低，可我对于一双厚实的羊毛袜的
渴望仍旧迫切。

恩斯特鲁尔

天刚蒙蒙亮，我从帐篷里出来的时候被绳子绊了一跤，然后不受控制地滚向了河边，我想尽办法急忙刹车，终于保住了我仅剩的一双干袜子。之前我提到的那位来自德国的工程师女孩正从湖边沿着小路慢慢走着，她双手插兜，低垂着头。

"嗨，你起得真早。准备好背上那个大家伙开始新的一天了吗？"

"我还得再背两天，而且，他们好像有计划往更远处走。"

"听上去你不是很乐意？"

"一切都和我想象的不一样。"她慢慢地走开了，弓着背，轻轻地啜泣着。在野餐长椅上，埃里克和那个穿红裤子的女孩并排坐着，头紧紧靠在一起，其他人也过来加入他们，他把工程师女孩带来的饼干递给大家。

等我们吃完粥，收拾好帐篷，其他背包客早就走了。一股冷风从被黑色山脉包围的灰色天空中吹来，拂过湖面，这一切都充满了威胁的意味。潮湿的空气预示着湍流即将来临。这条小路蜿蜒而行，远离安全温暖的小屋和咖啡厅，爬过一座山脊，掉进一条河中。当雨开始落下时，齐膝高的冰水紧紧裹着我的双腿，让我感到疼痛不已。当我们到达一间小茅屋时，黑色的火山灰慢慢取代了页岩和熔岩。冷风吹过山脊，猛烈地拍打在较低的地面上，裹挟着雨水一齐冲刷着防水雨衣，直到把它们完全变成湿漉漉、布满灰烬的船帆一样。我们在茅屋后面的一条长凳上泡茶，然后端着茶杯穿过了一扇敞开的门，来到烘干室，我们坐在地板上喝茶，头顶上挂着滴水的防水衣。

茂斯贴靠在墙上，试图以墙壁的温度来暖暖身子。整个上午他都很安静，我们从湖边走出来时他几乎一言不发。他对自己太苛刻了，他提议我们来到这个火山灰沙漠里，一个亚北极气候的地方，在这里我们除了继续走之外别无选择，没有别的出路。可是他在盼望些什么呢？难道是再次达到西南海岸小径上的恢复效果？但我们不是知道这种可能性不大吗？当时我们一走就是好几个月，现在的我们不可能在短短几天内得到同样的结果。我无法摆脱这样的想法，也许是时候让事情顺其自然了，我不能再强迫他，得让他好好休息。农场和果园的生活是否足以减缓他的衰退，让我们有时间来充分理解他的病情，并做好准备彻底放手？当朱莉递给他一个麦片棒时，我看到他的手在颤抖。我开始挪动我疼痛的身体，站了起来，打算去帮助他。但我转念一想，打开包装纸所需的灵活度比仅仅控制手的动作要高多了。于是我又坐了下来。我看着他慢慢地、但紧紧地抓住包装纸，把它剥开，就像当初他将弹簧装回草坪修剪器上一样灵巧。他小心翼翼地避开那颗坏掉的牙齿，吃完了巧克力棒，然后顺手把包装纸塞进了口袋，似乎没有意识到自己刚才做了什么。

阵雨过后，天空灰暗，冷风在潮湿的雾气中依然穿梭不停。在小屋不远处，一片开阔的煤烟区绵延数英里，一直延伸到地平线。在这平坦的、苍黑的山谷的两侧，几乎垂直的群山山峰高低起伏。但在我们到达煤烟区之前，还有另一条河要过。它比之前的任何河流都更宽、更深、流速也更快，而且河水也是从冰川里直接流出的浑浊的棕色冰水。

戴夫和朱莉正在背包里找东西，茂斯率先脱掉了靴子，挂在脖子上，站在水边。

"我要过去看看水有多深。"

"但是……等一下……"

他摸索着走了过去，在河床的巨石之间找了个空隙，把杆子插进去，双脚紧随其后，信心满满地向前走着。河水淹过了他的膝盖。

"天哪，我都没注意到他已经蹚进去了。他没事吧？我会追上他，然后回来找你，朱。"戴夫站了起来，忙着冲向河里，可我抓住了他的胳膊。

"不，让他去吧，他没事的。"

我们看着他爬上对岸，他挥手示意我们过去。戴夫和朱莉蹚过水走了，但我没动。茂斯在对岸，正用红手帕擦脚。我挽起裤腿，涉水到河中央一个 1 米宽的小岛上。刺骨的冷水从四面八方

奔涌而来，在撞击着巨石的同时，激起的浪花冲入天空。我闭上
眼睛，感觉自己的身体在大自然的力量下摇摆。这里是大地重生
的地方，在这里，表层之下还有新的世界，这里是山脉的起止
点，除了微生物活动之外，别无他物。在这场原始的剧变中，它
是生命的开始，希望的开始。

　　我看着对岸的茂斯，穿着靴子，系着鞋带，向我招手。有那
么一会儿，水流似乎慢了下来，我仿佛看到一个年轻人把他脸上
的长发拨开，等着接住我，召唤我进入他的世界。在这一次短暂
的连接里，大地和我们的生命彼此交织，相互依存。一切回到早
期的原始状态里，无拘无束，焕然一新。我在这片陌生的土地上
第一次听到了声音，那片爬满了黑绿色植物的山坡上传来低沉的
咆哮声。新的生命在毁灭中成长。在这个冰冷纷乱的世界里，我
们与这一切的联系开始了。一个机会，一个希望，一次呼吸。我
走进汹涌的河水中，选择了一条路，找到了一个在剧变中幸存下
来的人，一个回归到原始状态的人。神经元被重新激活，新的连
接再次形成，一种原始的简单性被重新找回。

　　我们继续前进。煤烟太重了，风也吹不动它，就好像一张如
羽毛般柔软，却又坚硬稳固，趴在地上一动不动的黑色毛毯。这
片尘土飞扬的平原看起来平淡无奇，其下却隐藏着深深的峡谷，
凶猛的融水顺流而下，上面搭着一座用脆弱的木杆做成的桥。然
而，我能看到周围的一切：许许多多的新生命。海石竹、狸藻和
锋利的银草，这些物种本应该生长在英国海边悬崖上，现在却在
被腐蚀的、堆肥的黑土上生长。煤烟奇迹般地进化成了植物生命

的起点。不知何故，根在松软荒凉的土地上找到了归宿。一片未来的草地正在形成，在下一次火山爆发前，这里已然按下了重置按钮，土地会回到无尽循环的起点。一阵冷风吹来，在河面上刮起阵阵漩涡，在山体上发出无穷无尽的击打声。我们仿佛打开了运动的节拍器：四个人缓慢地、平稳地穿过这片黑色风景。当陆地终于上升到悬崖顶部时，我回头看了看茂斯，但他不在我身边，而是在距我200米的身后。一个人影站在一块巨石上。如果不是因为他的背包上的蓝色色块，我是绝不会注意到他的。绿色的防水布从包里伸了出来，被狂野的气流吹卷起来，与这片原始的空白景观十分相称。我闭上眼睛，和茂斯同时感受着海边的风，想把他的身影印在我的脑海里，他在我心里永远都是那个样子：在大自然的广阔怀抱中，自由自在的模样。

　　从小山脊上下来，恩斯特鲁尔（Emstrur）小屋终于出现了。狭窄的峡谷里，湍急的小溪旁长满了茂密的白芷和喜马拉雅凤仙花。我不愿意下到峡谷里去，就待在地势较高的地方，风无拘无束地吹着，我坐在烹饪帐篷里的长凳上，俯视着下面那片潮湿的露营地。

　　"雷，别坐在这儿生闷气。你看这个帐篷在动呢——它是用绞车带绑住的。我们必须把它移到没有风的地方去。人们在帐篷周围堆石头是有原因的，它们不是摆着玩的。"茂斯站在做饭用的帐篷门口。"我们就这么做吧。我得把这包摘下来，然后弄点吃的。"

　　一顶顶熟悉的帐篷散布在溪边的平地上。那个穿红裤子的女孩和一群年轻人聚集在埃里克的帐篷周围，但是却不见工程师女孩的影子。我们把帐篷搭在了一个斜坡上，然后往回走，回到了炊具帐篷提供的公共空间。我们又冷又累，无比希望能坐在帐篷里的睡袋中做饭，但斜坡让这一切都不可能了——面条可能会从锅里洒出来。这顶隧道帐篷随风摇晃着，塑料裂缝中漏进来大量雨水。埃里克和他越来越多的追随者聚集在两张拼在一起的桌子周围，还有两个美国女孩给他煮咖啡，那些浑身湿淋淋的人眼巴巴地看着他，满脸的不可思议。茂斯躺在一条长凳上，旁边搭着滴水的防水衣，还坐着几个冒着热气的徒步旅行者，炉子上的水滚开着，给这处遮蔽所增添了许多雾气。

"那么你们都要去哪儿？"茂斯从长凳上坐了起来，向两个年轻的背包客靠近了一些。我们已经厌倦了20多岁的年轻人和我们之间似乎已经形成的障碍，他试图打破这个死循环。

"索斯默克。"有一个人回答了他，但其他人都不搭话。

"哦，我们也是。有人要去菲姆沃罗豪尔斯吗？"

他们抬眼看了看茂斯，略带讥讽，似乎觉得很好笑。

"哈，不了，天气看起来太恶劣了。我们要把车开出去。如果你要去那里，你可能需要再多找几根木棍做手杖。"他们挤作一团，咯咯地窃笑着，茂斯回到了长凳上。

"别担心，伙计，他们可能对你有些畏惧，我是说你那碎掉的牙齿让你看上去像是格斗选手一样，有些不好惹。"

"可我只是想和他们聊聊天。"

"算了吧，茂斯，吃你的饭吧。"

我们已经走了很长时间，是时候拿出我们省下的那包干燥的意大利面和香肠了，这些东西从雷克雅未克起就被留在背包里，现在尝起来就像米其林星级意大利餐厅里烹饪出的美味佳肴。水开了，我们喝掉第三杯茶，分着吃了一些巧克力葡萄干，希望它们足够软，可以让茂斯那几颗牙齿待得再久一点。

其他桌子上的人都把埃里克围得紧紧的，他正在从背包里拿出另一个食品袋。我慢慢把防水衣穿上，只见埃里克分发给众人每人一小包香草。显然那是牛至。人群慢慢散去，各自回到他们的帐篷。埃里克靠在支撑帐篷的脚手架钢管上，穿红色裤子的女孩躺在他的腿上。为什么我没有想到呢？人们都是为了他美味的调味料而来。我们完全理解干燥的食物在一段时间后会变得多么乏味，加一小撮牛至的话，味道一定好极了。

但工程师女孩仍然不见踪影。

朗吉达鲁尔

我痛苦地蜷缩在帐篷门口。我什么时候才能提前想到，在斜坡上露营总是会让我的睡袋滑向帐篷底部。当时帐篷里一片漆黑，但是隐隐作痛的臀部以及脑袋下枕着的茂斯的膝盖提醒着我，我又犯错误了。为什么滑下山去的从来不是茂斯？难道是因为他太沉了滑不动，还是因为他似乎整晚都保持一个姿势，老老实实地躺着睡觉？不像我，总是翻来覆去，扭来扭去。他睡得很熟，每次呼吸都发出轻轻的呻吟。他很痛苦吗，甚至在睡着的时候他的大脑也能感觉到这种痛苦吗？还是说这仅仅是爆发出鼾声如雷的前兆？我像蛇一样拖着脚往山上爬，当我慢慢舒展开蜷曲的身体时，关节痛得砰砰直跳。黑暗中，我一边摸索，一边想象着要是有这样一种设计就好了：可粘贴固定的自动充气气垫，它不会在尼龙防潮布上滑来滑去。无论斜坡有多陡，尼龙搭扣都能牢牢地固定好睡袋。茂斯的闷哼声并没有发展成鼾声，怎么听都是痛苦的低声呻吟。无论白天他多么努力地想要说服我，但睡着之后，终究还是无法隐藏。我昨天真的看到他有变好的趋势吗？

还是那只是我的一厢情愿，即使我深知短时间内不可能发生质的变化，但还是抱有一丝幻想，希望能像我们在西南海岸的路上那样出现奇迹。滴滴答答的雨点开始敲打篷布，伴随着轰隆的雷鸣，顷刻间，雨水便像瀑布一样倾泻而下，就像水沟里的急流一样。我在黑暗中摸索着给他穿上防水衣。

∽∽∽

在温暖的阳光下，我们离开了恩斯特鲁尔小屋。几个小时前滂沱大雨来过的痕迹已经被炙热的阳光晒得无影无踪。我们离开山谷，迎面走进了从雪山吹来的新鲜凉爽的风中。

"搞什么，今天是星期几？"

"我不确定。是星期天吗？"茂斯瞥了一眼手表，看看是星期几。

"今年的冬天这么早就来了？"

"你说什么？"

"本来应该是今天，星期天，但显然是昨晚下的雪。"

冰岛人怎么能如此精准地预测季节呢？准确到可以根据它来制定公交时刻表？也许岛上的 35 万永久居民仍然与大自然有一种未被承认的联系；也许就连雷克雅未克的居民也能透过冰冷的海水，感受到地平线上的冷锋；也许可以追溯到北欧海盗的小艇，他们穿越了同样的海洋，基因中仍然保留着感知天空运动或风向变化的能力；又或者这里频繁的火山活动意味着它是地球上地质学和气象学研究者研究得最为仔细的一块岩石，伟大的天气预报就来源于它。

我停了下来，气喘吁吁地走在一条石子小路上。茂斯和戴夫不费吹灰之力地超过我，愉悦地闲聊着童子军的生活。朱莉一如既往大踏步地向前走着。没过多一会儿，他们都消失在悬崖的锯齿状边缘后。我独自一人站在寒风凛冽的山坡上，很久以前我们在图雅斯湖的山坡上听到小鹿如唱歌般鸣叫，在后海湾的海滩上捡到绿色石头，那些日子都在一瞬间浮现在我眼前。当空气在河流的推动下沿着山谷移动时，回忆里的这些瞬间都变得真实和震撼。轰隆的水声环绕在耳边，我感受到大地摆脱了时间的束缚，一刻不停歇地移动着。我之前读过一些论证，说时间并不存在，只是人类用来衡量变化的一个概念罢了。如果这是真的，那么在那个岩石斜坡上，我就置身于时间之外的地方，在那里一切都安然无恙，一如往昔。我们没有丢下任何东西，一切只是被重塑而已。

是什么让童子军时期获得的奖章在被别在绿色套头衫上的50年后，还能在他们的生活中占有如此重要的地位？当我走出山谷，踏上悬崖的边缘时，我听到他们的谈话还在继续，就好像颁发徽章的事情就发生在昨天。茂斯坐在一块平坦的石头上，手里端着一杯汤。他聊天时候的样子就和在公园里散步时一模一样，泰然自若，仿佛生命从未对他敲响警钟。我不禁深思，一个没有时间概念的世界，或是生命中的一瞬间：这二者有何区别？

这处陡坡的顶部并不与邻近的山相连。一个由构造抬升形成的红色锯齿形岩石组成的悬崖，与我们所站的地方分开，这里是一个巨大的峡谷，远处有一条奔流不息的河流。我们好像站在一根刚从地面升起的柱子上。一只白色的海鸟展开翅膀，在河上的气流中滑翔。它在风的吹拂下高高地飞过悬崖，直挺挺地映在黑色和红色的岩石上。这一幕让我想起，在我搭巴士前往兰德曼纳劳卡途中见到一群杓鹬之后，这是我看到的第一只鸟。我看着暴风鹱向远处滑翔，沿着峡谷和河流向南飞去。狂风在这片荒芜空旷的土地上咆哮着，这一片寂静的荒野。下面那个喧嚣活跃、轰隆隆的深渊，被表面的风平浪静所掩盖。

　　我们脚下的土地不需要人类。它存在于一种稳定的无常状态、一种岩石和火山灰不断重新排列的火山平衡状态。唯一的转变是表面分子状态的变化。我们把杯子收起来，沿着暴风鹱的飞行方向一路向南。

　　表面的分子明显地发生了变化。随着这条路逐渐向南延伸，由火山灰覆盖的土地逐渐变成了大片大片适宜矮草和海石竹生长的土壤。戴夫和朱莉走在前面，漫不经心地用行走杖指着远处的某个山峰。茂斯跟在他们身后慢慢地走着，不时停下来拍照，或者调整一下背包的肩带。不一会就消失在了我的视野中。地面上的火山灰渐渐变成薄薄一层，被页岩所取代，走着走着我就来到了一处巨大的深坑。其他人已经翻过了深坑，走到了另一端。深坑底部有一丛灌木，只有一丛，孤零零地长在洼地里，黄灿灿的，颜色明亮，映照到了周围的土壤上，它的光辉使黑黢黢的大地黯然失色。但我看不出这是什么品种的灌木，完全没有概念。

我绕着它走了一圈，为它能在如此恶劣的环境中生长而感到惊讶。这时茂斯向我走来，将他的背包放在地上。

"我刚才爬到上面去想看看那边有没有类似的灌木丛。"

"有吗？"

"没有。这感觉太不真实了，就像一种被创造出来的全新的事物，然后被摆放在这里一样。"

"你不是不相信这种事吗？这听起来几乎是神创论。"

"我确实不相信。但这就好像地球创造出来的一种东西，它只能在这一个地方茁壮成长，而其他任何地方都不行。仿佛分子已经移动，让生命以另一种形式存在。"

他提起背包，掼到肩上，然后举起我的背包，让我的胳膊穿过肩带。他的脸庞沐浴在灌木丛映照出来的浅黄色光芒中。一个不断变化的景观，在这里，分子、生命和时间通通发生了转变。

土地随着下坡延伸进一个宽阔的河谷，植被增加了。河边散布着矮小的越橘树、桦树和坚韧的野草。路上偶尔飞起一只虫子，稀少但有力的生命正在出现。劳加维格路线里的最后一次渡河就在前面。但那不是简简单单的一条河，而是一个河水分流再汇合的水谷，水脉纵横于众多岩石和页岩之间。

"我们究竟要怎么过去？它就像十条河合而为一。"当我到达河边的时候，茂斯已经放下背包，靴子也已经脱了。

"这样，我们用行走杖挑路过去，就像这样。我觉得我们应该走这条路。"戴夫指着上游那一片迷宫般的水流说道。

"我不确定。我觉得是这里，这里虽然宽一点，但水要更浅。"茂斯已经朝相反的方向趟过去了。

"什么，你们是在告诉我童子军不教过河这一项吗？"朱莉把凉鞋紧紧绑在脚上，随后也踏进河里，小心翼翼地用她的手杖试探着每一步。我看着他们三个，既紧张又兴奋，但又很有把握地跨进了湍急的冰水里，然后检查每一步是否安全。终于，我们找到了通往对岸的路。我刚开始过河的时候，茂斯已经坐在背包上开始擦脚了。我走进水里，河水的声音几乎震耳欲聋，水流冲击着我的膝盖，脚踝处一阵剧烈的疼痛袭来。"不要太劳累……在楼梯上要小心。"我想到了医生的话。

穿上靴子，双脚暖和起来，我们从河边的喧闹声中爬进一片桦树和矮树丛。冰岛渐渐消失在我们眼前，我们沿着狭窄的小路，穿过树林，仿佛来到了斯诺登尼亚的山麓，踩在泥炭地上，趟过清澈的小溪。但当我们爬上山脊时，冰岛又回到了视野中，冰川的边缘填满了天际线。下山后，我们到达了索斯默克的朗吉达鲁尔（Langidalur）小屋旁的一个小营地。这里绿树成荫，岩石遍地，处于宽阔的河谷边缘，也是劳加维格的边界。向远处望去，我们隐隐约约地能看到菲姆沃罗豪尔斯的身影，它阻挡了我们通往隐秘与不祥的路。

人们三五成群地坐在小屋周围的长椅上。我们也在野餐桌旁找到一个位置，不过那里坐着两个人，略比我矮，脸上带有守护精灵般的不寻常的表情。他们看着我们，微笑着点头。茂斯注意到了他们的眼神。

"你好。"

"嗯，你好，你们住在附近的小屋里吗？"

"不，我们野营。"

"哇哦，这么看来你们一定是当真喜欢露营吧？"他们用手肘轻推着对方笑道，嘴里嘟嘟囔囔地说着德语。

"还好，不过野营的确有点冷。"

"没错，不过你们习惯冷了，不是吗？"

"额，我们是从英国来的，所以……"

"来下面看看，河边有几块不错的草地。"戴夫已经勘测过了。

我们信步走到一个河床的边缘，如果河水泛滥，那将变成一大片愤怒的浊水，宽近四分之一英里，虽然现在只是几条细流，围绕着中间一条狭窄的干流而已。

人们支起了一个小小的烹饪帐篷。埃里克、那个穿红裤子的女孩和来来往往的其他人都坐到了帐篷里，帐篷里时不时飘出阵阵蒸汽和食物的香味。但是——还是没有工程师的踪影。他们在帐篷里大声喊叫。

"没想到你能来！"

"是啊，但我们还是来了。你们还要去菲姆沃罗豪尔斯吗？还是这就回家了？"

"他们就走到这里了，但我们要过去。明天就走。我觉得我好像都还没有开始好好步行一场，所以我要继续走下去。"那个穿红裤子的女孩看上去很自信，但埃里克一边搅拌着汤，一边低头看着桌子。他可能需要再加一些牛至叶进去。

在河床的另一边，一辆越野公共汽车蜿蜒着慢慢地穿过巨石，摇晃着，摇晃着，向坐在河岸上的一小群人驶去。工程师女孩终于出现了，她将背包带子牢牢系好，背包看上去只有原来的一半大小。

"你不和埃里克一起去吗？"

"不。这个假期我过得不太好。我以为埃里克是我的朋友，或者比朋友的关系更近一些。但我只是他的一头驴子，一匹驮着煎锅的驮马。而且我还做了个梦。"

"什么梦？"

"昨晚，我梦见了多年前去世的祖母。在此之前我从来没有梦见过她。"

"是个噩梦吗？"

"不，那是个美丽的梦。她在我们家的厨房里做烤饼。她说：'回家吧，果馅卷做好了。'所以我要回家了。冰岛不适合我。"

当公共汽车的巨大车轮在河床上反复回弹时，我朝她挥了挥手。我为她难过，也有一种略带嫉妒的悲伤。因为我的梦里从来没有出现过一双安慰我的手，更别提还拿着一盘盘的馅饼了。

我们坐在烹饪帐篷里，拿着冻干的米饭和最后六颗小软糖。

我们在黑暗中冻得瑟瑟发抖，除了走出帐篷我们别无他法。半夜我被冻醒，前一天晚上喝了太多的茶，导致我迫不及待地想要小便。我赶紧穿上靴子，急忙去拉扯拉链，但拉链打不开，它被冰冻住了，前一天晚上湿气结的冰把拉链封住了。我用手指在它上面摸来摸去，直到它融化到可以拉开拉链为止，我把帐篷的门像精装书的封面一样折叠起来。帐篷外，夜色铺展在冰封的山川和苍穹之中。小屋和露营地灯光暗淡，一瞬间我仿佛身处白桦林，只能看见一个由山脊线、天空和星星组成的黑暗世界。前一天晚上的篝火在河床边燃起，只有星星点点的火光与无尽的沉默。当我离开厕所时，我关掉了手电筒，一缕微弱的光线摇曳在东方的地平线上。也许是黎明的第一乐章？不，还为时过早。或是冰川折射出的星光？但光在移动，光线越来越强，天空中蔓延着朦胧的光雾。然后，毫无预兆地，白色的光带骤然折断，然后天空挂起了彩色的光带，在狂野的极地风的呼啸中，用移动的带电粒子笔触描绘着粉色、蓝色和浅绿色的光影。

"茂斯，茂斯，快起来，极光，极光出现了。"

人们从帐篷和小屋中走出来，被地球展现出的壮丽气场所震撼。这是一次与大气的偶遇，虽然它一直存在，但却很罕见。宇宙的手指向下延伸，使地球加入其永恒的运动之中。我想象着在雷克雅未克，工程师仔仔细细整理完她的行李后安然睡下，准备明天飞走，回到有家人陪伴的安全圈之中。然而，对于我来说，我的梦里没有家人，也没有童年温暖的臂膀在潜意识里拥抱着我，没有什么能让我穿越时间，也没有谁在桌边等待我的归来。但至少茂斯的手还握在我的手中，当那束光把我们包裹在无限的光彩之中时，我不再患得患失。无论在生活中失去或找到什么，他都将永远是其中的一部分，他永远不会离开。

巴尔德文舍利

埃里克和穿红裤子的女孩一大早便离开了营地。我们也起了个大早准备前往菲姆沃罗豪尔斯。我们粗略地估计了一下，如果想要走完路程的一半，我们就必须在 11 点 30 分之前出发，所以我们今天比平常早很多便开始行进了。这条短径的前半部分有 13 公里上坡的艰难跋涉，小路以变化莫测的天气和会毫无预兆地升起的雾气而闻名。善于低估事情难度的帕迪·迪利翁形容这条路"陡峭而崎岖，伴随着狭窄裸露的山脊，最高点有冰雪覆盖"。虽然明知前路艰险，可我们仍旧打算继续徒步，并未考虑搭乘公交车前行。这天的行走才开始我们便感受到了这段路的威力，我们一边跋涉一边默念"还剩一座山""再穿过这片谷底我们就又近一点了"。茂斯不时会调整一下他背上的背包，并用他的单筒望远镜张望前面的山丘。"爬坡时要小心。"我在心里默念着。

在穿过白桦林后，眼前的风景似乎有些接近我们此行要寻找的目的地的样貌了。崎岖的石道沿着狭窄的山脊线和宽阔的高原一直延伸到我们之前从帐篷里看到的那处山坡。即使在那里，我们也能看到一条棕色的小路穿过山的侧面。但我们没有弄清楚的是，这条倾斜角为30度的小路居然穿过了一个70度的山坡，上面满是碎石、沙砾和泥土。索斯默克山谷向远处延伸，冰雪覆盖的山顶开始重新出现。我们终于来到了最后一个广阔的高原。山谷底部没有一株绿植的痕迹，又是一片布满火山灰、散布着圆形巨石与黑曜石的荒野。而在我们上方，是近年来最具破坏性的火山爆发的主峰。

2010年，埃雅菲亚德拉火山爆发，这次喷发将火山灰抛至8千多米的高空，导致欧洲多数国家关闭领空，造成了空中交通的混乱。但火山灰并不是带来灾难的唯一因素。这次火山爆发发生在冰川下，所以当冰川融化时，水倒回火山口导致熔岩迅速冷却，促使大量火山灰凝结成透明晶体。这对喷气式飞机引擎的影响无疑是致命的。在冰岛首都的旅游纪念品商店里，墙上贴满了火山喷发的照片。其中一张生动的照片捕捉到了炽热的熔岩从山腰喷出时的情景：高温、灰烬、混乱。其中有一张小马的照片尤为我目瞪口呆。火山开始喷发时，农民们从危险地带撤离。但是当他们离开时，他们想起了被困在山坡上的马，于是便转身回去寻找它们。这幅画是一群小马在公路上奔跑，在它们身后，大片大片灰黑色的火山灰云正高速而狂暴地追赶它们。

这幅图没有拍到那些引导小马跑到安全地带的农民。一次火山爆发引发了戏剧性的危机，这股原始的自然之力制造了于人类和动物而言同样骇人的威胁——灭绝的危险。从2009年开始该地区就已经开始有地震活动，这么说来当地的居民其实有近一年的时间用来准备应对灾害或是干脆撤离。而事实是直到滚滚岩浆从山坡上流下，人们才终于做出反应。当地人这么做主要还是受制于经济因素，知道危险可能发生，可他们宁愿不去想这回事。不远处，威力更大的卡特拉火山正在升温。据历史记载，埃雅菲亚德拉火山的喷发通常会随即激活卡特拉火山。现如今，山坡上用来介绍当地鸟类的塑料指示牌已经被替换成了警示牌，这种警示牌的作用是提醒人们在听到警报声时快速前往高地，远离熔岩流可能波及的区域。但毫无疑问，地面震动、水温升高带来的潜在威胁无法阻止人们在这山间地带行走生活，直到真切地看到危险时人们才会承认灾难即将来临。

随着双脚在灰烬和岩石中渐渐摸索出一条前进的道路，我的思绪又飘回了康沃尔的农场，脑海中浮现出我们第一次相见时，那里干燥多尘的田野和光秃秃的树篱。除了在窗框里孵化的苍蝇，似乎没有别的昆虫存在。除了等待苹果落下的乌鸦，也没有任何鸟类出没。当下，在我的眼前，一场危机正在酝酿，但大多数驱车去超市购物的人们都无法察觉。卡特拉的巨大山体隐隐约约地出现在东方。等到它被"惊醒"的那一天，马儿会惊惶地四散奔逃，鸟儿们快速扑棱着翅膀冲向天空，无法逃脱的昆虫绝望地在地上死去。无法逃离的人们就再也没有机会若无其事地说出"虽然有路标警告，但我们还是往山上走走吧"这句话。

前方等待我们的是一处极具挑战的路径——那是几乎垂直的山体岩壁上的一条陡峭的小路，旁边散落着松动的岩石。要通过这条建在几千英尺高的地方的碎石路，徒步者必须依赖扶手、脚踏以及钢索这些辅助设备。也就是说步行者需要抓着铁索向上攀登才能行。在茂斯 40 多岁的时候，某一天，他从谷仓屋顶上摔了下来。自那以后，他开始变得恐高。沿着绳索向上爬，身后便是深不见底的谷底，这想必会让茂斯感到十足的恐惧和不安。戴夫和朱莉率先出发，他们小心翼翼地一点点挪动，一边向上爬一边盯着铁索。茂斯把头撇向了一边。

"给我 1 分钟。"

"我们没有别的路可走，这是必经之路。"

"我知道，我知道，再给我 1 分钟。"

我们站在高原和碎石道之间的狭窄山脊上，他试着平稳呼吸。两侧翠绿的山脉环绕着我们，但前面只有陡峭的山岗和一条必须攀登的小路。

"好了，伙计，该你了，但别相信链子，我们正在维修这些链子。"二个穿着荧光背心的男人旁边放着 桶长长的钢螺栓，用英格兰北部口音互相交谈着。

"你在这里干什么？显然你不是冰岛人。"

"我不是，显然我来自唐卡斯特（Doncaster）[1]。我通常在苏格兰工作，在湖区，诺森伯兰郡（Northumberland），你知道，就在北边。但是一听说有这个工作机会，我就想，为什么不去呢，和在家的工作没什么不同。但没想到我会在火山边待上一周。这

---

[1] 位于英格兰南约克郡的城镇。

里太冷了。好了，你可以过来了，但就像我说的，不要依赖那些链条，我是说我们刚刚取出了一些固定铁链的钉子。快出发吧。"

茂斯深吸了一口气。他苍白的皮肤上显露出大写的恐惧，但他知道他无论如何都会过去的。他背对着北方人，这样那人就不会看到他的手在颤抖，他走到松软的地面上。那个站在湖区碎石堆底部、张开双臂、笑着看我、猛然跳下的人又出现了。他放松肩膀，背也挺直了。他停了一会儿，一只手放在链子上，回头看了看，示意我过去，脸上恢复了血色。我仿佛听到他对我说"不必在意什么'爬楼梯时要小心'的话，一路小跑着爬上去吧，如果可以的话，一步两个台阶都没问题，趁现在还跑得动。"

我跟着他，眼睛盯着他的后背，离 1000 英尺下的谷底越来越远。

火山灰和岩石覆盖着火山。一派荒凉的陌生风景。雨夹雪下起了冰雹，响亮地打在防水服的表面。在一片满是土堆、泥浆和煤烟的混乱景象中，戴夫和朱莉的红蓝夹克显得格外醒目。

"顺着黄色路标走，这便是山的左边了。"茂斯坐在一块岩石上仔细研究着地图，但很快又站了起来，岩石热得发烫。

"但我们一直是跟着蓝色标记过来的，路线不会突然改变的。"这里的风景对我来说毫无意义。也许是磁力干扰了我脑子里的罗盘。我怎么能怀疑帕迪呢？

"我看见有些人从山那边走了。也许帕迪说错了呢。"戴夫在收拾他的东西，准备跟着他们走。

茂斯有些恼怒地看着我们大家，朱莉看上去一副置身事外的样子，静静地坐着吃了几口谷物棒，她慢慢地抬起头来说：

"我以为那边有个湖，只是起了一层雾而已。但是没有水。这一定是火山的喷发口。如果这两个火山口是在埃雅菲亚德拉火山爆发中新形成的，那就肯定是了。查一下，茂斯，这两个一定是'曼尼'与'摩迪'。"她漫不经心地把谷物棒吃完了。

我们都朝她所指的方向望去——两个圆锥体和远处由冒着蒸汽的岩石组成的无水湖。

"没错，就是它们。"

"好的，这就解决了。我不会过去的，我怕我的靴子会融化。那么，我们往左走。"

我们出发了，茂斯得意地微笑着，朝着米斯克山的左面走去。

起风了，从雪地里吹来了一阵强风。我们穿过冰谷，经过装有地震活动测量仪器的金属箱，以及许许多多远离熔岩流的警告牌。我想知道我们到底要去哪里。当你站在火山顶端，若是一路上所有被警告即将发生的活动最终汇聚成灾难性的一刻，你还能去哪里？现在考虑改变路线已经太晚了。

沿途的冰雪将我们带进了一个危险的峡谷，那里有融化的小溪和野蛮生长的黑色细菌。我在一块巨石后面小便，尿液流出的瞬间便冻结住了，留下一条黄色的冰迹。跋涉了太久我感到自己处于脱水状态，急需补水。前方是一个 A 字形的小屋，即巴尔德文舍利小屋，这幢小小的房子只能容纳 20 人，而且建议只在紧急情况下使用。

"帕迪说这间小屋经常没水。"

"好吧，我一直带着这个滤水器，还没有用过，所以我们现在就把它拿出来，把我们所有的瓶子都灌满。如果有必要的话，我一会儿再来多取一些。"戴夫打开他的新过滤器，慢慢地把四个瓶子装满。小屋没有地方供我们住下，这本是件有些令人为难的事，但当灯光渐暗，粉红色的光线反射在冰面上时，我们倒希望可以在附近扎营，享受这难得一见的夜色。我想到了埃里克和那个穿红裤子的女孩。他们已经安顿下来了吗？还是已经坐上开往雷克雅未克的巴士了呢？

面向山谷，在小屋所在处的平坦空地，冷风无情地向我们迎面吹来，我们试图沿着一条通向山腰的小路前进。但是天色逐渐变黑，我们必须停下来。这里的情况并不适宜拿着手电筒夜行远足。我们躲在小屋的背风面避风，这里可能是个适合扎营的地方。

推开小屋的门，我们立刻被一股黏糊糊、面条味道的腾腾热气包围。一个看上去已经有些日子没洗头发的女人和我们打招呼，她年近四十，身上穿着好几层抓绒保暖衣，脸上带着欢迎的神色。后来我们得知她叫劳里。

"进来，进来，关上门。"劳里（Lauri）讲话自带有一种居高临下的气场，任何人都会不自觉地服从她的指令。

"你好，我们想知道能不能在你的屋子外面露营？我们找不到其他可以挡风的地方了。"

"这可不行。"

"哦。"

"不，我是说你们不能在外面扎营，天气太糟糕了。你们的帐篷会被风吹走的。但是我们的小屋里已经满员了。"

"好吧，还是谢谢你了。"我们打开门，拎起背包，向黑暗中走去，冰雨从冰川的方向吹来。

"你们要去哪儿？"

"如果我们不能在这里扎营的话，我们就得下山找个能遮风挡雨的地方。"

"不，不，今晚我不会拒绝任何人，外面是个死亡陷阱，你们四个肯定招架不住。"

"我们四个？"

"嗯，你们毕竟不是20多岁的小伙子，我说的不是吗？"她这是什么意思？"所有的铺位和备用床垫都被占用了，但你们可以自己找一找空着的地方。但是不管怎么样，先把门关上。"

据了解，劳里可不是为了远离尘嚣才选择住在这里的，她一年的大多数时间都带着孩子们住在雷克雅未克，孩子们在那儿读书。每年夏天有4个月的时间，她会把孩子们留给他们的父亲，然后自己搬来这里照顾其他的"孩子们"——即那些晚上被困在山上的旅人，得益于她的辛勤照顾和"不拒绝任何人"的精神，受困者们总是会幸存下来。

在棚屋主体部分的门廊外，热量和噪音强烈地冲击着已经适应了野外生存的我们。一排排的桌子周围挤满了穿着登山服的人。每隔一米就有一堆帆布背包。人们要么是在做饭，要么就是等着做饭，又或者是在一个小小的双环固定的煤气灶旁为一只平底锅而争执不休。

"你们可以自己做饭，但不要用露营用的煤气灶，只能用炊具——我可不想看到这儿着火，我们没有足够的水来灭火。"

"我们睡在哪儿？这里还有别的房间吗？"我从来没有在徒步旅行的小屋里过过夜，我想离开。这么小的空间里住了太多的人，那种熟悉的恐慌感越来越强烈。我呆立在门边。我绝对无法在这里过夜。我宁愿被火山顶的大风吹跑也不愿忍受这种恐慌和窒息的感觉。"茂斯，请不要强迫我这么做。你想睡就睡在这里吧，但先帮我把帐篷搭起来。我不能待在这儿。"

"不行，帐篷会被风撕破的。"

"我不能待在这儿。"茂斯的手紧紧搭在我的胳膊上，我无法挣脱，只得随着他走向戴夫清理过的桌子边的一张椅子处。

"你可以的，住在这儿会很有趣的。你不能出去。"

我究竟在干什么？我的头砰砰直跳，房间里的噪音此起彼伏，我感觉自己马上要窒息了。这样可不行。这又让我想起了之前的经历，当时我在波鲁安的大街上，跑到教堂后面躲了起来，整个人瘫在椅子上几乎无法行走。

寄宿在小屋的这群徒步者几乎都是新面孔。我们以前很少遇到这样的人，他们中的大多数人从斯科加（Skógar）出发，向北行至索斯默克，在那里他们将搭乘公共汽车返回雷克雅未克。这群人中没有埃里克的踪迹，穿红裤子的女孩一定是按照她的计划强迫他翻过山头前往斯科加了。终于我们在这群人中看到了两张熟悉的面孔——是我们在朗吉达鲁尔营地见过的那两个德国人。

"你们怎么在这里？你们为什么不在外面露营呢？"说着他们又互相轻推了推对方，目光盯着彼此。为什么他们这么希望我们在外扎营，难道是担心我们四个人会挤占他们的空间吗？

"因为外面刮大风了。"

当煮面条的水烧开时，朱莉用一口流利的德语轻松地和他们聊着天，但他们一直在用胳膊肘互相推搡着，带着笑意不时看看我，不时又看向茂斯。我闷头吃着面条，眼睛直勾勾地盯着碗，努力把自己从这间房间中抽离出去。可惜煮面的水不够烫，我没办法泡茶喝。我只好以出去上厕所的名义离开片刻，不让茂斯抓到我。在我们睡觉的小屋后面是一个更小巧的 A 字型小屋，里面有一间使用化学掩臭剂的厕所和一个木椅。我走进去，闩上了门。寒风刮得锌板嘎吱作响，刺骨的寒风吹过，不过在这儿我终于可以求得片刻清静。冷空气刮过，周围寂静无声。我坐了好一阵子，头晕逐渐缓解，直到听到有人敲击木门我才起身离开。

外面刮起了更猛烈的阵风，驱散了吞没火山的云层。顷刻间，从云层隧道中出现了一片漆黑的天空，一个布满明亮星光的黑洞。终于一切归于寂静，风吹在我的背上，寒冷使我缩作一团。我慢慢地长吸了几口气。我站在门外，我所要做的就是在任何必要的时刻走出房门，这样我就能熬过今晚。

"你去哪儿了？你的茶快凉了。"朱莉递给我一个杯子。"你得快点喝，我们得在熄灯前把桌子移开，铺好床垫。"

"哇喔，这像极了学校夏令营的样子。"

"还真是。"

这间小屋一时间陷入了一片混乱，人们的身体，桌子，椅子以及四处散落的背囊毫无章法地组合堆砌在一起，这场景恍然让我想起了《不文山鬼马表演》[1]，仿佛在场的人们下一秒便要进入鬼马秀的剧情中。

"一会就好了，我睡在你和其他人之间，你面对着墙，这就好像只有我们俩一样。"

但在一间挤满了人的屋子里，这是不可能的。这时，其中一个黑头发的年轻人正在房间里发了疯一样地窜来窜去，在大家的帆布包和露营用的平底锅之间四处翻找着什么。

"找不到了，找不到了。"

"什么找不到了？"

"一个黑色拉链包。里面有我晚上需要用的东西，非常重要。"

更疯狂的是，整个房间的人都从睡袋里出来，开始寻找那个重要的包，我在想那里面一定是一些贵重物品和药物，否则他不会如此急迫。我待在角落里，害怕失去我的位置。但人们迟迟找不到那个包。那两个德国人没有参与，只是坐在床上，偶尔看看我的角落，然后会意地微笑。但我装作没看见。

"里面究竟是什么？你需要看医生吗？"劳里站在门口，双手叉腰，房间里安静了下来。

---

[1]《不文山鬼马表演》即 The Benny Hill Show，其是由英国喜剧演员班尼·希尔主持的喜剧表演节目。

"很重要的，我晚上必须要用的东西。"

"药吗？"

"不是，就是一些非常重要的东西。"年轻人因恐慌而陡然提高声量，声音颤抖着，劳里已然有些按捺不住自己的怒气。

"告诉我到底是什么东西。"

整个房间的人都转向他，以为会听到什么令人揪心的答案。

"我的牙刷。"

劳里关了灯，被男孩搞到乌烟瘴气的房间回归了平静，人们纷纷回到自己的睡袋里。

"晚安，孩子们，六点以前谁也不许起床。"

在黑暗的凌晨时分，我站起身来，蹑手蹑脚地迈过地上熟睡的人们，拿起一件外套走了出去。风势渐弱，在遥远的东方地平线上，深灰色的云层缝隙中透出一抹粉红色的云彩，云层中透出的光照亮了冰川的顶部，呈现出淡淡的蓝色。万籁寂静。身上裹着不知道是谁的皮大衣，我丝毫感受不到刺骨的严寒，可这暖意并不能让我产生这里能够成为人或动物的容身之地的错觉。然而无论能不能成为人或动物的容身之所丝毫不会对眼前这片大地的成形和发展有任何影响。粉红色的光线透过阴霾蔓延开来，这一刻时间似是从未流逝，一切只是光影变化罢了。

斯科加

天一亮，那两位德国男士就离开了小屋，在吃早餐和收拾家具的混战开始之前，他们就蹑手蹑脚地走了出来。他们经过我的床垫时向我挥手，低声说："享受每一次露营吧。"

一个小时后，劳里站在小屋外高高的木质平台上，我们经过她身边时，她拥抱了我们每个人。

"今天要小心点，现在看起来还不错，但过一会儿就要下雨了。顺着河往山下走，你们不会迷路的。"

我们下山时，看到的是一片空旷、毫无特色、布满岩石的土地，山坡向前倾斜，冰川向后退缩，一片寂静。最后一天，我们找到了自己的节奏，一种轻松的节奏，是因为我们在走下坡路吗？我们终于像劳里说的那样找到了那条河。一股浑浊的、融化的雪水从小木桥下倾泻而下，这座桥是为了纪念一个试图在这里过河但没能成功、被冲到几英里下的山谷里的人而建的。我在水流上的木制平台上犹豫着，眼见水流在巨石上迸溅出褐色的浪花。我是无论如何都不会踏入那条狂野的河流的。

戴夫蹲在一块石头后面烧水喝茶，这时开始下起了蒙蒙细雨。就在我们要把火炉收起来的时候，雨势渐大，雨水打在防水服上的声音甚至盖过了河水奔腾的声音。瀑布的流势也更加猛烈，水声震耳欲聋。我们几乎要被四面八方的水所淹没。随着我们向前行进，脚下的大地也在悄悄发生着变化——由荒凉的岩石和火山灰变成了小块的细菌泥，又从泥炭变成了适合耕种的土壤。在寒冷的冰川之下，在悬崖峭壁的遮挡下，绿色植物的手指从水中伸向远方。脚下的大地变成了山麓的风景，又是熟悉的光景——绿色的丝线聚集在一起，铺成一张由粗糙的草和海石竹织成的毯子。

茂斯在寒冷刺骨的大雨中走在前面，独自走在自己的世界里，走在自己的道路上。随着瀑布越来越大，噪音也越来越大，直到我们只能听到水的声音。猛烈狂暴的水流冲击着岩石、我们的衣服和脚下的泥土。噪音和湿气结合而成的巨大漩涡，把泥炭土壤变成了危险泥浆的移动传送带。但茂斯仍然继续兀自向前快步走着，我们之间的距离越来越远。

行进的途中徒步者们三三两两地经过，不一会儿原本分散的个体结成队伍行进——就像学校郊游时那样排列整齐的行进队伍。我们离斯科加越来越近，不少日间巴士游旅行团通常会以斯科加为目的地，人们到这儿的目的是参观瀑布，靠近斯科加便意味着我们离巴士站和咖啡厅不远了。我在泥泞的小路上快跑了两步，终于追上了茂斯。

"急什么，我都跟不上你了!"

"什么？我听不见——水声太大了。"

"你！在！急！什！么?!"

"这是什么意思？我不急啊，我只是在散步，边走边在回想着前几天走过的那些小路。"

"也许你应该一直像这样，就这么走，抛弃杂念。或许你需要一副耳机，就这样像这样，戴上耳机什么都不想，只管向前走就好。我想一切问题的根源便在于思想和行动之间的联系……我是说。"

"在野外我不想戴耳机，我宁愿安安静静的。"

"安静?! 想保持安静在这儿怕是也不容易。"

正在这时两个女人向我们走来，她们身材结实，穿着鲜艳的衣服——芥末色的防水夹克和红色裤子，宽边帽子用串珠绳系着，我从未在任何一家户外商店的衣架上看到过这种款式的帽子。她们在前面的小路上停了下来，看着我们向她们走去。

"你们好啊，今天天气真不错。"

"早安。"她们用德语和我们问好，是德国来的徒步者。"哪里不错，分明已经在下雨了。"

"你说得对，的确如此。"

"你说什么？"

"下雨了。"

"你也注意到了。我和我的朋友觉得，我们认得你。"

"不，我想我们不认识。"

"见过，这位男士，我们肯定是见过，但是我们不记得是……不管怎么说我们认得你的脸。"

"不，我真不觉得我们见过。"

我们放弃继续和她们交谈下去，继续向前走，而她们则继续用困惑的表情盯着我们。

"来吧，茂斯，那你说说你在德国的秘密生活吧？"

"天知道她们在说什么，但是她们的外套倒是不错。"我们回头看了看，她们仍站在山顶上看着我们。

也许这两个女人说得有些道理：茂斯在过去可能有一次秘密德国之旅。或者他之所以一个人走，是因为他厌倦了我那些琐碎的唠叨，又或者是觉得我这人说的不够多、不够有趣？总之我看得出他厌倦了谈论有关童子军徽章和食物的话题，他只想一个人清净。我等着戴夫和朱莉，他们正小心翼翼地走在湿滑的草地上。

"他怎么了，怎么走得这么快？"

"我不知道，我跟不上他。我想是刚刚那两个德国女人惹恼了他。"

"什么？"

茂斯站在最后一个瀑布顶端的观景台上等着我们。巨大的斯科加瀑布轰鸣着冲击着 60 米下的河床，满载游客的巴士停在那里，游客们成群结队地在水降落时形成的水雾中留影。我们身后有两条冰岛风情的小道，我们穿过冰川雪地，来到了一片陌生而未知的土地的尽头。在海平面下降把海岸线又拖向大海深处 3 英里之前，这里曾经是陆地尽头，如今则成了悬崖。民间传说中，这是维京人普拉西·波罗夫松第一次把他的船拖上岸的地方，除此之外他还在附近，即在斯科加瀑布后的一个洞穴里埋藏了一箱金子，这箱金子很显然是波罗夫松游历途中携带的盘缠。一群乘坐巴士的中国女孩显然以为它还在那里，但穿着塑料雨披的她们从水帘洞中走出来时，个个都是两手空空。

"你今天不想和我们一起走吗，不然就是你想走快些，好赶在今天下午前乘公共汽车回雷克雅未克？"

我们站在栏杆旁，挤在一起在瀑布前自拍。

"当然不是了。是我的腿非要走这么快的，我只能听它们的。"

我刚刚的注意力都在那些奇怪的德国女人身上，压根没去关注茂斯的状况，没想到他可能会在走下坡路时遇到问题，减速对他来说并不容易。

"你是说你只能任由它们越走越快。"

"今天它们倒是有点像我自己的腿了，就像我生病前一样，好像我能完全控制住它们了。我必须跟着它们走，抓住那种正常的感觉。对不起，我走得快并不是想要忽视任何人。"

"不不不，茂斯，如果你有那么一刻感觉找到了平衡状态，那就尽管抓住这种感觉，不要顾及我们。"朱莉边说着边把最后一点巧克力葡萄干分发出去。

站在瀑布下，在狂野的自然力量的震慑下，我们感到自己无比渺小，于是便请来其中一个穿雨披的女孩为我们拍照。我们猛然跳起，这举动看上去完全不像是中规中矩的中年人该做的。这一跃其实是我们企图抓住生命的某一瞬的尝试，我们想要挑战无限，当然生命本就无限。站在瀑布前，我感受到生命在飞流直下时发出的狂野、刺耳的声音。两只海燕在瀑布上方的气流中盘旋。在那里，大地的起点与尽头，生命以另一种形式继续。

当我们在河边搭起帐篷，坐在温暖干燥的咖啡厅里点餐时，每天一趟的公共汽车早已开走。这是我在冰岛第一次连接上 Wi-Fi，我浏览了一大堆未回复的电子邮件。其中有一封来自作品代理人。邮件中说，《盐之路》在德国图书排行榜上位列前十，还被一本读者众多的杂志报道。那时无家可归的我们没有想到，我们在高德威灯塔附近拍下的放声大笑的自拍照，有朝一日会被印刷成册，并被摆放在德国大小书店的书架上。

唯有改变

在踏入苹果酒仓库那扇开裂的橡木门的一瞬，我仿佛穿越了时空。在门后的那个世界里，在幽暗的灯光下，隐隐约约可以看到一堵黑色石墙，在这方空间内你仍然可以隐约嗅到几个世纪以来水果被碾碎和发酵过后的香甜气味。穿过阁楼，刚从果园里摘下来的苹果被装在麻袋中堆放在角落。随处可见的蜘蛛网挂满了房间里的每一根横梁和每个角落，在门廊上像窗帘一样低垂下来。世世代代的农民把压碎的苹果倒入榨汁机，看着苹果汁流淌出来，盛满木桶。橡木桶整齐地排列在墙壁上，等待着新鲜的果汁重新填满他们，从那一刻起，生产的循环就开始了。

但是如今堆积成山的农场垃圾和废弃塑料袋大大掩盖了往昔的味道。茂斯慢慢地清扫垃圾，用水洗刷墙壁，直到苹果酒的清香重新散发出来，酒仓的历史气息也随之扑面而来。当他关上门时，最黑暗角落里的阴影就像僧侣们敲击木桶，品尝着发酵的粉色液体的样子。时间快到了。

在农场的卧室里，那些背包倚靠在墙上，散发着一股淡淡的硫磺味。我们回来已经有三个星期了，但谁也没准备打开行李。我们的脑中仍然滞留着火山爆发时的那种巨大而狂野的混沌感，还有那种行走在旷野间无拘无束的感觉，我们还没准备好把这些思绪与行囊一并打包放进橱柜里。外面，成熟的苹果低垂着挂在枝头，秋日温暖的阳光在它们潮湿的红色表皮上描摹出斑驳的光影。我用手捧起一只，想看看它是否会轻易地脱离树枝，结果我只稍微扭了一下它就掉了下来。时间到了。它们准备好了。很快它们就会被搬运进谷仓，苹果酒的季节就要到来了。

当黄叶开始在树上飘动，北风也悄然而至。不知不觉中，专属于秋天的柔和色调变得愈加尖锐。我把最初的几片落叶收进篮子。夜幕还没降临，狂风就越过山丘，呼啸而来，暴雨和冰雹像一波又一波翻腾不息的海浪，重重地砸在地上。

暴风雨终于停歇时，成吨的苹果躺在地上，伤痕累累，破碎不堪，树上的叶子被剥落得一干二净，微弱的阳光中透出一丝初冬时节的水润感。

"多浪费啊。在它们腐烂之前，我们得赶紧把它们运进谷仓里。"茂斯蹲在树下，从地上捡起一些相对完好的苹果，放进了一个桶里。

"我们只能尽力拿，能拿多少就拿多少，不然我们还能做什么呢？"

"就我和你两个人？恐怕永远也做不完，这太多了。就算能挽救一些，也无济于事。真是一团糟。"但谁能帮我们呢？我想不到。

房屋前停满了汽车，这些人全部来自波鲁安。莎拉手里拿着许多三明治、几瓶葡萄酒、手套和水桶。剩下的人有一些很面熟，也有些根本不认识。他们穿着靴子，戴着帽子，活力四射。然后，从最后一辆车上，我看到吉尔和西蒙正开心地笑着，相信别人也都看到了。

"吉尔，我以为你已经回伦敦去了。"

"没有，我留了下来。这次我要在这儿待到圣诞节之后，除非西蒙在那之前把我赶出去。"

"我不会那么做的，你想待多久就待多久，你知道的。"信任是如此难以捉摸的东西，但只要有一点点机会，它就会茁壮成长。他们走进了果园，就像冰岛火山灰中生长的海石竹一样，令人费解却又不可避免。几天后，苹果酒仓库的阁楼上堆满了装满苹果的麻袋，新鲜榨出的果汁开始装满酒桶。

11月的一个早晨，厚厚的云层中裂开了一丝小小缝隙，半明半暗的光线照亮了地平线。那一小块淡蓝色的天空预示着晴朗的一天，但未知的无限总是遥不可及。田野上的薄雾消散了，消散在微弱的阳光下，于是草地上移动的棕色人影变得清晰可见。我们看着分散的形体聚集在一起，然后又散开。

"不敢相信他们会来这里。"

"我也从没想过他们会来。"我眯着眼睛对准望远镜，想看得更清楚些。杓鹬来了。长着明显弯曲的喙的棕色高鸟在草丛中寻找着虫子。鸟类能轻而易举地知道这片土地里有没有食物。这是一种濒临灭绝的鸟，一种稀有而脆弱的生命，在一片没有虫子的田野里觅食。我们目不转睛地看着，直到太阳把天空的颜色烧得通红，杓鹬便飞回了小溪旁。

茂斯把望远镜放回望远镜盒里，他的手灵活地摆弄着。我们走到果园里，找到那棵满身孔洞的树，在老地方坐下。夏天从洞里渗出的新鲜湿润的树液已经干了，变成了一滴滴坚硬的树脂。或许那些小生命早已蜕变成功，飞向了远方。又或许它们还在那里，躲藏着，暗自生长着，直到许多年后，才会重见天日。时间会证明一切，但只有我们在正确的时间，正确的日子出现在这里才能知晓答案。

"我们去海边好吗？今天我想去小路上看看，听听大海的声音。"

无论有多远，我们总是要时不时地回到小径上去看一看，闻一闻海盐的味道，在悬崖顶上张开双臂感受海风的吹拂。我们穿过一个熟悉的海角，来到了几年前我们在金雀花中搭帐篷的地方，那时的我们无家可归，没有钱，也没有食物，但在这个海陆相接的地方，我们竟然毫无畏惧。今时今日，我们坐在光秃秃的灌木丛空地，看着大海消失在远方灰色的地平线上。我们还是曾经躲在帐篷里瑟缩发抖的我们，只有周围的风景发生了变化。没有药物或医生能帮助茂斯，而他也并不需要。他的身体找到了一种方法，可以继续生活下去。就像消除人类对这片土地的严重干扰可以让野生动物回归农场一样，茂斯通过回归更自然的生存状态得以生存。在这段时间里，我们使生命的改造与重塑摆脱了人为干预，我们使之顺其自然。冬季的狂风把雨幕吹向陆地，这是来自遥远地平线的风暴。我想我和茂斯再也不用去在乎诸如"在楼梯上要小心"这桩事，不必小心，请大步跑上去，而且尽可能快地跑，不要害怕钟表的滴答声，不要害怕时间流逝，时间不是唯一的衡量标准。我们在乎的只有变化，而变化总是在我们的掌握之中，毫不费力。

我闭上眼睛，让嘈杂的声音一齐涌入。上升的海风嘶嘶地吹过岩石，清澈的水落入日光，平和而宁静。海面上的峭壁上传来了海鸥的叫声。树叶的沙沙声让我想起小时候的我挂在柳树枝条上，躲在黑暗的树林里。它一直在那里，与沟渠中里的水鼠、与山坡上的小鹿、与雾蒙蒙海角下的海豹轻声呢喃。这一切背后的声音……

……超越连接或归属的声音……

粒子的嗡嗡声

振动着生命的能量

敲打声

脉搏声

地球上

荒野的寂静

这声音传来的地方……

是家

这是一阵幸运的风

我被吹到了这里。然后我离开

我将信将疑

残缺的信任或许会走

半真半假的韵脚是爱

《特洛伊的解药》，谢默斯·希尼

致 谢

躺在森林里，我把手指埋到厚厚的落叶中。我思考了很久是什么让我来到这里，但除了茂斯和我们的生活外，我想不到其他。我当然没有考虑到土壤表面下可能发生的事情。从那时起，多亏了罗布·麦克法兰（Rob MacFarlane）的《地下世界》（*Underland*）这本引人入胜的书，我意识到下面还有另一个世界，一个真菌的世界。一个神奇而宏伟的真菌网络隐藏在森林地面下。它将树与树连接起来，将物种与物种连接起来，在错综复杂的关系网络中输送营养、水和矿物质，让幼苗在成年植物的树荫下生长，并与不相关的物种共享资源。一个无形的自然连接的世界，帮助每一株植物苗壮成长，成为美丽整体的一部分。也许，我的手指在泥土里找到了与网络的连接，这种联系帮助我度过了最艰难的时期。当然这也可能是我的脚趾感染的原因吧！

但是写书也把我和一个已知的群体联系起来，使我成了相互关联、共同努力的系统中的重要一环。一个人的成功离不开整个系统的帮助和支持，如果没有各位的鼎力合作，这本书只不过是一棵尚未发芽的幼苗。

非常感谢格雷厄姆·莫·克里斯蒂出版社（Graham Maw Christie）的珍·克里斯蒂，感谢她把所有细枝末节整理在一起。还要感谢费内拉·贝茨，无可替代的奥利维娅·托马斯，珍·波特、阿姬·罗素、丽琴达·托德、路易丝·穆尔、丹·邦亚德、凯瑟琳·伍德以及迈克尔·约瑟夫出版社的其他所有同事，和他们一起工作非常愉快。

感谢戴夫和朱莉对我们的照顾，感谢他们在寒冷的山坡上和我们共享潮湿的帐篷。感谢波鲁安的朋友们，感谢他们对我们敞开心扉，敞开大门。感谢萨姆和瑞秋，感谢他们拥有一个梦想并选择分享给我们。

但最重要的是感谢我的家人，感谢你们三个为这本书所付出的努力。你们那超越时空、毫无保留的热爱是我们每个人之间所能拥有的最重要的连接。